주피터 초상

주피터 초상

권영민 지음

소설체로 쓴 이상의 삶과 문학 이야기

푹스코너

차례

책머리에

　나는 연구실에 틀어박혀 이상이 남긴 일본어로 쓴 시와 씨름하는 중이다. 새로운 시대의 독자가 더 쉽게 이 시를 읽는 방법이 가능한가? 이런 난해한 문학이 우리 시대에 던지는 질문은 무엇인가? 그의 천재성을 어떻게 설명할 수 있을까?

　그때 누군가 밖에서 문을 두드린다. 처음에는 그 소리가 너무 작아서 나는 그냥 책장만 넘긴다. 그런데 다시 조금 세게 노크한다. 내가 "예" 하고 크게 소리를 하자, 살짝 방문을 열고 들어선 것은 전에 만난 적이 없는 사람이다. 허름한 가죽 가방을 든 백발이 성성한 노인이다. 노인은 황학동 골동 상가에서 작은 가게를 하고 있다면서 자기소개를 한다. 나는 그 손님에게 의자를 권한다. 시간을 내주셔서 고맙다는 인사를 하면서 그 노인은 들고 있던 가방을 열고 두툼한 서류봉투 하나를 꺼낸다. 책상 위에 펼쳐놓은 것은 색이 바랜 원고지 묶음이다. 자기네 가게의 고서 더미 속에서 발견한 이 원고지 묶음을 내게 꼭 보여주고 싶다는 것이다. 나는 그 원고 뭉치의 내용이 궁금하다. 원고지의 첫 장은 그냥 비워둔 채인데 맨 끝장에 '壬辰 早春 西山'이라는 예사롭지 않은 펜글씨의 푸른 잉크색이 선명하다. 원고지 테두리 밖에 작은 글씨가 희미하게 '靑色 紙社'라고 박혀 있다.

주피터 초상

1

그의 필체를 나는 금방 알아보았다.

황해도(黃海道) 배천(白川) 천일여관(天一旅館) 13호. 엽서 위에 또박또박 쓴 주소가 먼저 눈에 들어왔다. 첫머리에 그는 '형, 미안해'라고 썼다. 자기가 미처 연락하지 못하고 경성을 떠나 왔다는 사실을 말한 것이다. 동경에서 유학을 마치고 귀국한 다는 걸 한 달 전 내가 미리 알렸지만 그는 아무런 답이 없었 다. 그의 엽서에는 병을 얻어 배천온천에 요양을 왔다는 사연 이 적혀 있었다. 달포 기간을 정했는데 일주일쯤 지나니 병이 아니라 심심해 죽겠다고 엄살을 부리면서 나보고 한번 배천 온천에 놀러 오라고 했다. 가난한 환우를 위해 위로금을 두둑 하게 담아오라는 익살까지 떠는 것을 보면 병이 그리 심한 것 같지는 않았다.

나는 작은 트렁크를 한 손에 들고 집을 나섰다. 종로 네거리 에서 전차를 타면 남대문역까지는 몇 정거장 되지 않는다. 거 기서 경의선 특급열차에 오르면 그만이다. 이번 여행은 한 사 나흘 정도를 예정했다. 대문 앞까지 나와서 잘 다녀오라고 아내가 배웅한다. 골목 어귀를 돌면서 나는 뒤를 돌아보았다. 아내는 아침잠에서 막 깨어나 칭얼대는 둘째를 품에 안고 여전히 대문 앞에 서 있다. 손을 한 번 들어 보였다. 아내가 내게 고개를 숙인다. 착한 여자— 저렇게 여리고 순박한 여자를 아내로 만날 수 있게 된 것은 얼굴도 모르는 내 어머니 덕분인지 모르겠다.

　아내는 자기감정을 함부로 내세우는 법이 없다. 언제나 시조모와 시아버지 받들기에 정성을 다한다. 수다스럽게 느껴질 수도 있는 젊은 시어머니의 신여성 교육도 모두 잘 견디고 있다. 아내에게 고마운 것은 바로 이 때문이다. 더구나 아내는 내 육신이 기형적으로 뒤틀린 꼽추라는 사실도 전혀 의식하지 않는 듯했다. 초례청에서 처음 볼 때부터 그랬다. 몸에 제대로 맞지 않는 사모관대를 하고 서 있던 내 귀에 주변 사람들이 수군대는 말이 모두 들렸다. "신랑이 난쟁인가?" "아니야, 꼽추라잖아." "어렸을 때 다쳤다는구먼." "색시가 아깝다. 저렇게 이쁜 얼굴인데… 저런 병신과 살아야 하니." 귓속을 파고드는 이런 이야기에 나는 고개를 제대로 들 수 없었다. 건너편에 서 있는 색시의 모습을 슬쩍 훔쳐보았다. 족두리를 쓰고 연지 곤지를 찍은 얼굴이 어슷하게 보였다. 키가 나보다 머리두 개는 더 올린 듯했다. 나는 눈을 감았다. 집사가 배례를 외치고 교배를 지시하여 서로 술잔을 나누는 동안에도 나는 구경꾼들의 시선을 의식하여 눈을 뜨고 색시를 올려다보기가 부끄러웠다. 그런데 색시는 다소곳하게 나를 맞았다. 혼례를 올린 뒤 첫날밤에 색시가 입에 올린 말은 '서방님'이라는 한 마디뿐이었다. 우리는 서로 낯설고 서투른 일이었지만 자연스럽게 하나가 되었다. 아내는 나를 배려하여 머리 위의 족두리도 스스로 내렸고 내 몸에 제대로 맞지 않는 대례복의 각대와 옷고름을 자기 손으로 풀어주었다. 그러고는 절대로 내 육신의 불균형을 의식할 수 없도록 자연스럽게 몸을 굽혀 내게로 다가왔다.

남대문역에서 출발한 기차는 곧바로 신촌을 지나 경성의 외곽을 벗어났다. 멀리 삼각산의 능선에 엷은 구름이 내리깔렸다. 이른 봄이었지만 한강 둔덕 위로 연록의 버들가지가 늘어졌고 아득하게 아지랑이 같은 것이 눈에 어른댄다. 나는 가방 속에 넣어둔 그의 엽서를 꺼내고는 가방을 선반 위로 올려놓았다. '심심해서 오히려 죽겠는걸. 형이 여기 와서 나를 좀 살려봐요'라는 대목을 보고는 혼자서 웃었다. '이 가난한 백성을 위해 여비 좀 두둑이 챙겨와요. 온천장의 シークレット·パーティー는 내가 재미있게 준비해두겠으니' 하는 엽서의 마지막 구절에 시선이 멎었다. '시크렛도 파티?' 나는 속으로 웃으며 차창 밖을 내다본다. 그의 눈동자에 깃들어 있는 슬픔 같은 것이 차창에 어리고 엽서에 날카롭게 적어나간 그의 글씨가 가슴을 찡하게 했다.

　우리 둘은 소학교 시절부터 매일 같이 붙어 다녔다. 우리 집은 사직단(社稷壇) 옆으로 오르는 필운동(弼雲洞)에 있었고 그는 거기서 좀 떨어진 통동(通洞)에서 살았다. 그는 나를 줄곧 '형아'라고 불렀다. 조무래기들까지 나를 꼽추라고 놀려댔지만 내가 저보다 네 살이나 위라는 걸 알게 된 뒤로 그는 형이라고 부르며 나를 따랐다. 다른 애들은 이런 호칭 따위에는 아무런 관심도 없었다. 체조 시간에 내가 항상 맨손체조도 제대로 따라 하지 못하여 훈육 선생한테 혼나는 것을 보고도 그는 다른 애들처럼 웃어대지 않았고 수업이 끝나면 내게 다가와서는 나를 위로했다. "형아, 괜찮지? 나도 맨손체조랑 달리기, 곤봉체조는 정말로 싫어. 체조 시간이 없는 학교는 없을까?" 나는 그의 말에 아무 대꾸도 없이 그냥 그의 손을 꼭 잡고 교실로 들어오곤 했다.

　학교가 끝나면 그는 나를 따라와 사직단 허물어진 계단 위에 가방을 밀쳐두고는 땅바닥 위에 곱돌로 그림을 그렸다. 우리는 동물원으로 소풍 가서 구경한 원숭이와 공작새를 그렸고 코끼리와 기린도 그렸다. 그림을 다 그린 뒤에는 누가 더 잘 그렸는지 각자 그림에 점수를 매겼다. 그의 그림 솜씨가 늘 나보다 한 수 위였다. 그는 원숭이의 입과 코를 정말 잘 그렸

14

고 코끼리의 길게 늘어진 귀와 코를 실감 나게 그렸다. 나는 언제나 그의 그림에 100점을 주었다. 그러나 그는 내 후한 점수가 불만이었다. "형아, 100점 말고 98점이나 95점도 매겨봐. 오늘 그린 호랑이는 아무래도 내 마음에 안 드는데, 형아는 또 100점이라고 하잖아." 나는 그의 이런 고집을 터무니없는 어리광으로 생각하지는 않았다.

그는 사소한 거라 해도 절대로 적당히 넘겨버리는 법이 없었다. 그가 보여주는 작은 것에 대한 치밀성은 소학교의 미술 선생님도 감동케 했다. 검정 뿔테안경을 쓰고 위엄이 등등한 모습으로 교실에 들어와 우리를 겁먹게 했던 선생님이 그와 내가 미술 숙제로 제출한 그림을 칠판에 내걸고는 한참을 칭찬했다. 그의 그림은 창경원에 견학 갔을 때 보았던 나무에 매달린 원숭이 세 마리를 그린 것이었고, 어미 코끼리와 새끼 코끼리를 그린 것이 내 그림이었다. 선생님은 앞으로 미술 공부를 계속한다면 화가가 될 수 있을 거라고 추켜세웠다. 나는 늘 무섭기만 했던 선생님의 말씀에 은근히 자신이 붙었다. 학교 수업이 모두 끝난 후 우리는 다시 사직단까지 함께 와서 가방을 풀어 헤치고 선생님이 돌려준 미술 숙제를 꺼냈다. 그리고 사내끼리 굉장한 약속이라도 하는 것처럼 앞으로 화가가 되자고 손을 잡았다. 그는 내 손을 잡고는 이렇게 말했다. "형아, 오늘 이야기는 비밀이야. 아무에게도 말하면 안 돼. 우리 큰아버지는 내가 그림 그리는 화가가 되겠다고 하자 크게 야단을 치셨어. 환쟁이는 제 밥도 못 벌어먹는다고. 하지만 나는 그림 그리는 것이 좋은데." 그의 눈망울에 눈물이 글썽거렸다. "네가 그림을 아주 잘 그리면 어른들도 모두 좋아하시게 될 거야. 우리 커서 같이 일본 동경으로 미술 공부하러 가자." 나는 이렇게 그를 달랬다.

소학교를 마치고 중학교로 올라갈 때 우리는 학교가 서로 갈렸다. 그는 졸업식을 마친 후에 눈물까지 흘리면서 나와 헤어지는 걸 슬퍼했고 내가 제일고보에 낙방하자 우리 아버지보다도 더 안타까워했다. 나는 결국 사립 경신학교를 택했다. 그는 일찍부터 동광학교로 정했다. 경신학교에는 나와 같은 불구자가 한 명도 없었다. 생도들은 누구도 나의 일그러진 몸통과 작은 키를 놀림감으로 삼지 않았다. 나는 경신에 다니면서 아버지의 주선으로 춘곡(春谷) 선생의 도움을 받아 '고려화회(高麗畫會)'에 가입했다. 종로 기독교회관 2층에 자리한 화실에서 일주일에 두 차례씩 그림 공부를 했다. 나는 그를 만날 때마다 새로운 미술 공부를 자랑하면서 내가 그린 데생을 직접 보여주기도 했다. 그가 동광학교에서 보성고보로 편입하면서 자기도 미술반에 들게 되었다고 말해주었다. 우리는 소학교 시절처럼 토요일 오후 사직단에서 만나 그림을 그렸다. 주먹 쥔 손 모양을 그리기도 하고 돌멩이를 계단에 올려놓고 연필로 그 형태를 그리기도 했다.

그가 경성고등공업학교 건축과에 합격했다. 고공은 총독부 관할 관립학교로서 조선 최고의 이공계 전문학교다. 그는 합격자 명단이 관보에까지 올랐다고 좋아하면서도 나와 같이 미술 공부를 위해 동경으로 떠날 수 없게 된 처지를 스스로 비관했다. 나는 그를 달래고 고공 합격을 축하하기 위해 선물도 하나 준비했다. 숙부가 일본에 다녀오면서 사온 화구상자(畵具箱子)였다. 숙부는 그림 공부를 본격적으로 시작한 장조카를 위해 동경에서 제일 큰 문구점 마루젠을 찾아가 가볍고 편리하게 쓸 수 있는 걸로 구했다고 했다. 나무로 제작한 작은 상자는 겉에 니스를 발라서 반질반질 윤이 났고 가죽 손잡이가 달렸다. 상자의 걸쇠를 열어보니 그 속에는 물감과 그림붓과 유화를 그리는 데에 필요한 페인팅 나이프가 여러 자루 가지런히 담겨 있었다. 숙부는 상자의 재료로 쓴 나무가 '오얏나무' 종류라고 했다. 여러 차례 물에 불렸다가 말리기를 반복하여 굳힌 나무라서 물이 묻어도 나무가 뒤틀리지 않을 거라는 말도 덧붙였다. 나는 그걸 보는 순간 내가 들고 다니던 화구상자를 늘 부러워했던 그의 모습이 떠올랐다.

고공 입학식이 끝난 뒤 나는 그를 만났다. 둘이 사직단에 올라 소학교 때처럼 돌계단에 앉았다. 멀리 인왕산 골짜기로 살구꽃이 하얗게 피어나 구름이 걸린 듯이 보였다. 나는 그에게 화구상자를 내밀었다.

"축하해. 이거 내 선물이야. 고공에서도 계속 그림을 그리겠다고 약속해줘. 나도 곧 일본으로 그림 공부를 하러 떠나게 되었어."

"형아, 무슨 선물인데 이렇게 큰 상자야?"

"펼쳐봐. 어서."

그는 겹겹이 싼 하얀 창호지를 펼쳤다. 그리고 화구상자를 보자마자 말을 잇지 못했다. 나의 얼굴을 내려다보는 그의 눈망울에 금방 눈물이 고였다. 나는 바보같이 왜 우냐고 그의 등을 두드리면서 숙부가 들려준 그대로 화구상자를 자랑했다. 동경의 유명한 문구점에서 구한 가볍고 편리한 화구상자다. 오얏나무인지 하는 나무로 만든 것인데 몇 번을 물에 불리고 말려 나무가 아주 단단해져서 물이 묻어도 터지거나 뒤틀리지 않는다. 손잡이를 가죽으로 만들어 들고 다니기도 좋다. 그는 상자의 걸쇠를 열었다. 그러고는 "아…" 하는 감탄사를 한숨처럼 가늘고 길게 발음했다.

"고마워, 형아. 평생 잊지 못할 선물이네. 얼마나 갖고 싶었는지 몰라. 약속할게. 고공에 가서도 계속 그림을 그릴게. 이걸 오얏나무로 만들었다고? 오얏나무 상자."

그는 '오얏 리, 상자 상'이라고 하면서 땅바닥에 이상(李箱)이라고 적었다. 그리고 내가 준 화구상자를 자기 이름으로 삼아야겠다고 말했다.

"이상, 어때?"

그가 천진한 얼굴로 나를 쳐다봤다. 이 엉뚱한 제안에 나도 "나중에 필명으로 쓸 수 있겠다, 이상" 하고는 그저 웃었다. 그는 화구상자를 끌어안고 다짐했다. '이상'이라는 이름을 꼭 갖겠다고.

"그런데 형, 이 화구상자는 비밀이야. 큰아버지가 보면 당장 빼앗아 때려 부숴버릴 텐데."

그는 큰아버지 걱정을 하고 있었다. 큰아버지는 학교 공부를 게을리하며 그림에 빠져 있다고 야단치면서 일본 세상에서 살아남으려면 기술이 최고라고 가르쳤다. 그는 학교 실습실에 몰래 화구상자를 가져다 두고 그림을 그리겠다고 약속했다. 나는 그의 말에 아무 대꾸를 할 수 없었다. 그가 그렇게 심하게 정신적 갈등을 겪고 있다는 것을 처음 알았다. 너무나 큰 그의 비밀이었다.

기차가 임진강(臨津江) 철교를 건넜고 다시 예성강(禮成江)을 끼고 북으로 달렸다. 차창 밖으로 넓은 들판이 펼쳐졌다. 한 시간 정도를 달리는 동안 서해로 흘러들어가는 큰 강을 세 개나 거쳤다. 토성(土城)역에 도착했다. 여기까지가 모두 경기도 개풍(開豊) 땅이다. 차창 밖으로 보이는 토성은 나지막한 야산이 멀리 둘러쳐진 것을 빼면 너른 들판의 한복판에 옹기종기 집들이 늘어선 작은 마을이었다. 토성에서 해주(海州)까지 이어지는 토해선(土海線) 협궤열차로 갈아타야만 배천온천으로 갈 수 있다. 토해선은 해주에서 다시 황해선(黃海線)과 연결되며 황해도 일대의 중요 교통망을 이룬다. 열차는 이미 역에서 손님을 기다리고 있었다. 나는 기차에서 내려 대합실로 나갈 필요도 없이 역무원의 깃발 신호를 따라 플랫폼에서 장난감 같은 협궤열차로 갈아탔다.

토성에서 예성강역을 지나 성호(星湖)역을 통과하면 배천온천이다. 나는 이 작은 역들의 이름을 외워보면서 신문 속 사진으로만 보았던 온천장의 정경을 그려보았다. 배천온천은 경성에서 제일 가까운 거리에 생겨난 온천이어서 온천 목욕을 즐기는 내지인들에게도 인기가 있었다. 작지만 깔끔하게 차린 서양식 건물의 호텔을 소개하는 광고는 자주 신문에도 등장했다. 토성역에서 출발한 협궤열차는 해주가 종점이라고 했다. 토성에서 배천까지 반시간 정도면 족하다는 옆자리 촌로의 말에 나는 고개를 끄덕였다. 차창 밖으로 이어지는 들판 끝의 먼 산줄기가 멸악산맥(滅惡山脈)일 거라며 속으로 가늠해보았다. 뒤뚱거리면서 달리는 기차 안은 좁고 너무 소란스러웠다. 나는 눈을 감고 앉아 있다가 다시 고개를 돌려 차창 밖을 내다보곤 했다. 이 기차는 되도록 천천히 달리는 걸 자랑처럼 여기는 것 같았다. 사람이 달려서 따라올 수 있을 정도로 차창 밖의 풍경도 느릿느릿 뒷걸음쳤다. 옆자리의 촌로가 자꾸만 내 행색을 훔쳐보고 있었다. 내 불구의 육신에 어울리지 않는 양복쟁이라는 걸 이상하게 여기는 듯싶었다. 하지만 그런 멸시의 시선을 별로 신경 쓰지 않는다. 나는 손목시계를 한번 들여다보았다.

 내 첫 개인전이 끝나던 날이다. 그가 전시장을 다시 찾아왔다. 동아(東亞)의 호의로 신문사 3층에 임시 전시장이 꾸며졌고 내가 동경에서 그린 50점의 그림이 닷새 동안 대중과 만나게 되었다. 여기저기 언론에서 이 전시회를 크게 소개했지만, 나는 동경 유학 생활의 중간 결산이라는 생각에 오히려 조바심이 컸다. 전시 마지막 날인데도 아침 아홉 시에 전시실의 문을 열자마자 관람객이 몰려들었다. 춘곡 선생이 오후에 또 전시실에 들렀다. 닷새 전 개막식 자리에서 간단한 인사말을 겸하여 내 그림의 강렬한 필치를 치하해주었던 춘곡 선생은 그림을 내리기 전에 한 번 더 찬찬히 뜯어보고 싶었다고 했다. 전시실을 둘러보고 나서 접견실로 들어온 춘곡 선생과 오랜만에 단둘이서 대면했다. "오늘 내가 그림을 다시 자세히 보았네. 서산(西山)이 이제 대가가 되었어. 저렇게 선이 굵고 화폭 가득하게 황토색이 강렬한 그림은 조선에서 찾아볼 수가 없지."'서산'은 춘곡 선생이 내게 내려준 아호였다. 동경으로 유학을 갈 때 작별의 선물로 받은 이름이 서산이었다. 우리 동네 필운동 뒷산을 가리키는 말이기도 하다. 선생은 이 말에 담긴 뜻도 뭐라고 설명했지만 나는 그 말을 귀담아듣지 않았다. 더구나 일본에서는 이 이름을 제대로 사용할 일이 없었다. 나는 자리에서 일어나 고개를 숙였다. "앉아요. 오늘의 주인공인데…. 모든 신문이 이 전시를 대서특필했네. 이 척박한 화단에서 자네가 큰일을 하나 이루어냈어." 나는 대답을 하지 못했다. 선생은 내가 정관(井觀) 선생 문하에 들어가 조각도 좀 공부하고 싶다고 했을 때 나를 말리지 않았다. 그림 공부하는 동안에는 두루 배우고 경험하는 것이 나쁘지 않을 것이라고 하면서 조각이란 공간을 화폭으로 삼는 미술이라고 내 어깨를 다독였다. 나는 춘곡 선생의 '공간을 화폭으로 삼는 미술'이라는 말에 감동했었다. 춘곡 선생이 전시실을 떠난 뒤 나와 그림 공부를 같이했던 용준과 순석이 전시장으로 들어서면서 큰 소리로 나를 불렀다. "서산, 축하해. 장안에 난리가 났어. 조선의 로트레크 구본웅(具本雄) 화백의 귀국전이 화제라네. 자네 그림을 다시 보려고 왔어." 관람객의 눈길이 모두 접견실로 향했다. 나는 그 시선이 부담스러웠다. 언제나 그랬다. 사람들은 대개 '저런 꼽추가…' 하면서 두어 번 나를 돌아보기 일쑤였다. 나는 그런 눈길이 싫어서 두 친구의 손을 붙잡고 접견실로 끌었다. "서산의 누드가 일품이야. 금방이라도 덮쳐올 듯한 강렬한 눈빛의 관능미를 아무도 흉내 내기 어려울걸. 저런 육감적이고 관능적인 모델이 실제로 있기나 한 건가?" 이런 식의 농담으로 좁은 접견실이 부산했다. 나는 그저 고맙다고 인사치레로 말하면서도 마지막 날짜에 맞춰 누가 전시장에 들렀는지 궁금했다. 오후 여섯 시가 넘어 전시실의 조명이 하나둘 꺼졌다. 나는 신문사 직원들이 분주하게 오가는 전시실을 혼자서 빠져나왔다.

신문사 건물의 출입구 돌계단 끝에 그가 쭈그리고 앉아 있었다. 그는 나를 보자 반갑게 웃으면서 머리칼을 쓸어올렸다.

"형이 나오기만 기다렸어."

"아니, 언제부터 여기서 기다렸나? 여기 이러고 있을 거면 접수부 직원에게 미리 귀띔을 해두지."

나는 그의 손을 잡았다. 그는 몹시 지쳐 보였다. 창백한 얼굴에 이마를 가린 긴 머리가 그의 표정을 더욱 초췌하게 만들었다. 그는 나를 보자 금방 울음이 터져 나올 듯한 표정을 지었다.

"형이 손님들과 접견실에 있다는 걸 알았지. 혼자 그림을 다시 둘러본 후 바깥으로 나왔어. 사람들이 너무 많아서 숨이 막힐 것 같았거든. 곧 전시실 문 닫을 시간이라길래 형을 기다리며 여기 쭈그리고 앉아 이걸 썼지. 형한테 주려고."

그가 작은 일본어 글씨로 빼곡히 뭔가를 적은 신문사 메모

23

지 두 장을 내밀었다.

"이게 뭔데?"

그는 전시회를 돌아본 자기 소감이라고 했다. 나중에 집에서 찬찬히 읽어보라면서 종이를 접어 내 주머니에 넣었다. 나는 그 내용이 궁금했지만, 그가 시키는 대로 따랐다.

"전시 준비로 정신이 없던 지난 한 달이 아득하게 느껴져. 생각보다 관람객도 많았어."

나는 그의 손을 끌었다. 우선 시장기부터 해결하기로 했다. "어디로 갈까?" 그는 아무런 대꾸도 하지 않고 나를 따랐다. 나는 부청사 건너 '후루사토(ふるさと)'로 그를 이끌었다. 일본 풍의 경양식을 내는 곳이니 간단히 저녁을 먹고 차를 마셔도 좋겠다는 생각이었다. 손님이 많지 않았다. 나는 종업원의 안내로 자리를 잡은 후에야 그가 넥타이까지 맨 정장 차림인 걸 알아보았다. "그런데 웬일이야, 오늘은 넥타이까지 맸네" 하고 옷차림을 아래위로 훑으면서 말하자 그는 멋쩍게 웃었다. 그는 웃옷을 벗어 의자에 걸쳐놓고는 넥타이를 느슨하게 풀었다. 전시회가 시작되던 날은 의주통(義州通) 전매서 신축공사장의 감독 노릇으로 작업복을 입은 그대로였다. 그런데 오늘은 건설과에 공사 진척 사항을 보고해야 하는 날이라서 회의에 참석하느라 넥타이를 맸다고 했다.

"그렇게 말쑥하게 차려입으니 총독부 관리 같아. 오늘 전시장은 잘 돌아보았지?"

"지난번 첫날은 사람들이 너무 많아서 제대로 그림을 구경하지 못했어. 오늘은 마침 전시회가 끝나는 날이라고 조간에 기사가 났길래 내무국 건설과 보고 회의를 마친 후 다시 현장으로 갈 필요가 없어서 여기 전시장으로 온 거야. 다시 그림을 찬찬히 보니 가슴이 두근두근했어. 형은 참 대단해. 형은 이제 정말 조선의 최고 화가가 된 거지. 나는 그림마다 형의 내면에서 꿈틀대는 억압된 욕망이 어떻게 표현되고 있는지 제대로 읽어내긴 어려웠지만."

나는 그의 말을 듣고 그렇게 어렵게 말하지 않아도 되니 그냥 솔직한 평을 들려달라고 했다.

그는 "내 느낌은 아까 그 종이에 그대로 적었어. 솔직하게 전부"라고 하면서 내 주머니를 가리켰다. 그 말에 나는 주머니에 접어 넣었던 그의 메모지를 다시 꺼냈다. 깨알처럼 작은 히라가나 글씨가 빼곡하게 적혀 있었는데 맨 앞에 제목처럼 '且8氏の出發(차팔씨의 출발)'이라고 쓴 큰 글자가 눈에 들어왔다. 차팔씨의 출발이라? 나는 '이게 무슨 말이지?' 하는 표정으로 그를 건너보았다. 그는 나의 궁금증은 상관하지 않고 나중에 집에 가서 찬찬히 읽어보라면서 전시회 이야기를 계속했다. 내 그림에서 읽은 억압된 욕망의 정체를 그는 '저항'이라고 했다. 그러더니 바로 말을 바꾸어 저항이라기보다는 '비

아냥'이 더 가깝다고 했다. 그는 그림을 보는 사람들에게 모멸
감을 느끼게 만드는 독특한 붓의 터치가 인상적이라는 설명
까지 덧붙였다. 나는 그 말에 대구하지 않았다. "형의 내면에
숨겨진 자의식에 상처가 크지 않았으면 좋겠다고 생각했어.
이런 그림을 그리면서 상대방에게 모멸감을 심어주기 위해서
는 그만큼 자기도 내상(內傷)을 당하기가 쉽잖아"라면서 그는
나를 망연히 바라보았다.

　내가 밥그릇을 거의 비울 때까지 그는 몇 술 뜨지 않았다.
도통 입맛이 없다고 했다. 어디 아픈 데가 있는 건 아니냐고
물었지만, 그는 젊은 놈이 무슨 아픈 데가 있겠느냐면서 나
를 따라 수저를 놓아버렸다. 몹시 지쳐 보였다. "네가 너무 일
에만 열심인 거 아냐? 젊었을 때도 자기 몸을 꾸준히 돌봐야
해." 나는 그의 얼굴을 올려다보았다. 가게의 불빛에 얼비치는
그의 얼굴이 너무도 창백하여 납빛으로 보였다. 그는 오후가
되면 온몸이 나른해지고 맥이 풀린다면서 그저 열심히 이마
의 땀만 닦았다. 나는 그의 핏기 없는 얼굴이 마음에 걸렸다.

　차창 너머로 멀리 배천 읍내의 모습이 눈에 들어왔다. 아직
역에 도착하지 않았는데도 객차 안 사람들이 출입문 쪽으로
움직였다. 나는 서두를 필요가 없었다. 옆자리의 촌로를 뒤따
라 천천히 내리면 될 일이다. 열차가 덜그럭거리면서 플랫폼

으로 들어선다. 나는 객차 안을 돌아보았다. 배천온천의 명성 그대로 대부분의 손님들이 가방과 옷가지를 챙기며 내릴 준비를 하고 있다. 나도 선반 위에 얹어둔 트렁크를 내렸다. 그가 어떤 모습으로 나타날지 궁금했다. 천천히 사람들을 따라 열차에서 내려 건너편 역사의 개찰구 쪽을 바라보았다. 손을 흔들고 서 있는 그의 모습을 금방 알아챘다. 나도 늘어선 사람들 틈에 서서 그에게 모자를 벗어 흔들었다.

그는 이태 전 경성에서 만났던 모습과 크게 달라 보이지 않았다. 얼굴은 여전히 창백하고 야위었지만, 수염도 깎았고 머리도 가지런히 다듬어서 말쑥한 모습이 요양을 온 환자라고는 생각되지 않았다.

"형이 여기까지 와주었네. 우리가 재작년 늦은 봄에 만났었는데 벌써 두 해 가까이 지났어."

"그때 첫 개인전을 마치고 동경으로 돌아가서는 생각이 복잡해졌지. 그래서 방학 때 다시 경성에 오지 않고 동경에 눌러박혀 있었네. 무슨 굉장한 예술을 이룬 것도 아닌데 다섯 해에 걸친 일본 유학 생활을 마무리한다는 게 쉽지 않았어. 짐을 싸들고 돌아온 지 스무날이 넘었는데 처리해야 할 이런저런 일들이 많아서 정신없이 바빴지 뭔가. 그래, 몸은 좀 어떤가? 겉보기에는 멀쩡한 신사구먼."

그는 대답 대신 환하게 웃으면서 내 가방을 받아 들고 앞장섰다.

천일여관은 역전 광장 건너편 길모퉁이에 들어서 있는 제법 규모가 큰 조선 기와집이었다. 지은 지 오래지 않아서 여관의 안팎이 모두 정갈했다. 그는 자기 방으로 나를 안내했다. 넓은 방 한구석의 작은 탁자 위에 놓인 약탕관과 작은 약종지 때문에 방 안 전체가 한약 냄새로 가득했다. 내가 자리에 앉자 그는 관급 공사 감독으로 차출되어 나갔다가 졸도했던 일부터 자기 병 이야기를 무슨 자랑이라도 하듯 자세히 늘어놓았다. 그가 결핵을 앓고 있다는 걸 나는 거기서 처음 들었다. 총독부 병원에서 뢴트겐 촬영 검사를 했던 이야기는 너무도 상세하게 설명해주는 바람에 그 과정이 눈에 선하게 그려질 정도였다. 그는 살아 있는 사람의 몸속을 들여다볼 수 있는 기술 발전에 크게 감탄하면서 자기 가슴을 찍은 흐릿한 뢴트겐 사진의 윤곽이 홍수 때 물에 잠긴 헐렁한 축사의 울타리처럼 드러나 보였다고 설명한다. 그 뒤부터 죽음을 노래하는 얼굴 없는 검은 천사가 아무런 예고도 없이 그림자처럼 그의 뒤를 따라붙었다. 객혈의 고통이 반복되는 동안 그는 점점 죽음에 대한 공포에 시달렸다. 그는 자기 병이 부모에 대한 불효가 되었다면서 총독부 기사를 그만둔 사연도 들려주었다. 결핵의 전염성 때문에 많은 사람과 자주 접촉해서는 안 된다는 사실을 병원으로부터 통보받은 뒤 건설과 과장이 그에게 집에서 쉬도록 권유했다.

"형, 나는 하릴없는 빈털터리 병객으로 예 와 있으면서 내 운명이 참으로 기구하다는 생각을 많이 했어. 의사가 오래 살지 못한다고 내게 경고까지 했으니. 이제는 자살을 꿈꿀 일이 없어졌네. 아니, 모든 꿈도 희망도 사라진 셈이야."

"무슨 그런 나약한 소리를 해. 겉보기에는 전혀 환자 같지 않은데."

나는 그를 나무라면서도 무언가 용기를 심어줄 필요가 있다고 생각했다. 그는 한동안 말을 잇지 못하다가 형 보기에 괜찮아 보인다면 다행이라면서 앞머리를 쓸어넘겼다. 그러고는 너무도 놀라운 소식을 전했다.

"사실, 나는 거상(居喪) 중에 이런 유적지에 떠밀려와 있어. 동경에 있는 형에게까지 부고할 겨를도 없었네. 백부가 지난해 갑자기 세상을 떠나셨거든. 내가 병원에서 폐결핵 진단을 받자, 그 어른은 내 건강 걱정보다 총독부를 그만두게 될 거라는 점에 더 크게 실망하셨지. 최고의 안정된 직장에서 쫓겨나는 병객의 신세가 되었으니…. 신당리(新堂里) 부모님이 용하다는 의원의 탕제를 받아와 하도 성화를 해대는 바람에 그걸 어깨에 둘러메고 여기까지 내려오게 되었지만."

"그 어른이 작고하셨다고?"

내가 동경 유학 생활을 마무리하기 위해 정신없이 지냈던 지난 두 해 사이에 그에게 혼자서 견디기 힘든 일들이 일어났다. 그의 백부가 돌아가시다니. 그가 늘 두려움의 대상으로 여겼던 어른인데. 내가 걱정스러운 표정으로 그를 건너다보자, 그는 자기에게 주어지는 남은 생은 여벌로 얻은 거나 마찬가지라면서 맥없이 웃는다. 그러고는 이제 무슨 짓을 해도 상관없다고 했다. 나는 그게 무슨 말이냐면서 빨리 건강을 되찾아야 그림도 그리고 일도 다시 하지 않겠느냐고 그를 위로했다.

그런데 그는 고개를 숙이고 풀 죽은 목소리로 말했다.

"내 그림은 끝났어."

"끝나다니? 이제 첫발을 내디딘 건데…. 나하고 함께 그림 그리기로 약속했잖아?"

그는 한동안 천장을 올려다보다가 길게 숨을 몰아쉬었다. 그러고는 그의 백부 이야기를 들려주었다.

"나는 이제 그림을 그릴 수가 없어. 그림 그리던 두 손을 그대로 잘라버린 거나 마찬가지야. 백부가 내 그림을 모두 불태워버리던 날 나는 무릎을 꿇고 빌었지. 두 번 다시 그림에 손을 대지 않겠다고."

나는 그의 말을 끊으면서 그게 무슨 소리냐고 물었다.

"그 어른이 갑작스럽게 돌아가시는 바람에 내게 큰 불효가 떨어졌지. 나는 속죄의 뜻으로 파랗게 질려서 나의 두 팔을 잘라버리는 지독한 형벌을 나 자신에게 내렸어. 그 두 팔을 촛대처럼 내 방 안에 걸어두고 나는 날마다 맹세하고 백부께 마음 속으로 용서를 빌었어."

"그 어른이 돌아가신 것이 네 탓은 아니잖아? 왜 그런 식으로 자책을 해?"

"백부는 당신 고집대로 내 생의 지도를 엉뚱하게 그려냈지. 어머니의 품에서 나를 빼앗아 양자로 삼겠다는 욕심을 내서 모두를 아프게 했는데, 내 어린 꿈 같은 것은 상관없이 내가 바라던 화가의 길도 억지로 막았어. 어떻게 그 고집스러운 어른의 뜻을 배반하겠나? 나는 불경스럽게도 속으로 백부가 없는 세상을 꿈꿨어. 어떨 때는 백부가 빨리 죽었으면 하고… 아마도 내가 앓는 병은 그 불효한 죄를 벌로 받는 것일지도 몰라."

그가 병원에서 집으로 돌아온 날 백부는 그림물감의 독한 냄새 때문에 폐병이 생긴 거라면서 그의 방으로 달려들었다. 그러고는 고공 시절에 그렸던 그림과 쌓여 있는 그림책과 물감, 그리고 그가 가장 귀하게 여겨온 화구상자 등을 모두 안마당으로 내던진 후 그 위에 석유를 뿌리고 불을 질러버렸다. 그러면서 어른 말을 듣지 않아서 제 신세를 망치고 집안까지 어지럽혔다고 고래고래 소리를 쳤다. 부아를 참지 못하고 있는 백부에게 그는 벌벌 떨면서 다시는 그림에 손대지 않겠다고 빌었고 백부가 안방으로 들어갈 때까지 마당에 무릎을 꿇고 앉아 있었다.

"그때 나는 겉으로는 잘못했다고 용서를 빌었지만, 속으로 백부를 증오했어. 백부의 저런 무지막지한 모습을 보지 않고 살고 싶다고…. 내가 큰 불효를 저지른 셈이지."

그는 주먹으로 눈물을 닦았다. 나는 할 말을 잃었다. 그런데 몇 달이 지나지 않아 백부가 갑작스럽게 뇌일혈로 쓰러져 세상을 떠났다. 평소에 혈압이 높았던 백부는 상공부 관리직을 퇴임하고 노후를 위해 새로운 사업에 골몰하던 중이었다. 선대부터 누려온 가대(家垈)를 헐어 대지를 분할하고 거기에 집 세 채를 지어 팔아 큰돈을 손에 쥘 수 있게 되었다. 그런데 일이 마무리되기 전에 집 짓던 목수와 공사비 문제로 시비를 하다가 쓰러져 다시 일어나지 못했다. 그는 장례를 치르고 백부가 벌여놓은 집 짓는 일을 혼자서 마무리했다. 백모는 그가 새로 지은 집들을 팔고 그 돈에 손댈까 조바심을 쳤다. 그리고 만나는 사람마다 붙잡고는 장조카를 데려다 키우고 가르쳤더니 은혜는 모르고 어른 속 썩이다가 결국 돌아가시게 했다면서 엉뚱하게 그를 원망했다. 긴 사연을 내게 들려준 그는 다시 한숨을 내쉬었다. 나는 그의 창백한 얼굴을 보면서 그의 손을 가만히 잡았다. 병마와 싸우면서 백부의 죽음을 괴로워하는 그를 어떻게 위로할 수 있을지를 곰곰이 생각했다. 그리고 겨우 이렇게 한마디 던졌다.

"그 어른이 그렇게 돌아가셨지만 그건 네 잘못이 아니야. 이제는 너 자신이 중요해. 그림으로 네 재주를 살려봐. 자기 자신을 위해 살겠다고 결심도 하고."

나는 그의 창백한 얼굴을 쳐다볼 수가 없었다.

"형, 이런 형편에 내가 무슨 그림 생각을 하겠나? 내게 언제 닥칠지 모르는 죽음이 가끔 두렵게 느껴져."

"그런 나약한 말은 하지 마. 힘내서 건강을 되찾아야지."

"어쨌든 형에게 이렇게 털어놓고 보니 속이 좀 후련하네."

그의 표정이 조금씩 밝아지고 있었다. 방 안의 어두운 분위기를 깨려는 듯이 그가 내게 재촉했다.

"이제 형 얘기 좀 듣자. 동경에서 돌아온 조선의 로트레크, 이과회 출신 화가 이야기가 궁금해."

나는 그가 내게 보여준 솔직함 이상으로 그 앞에서 솔직해지고 싶었다.

"그림 공부를 한다고 동경에서 보낸 세월이 사 년이 넘지. 짧지 않은 유학 생활인데 그동안 많은 일들이 일어났어. 나는 장가도 들었고 애가 둘이나 딸린 가장이 되었지. 동경에서의 미술 공부는 나 자신의 한계만 통절하게 느껴야 했던 고통의 시간이었고. 서구적인 것과 동양적인 것의 조화라는 건 하나의 이상일 뿐이야. 이과회전(二科会展)에 입선하고 이름이 조금 알려진 덕분에 동아에서 첫 개인전도 열었지만, 사실 내 미술은 어디로 가야 할지, 더 나아갈 길이 있는지 제대로 보이지 않아. 앞이 꽉 막혀 있는 느낌이지."

그는 내 말에 놀란 표정이었다.

"무슨 말이야? 조선인 최초로 이과회전에 입선한 '조선의 로트레크'라고 모두가 형에게 찬사를 보냈잖아? 지금도 형의 첫 개인전에서 본 그림들의 강렬한 색채와 놀라운 구도가 눈에 선한데."

"그건 네가 나를 좋게만 봐준다는 뜻이야. 첫 개인전을 마치고 동경으로 돌아간 후 지난 두 해 동안 나는 깊은 좌절감에 빠져 있었어. 그림에 대한 의욕을 모두 잃어버린 채, 조선 땅에서 미술이 꽃피는 예술로 성장할 수 있을지 자신을 향해 되묻곤 했어. 동양적인 아름다움과 서구적 기법이 조화롭게 만난다는 건 불가능하다는 생각이 들 때마다 힘이 빠졌지. 동경 하숙집에서 아침에 일어나 창문을 열면 아득하게 멀리 파란 하늘에 꿈처럼 떠 있는 후지산이 머리에 하얀 눈을 뒤집어쓴 채 자취를 드러내곤 했어. 그것 하나만 빼고 동경을 벗어난 게 아주 홀가분해. 동경에서 나는 늘 자신이 없었어. 예술이라는 창조의 영역에서는 먼저 자기와의 싸움에서 이겨야 하는데 나 자신을 넘어서기가 얼마나 어려운 일인가를 너무 늦게야 배운 셈이야. 경성으로 돌아와보니 조용한 시골처럼 한적한데 여전히 환쟁이는 배고프고 외롭지. 하루 종일 캔버스 앞에 붓을 들고 서 있는 것도 내 몸으로는 견뎌내기 어려운 노동으로 느껴져."

내 이야기를 듣고 있던 그는 분위기가 무거워지는 것을 눈치채고 다시 자기 요양 생활 이야기로 말을 돌렸다. 아침나절에 배천 읍내를 골목마다 뒤지듯 한 바퀴 돌아오는 것으로 하루 일과를 시작한다. 이제는 눈을 감고도 동네를 여기저기 돌아다닐 정도로 길이 익숙해졌다. 그런데 계속되는 기침과 가끔 일어나는 객혈이 성가시다. 오후가 되면 온몸이 나른하고 미열에 식은땀으로 힘이 빠져서 그냥 자리에 눕고 싶을 때가 많다. 다행히 한 열흘 약을 먹고 나니 기운이 좀 나고 기침도 잦아들면서 요즘은 객혈도 뜸해졌다. 매일 쓰디쓴 탕제를 넘기는 것이 고역이다. 벌써 인삼을 넣어 고아 먹은 암탉이 몇 마리인지 모르겠다면서 주먹을 불끈 쥐어 보였다. 인삼 닭이 끝나면 개를 고아 먹도록 순서가 짜여 있다는 거였다. 그러고는 여관에서 차려주는 저녁밥을 먹은 후 아주 멋진 파티로 나를 초대할 거라면서 혼자 즐거워했다. 그의 표정이 밝아진 것을 보고 나도 덩달아 같이 웃었다.

"사내끼리 무슨 신나는 파티?"

"아냐, 사내끼리가 아냐. 아주 이쁜 서도(西道) 기생도 다 미리 점고를 해두었어. 형을 위해."

나는 그의 말을 그저 허풍으로 받아넘겼다.

그날 저녁 우리는 여관방을 벗어나 어둑어둑한 거리로 나왔다. 그는 양복까지 차려입고 넥타이를 맨 채 앞장을 섰다.

여관의 뒷골목으로 돌아드니 장명등이 내걸린 높다란 솟을대문이 보였다. 그는 그 집을 가리키며 배천온천에서 가장 이름난 기생집이라고 했다. 술상을 든 하인들이 이리저리 분주히 마당을 오갔다. 초저녁부터 벌써 손님들이 방마다 들어찬 것 같았다. 그는 대문 앞으로 다가서면서 큰 소리로 사람을 불렀다. 마당을 가로질러 가던 하인이 허리를 굽실거리면서 우리 앞으로 다가왔다. 그가 이렇게 말했다.

"경성에서 손님이 오셨다고 알려라. 이 집에 금홍이란 기생이 있을 테니."

그 하인은 우리를 본채와는 떨어진 별채로 안내하면서 좀 조용한 방으로 모시겠다고 했다. 연실(燕室)이라는 표시가 여닫이문의 손잡이에 달려 있었다. 나는 속으로 '제비 방이라고?' 하면서 그가 하는 대로 지켜보기로 했다. 방 안으로 들어서자 그는 내가 앉을 자리를 정해주었고 내 외투를 받아서는 벽의 말꽂이에 걸었다.

한참 뒤에 방문이 열렸다. 그리고 자그마한 키에 노랑 저고리 빨강 치마를 입은 여인이 고개를 숙인 채로 들어섰다. 그 여인은 방구석에 쌓아둔 방석을 내려놓고는 우리에게 좌정하라면서 자기소개를 했다.

"기생 금홍이라고 하옵니다. 오늘 밤에 두 분 어른을 제가 뫼시게 되어 인사 올리겠습니다."

기생은 우리 둘에게 큰절하고 자기 이름을 다시 말했다. 금홍이라고 했고 열아홉 살이라고 나이까지 일렀다. 나는 그녀의 얼굴을 한 번 보고는 기생으로는 이미 한물간 스물두어 살이 넘었을 거라고 혼자 생각했다. 금홍이는 우리 앞에서 처음에는 제법 조신하게 굴었지만, 술상이 나오고 술잔이 두어 순배 돌아가자, 흥에 겨워 서도소리를 목청껏 불렀다.

그녀가 잠시 방을 비웠을 때 그는 엊저녁에 이곳을 미리 답사했노라고 고백했다. 그리고 저렇게 이쁜 기생을 어떻게 다루어야 할지 모르겠다면서 조바심을 쳤다. 나는 그가 그렇게 들뜬 표정을 짓고 있는 것을 처음 보았다. 기생 금홍의 갸름한 얼굴이 이쁘고 가느다란 눈초리가 매력적인데, 잔털 나스르르한 목덜미를 한번 만져보고 싶다고까지 했다. 나는 그가 금홍에게 첫눈에 반했음을 알았다.

금홍이 작은 소반에 새로 지진 육전 부침과 술 주전자 하나를 올려 들고 들어왔다.

"제가 부엌간에 부탁하여 특별한 서울 손님 대접을 잘해야 한다고 했지요."

금홍은 젓가락으로 부침 한 점을 집어 그의 입에 넣어주었다. 장난기가 발동했다. 나는 웃으면서 오늘 밤 두 사람이 삼월삼짇날 강남에서 돌아온 제비 한 쌍처럼 잘 어울린다고 추켜세우고는 한번 사귀어보라고 했다. 금홍은 경성에서 온 도련님이라면 못 할 게 뭐가 있겠냐며 그의 얼굴에 자기 입술을 대는 시늉까지 해 보였다. 그러고는 다시 정색하면서 물었다.

"두 분 어른을 어디서 뵀는지 도무지 기억나지 않습니다. 아까 대문간을 들어오시면서 제 이름을 찾으셨다는 말을 마당쇠가 분명 전했는데요."

나는 대답 대신에 너털웃음을 웃었다. 금홍이의 이 물음에 답을 한 것은 그였다. 그는 제법 사내답게 이렇게 말했다.

"그것이 궁금한 일이냐? 내가 대답해주지. 바로 엊저녁의 일이다. 우리 지엄하신 아버지가 엊저녁에 이 술집을 들르셨느니라. 아들인 나를 너무나 끔찍하게 사랑하는 어른이어서 아들놈에게 어울리는 기생 하나를 골랐다는데 그것이 바로 너였구나. 금홍이가 정녕 맞지?"

"아니, 경성에서 오신 도련님이 농담도 어지간하십니다. 아들 위해 미리 기생을 봐두는 아비가 세상에 어디 있습니까?"

"아비라니. 말버릇이 고약하고 무엄하구나. 네가 진정 금홍이가 맞느냐?"

사뭇 근엄함을 가장하여 그의 목소리가 높아지자, 금홍은 고개를 숙였다.

"제가 금홍이 맞습니다. 불민한 점을 용서하여주시지요. 이 집에서는 금홍이로 통하지만 본 이름은 연심이라고 하옵니다."

나는 이렇게 술자리의 풍경이 심심치 않게 돌아가는 것에 마음이 놓였다. 나는 그녀에게 고향이 어디냐고 물었다. 금홍은 사리원(沙里院)에서 멀지 않다면서 열넷에 시집을 갔다가 딸애를 하나 낳았단다. 서방이 술고래에 노름질로 세월을 보내며 툭하면 마누라한테 손찌검, 발길질에 몽둥이를 휘두르는 통에 견디지 못하고 집을 나와 기생 노릇을 하게 되었노라고 했다. 금홍은 성격이 내숭스럽지 않아 보였다. 경성의 젊은 도련님이 배천 땅에는 왜 왔느냐면서 그의 곁으로 바짝 다가앉아 제법 간지러운 수다를 떨기도 했다. 술이 두어 주전자가 더 들어왔고 나도 취했고 그도 어지간히 술기운이 올랐다.

술자리를 파한 후 금홍이 우리가 묵은 천일여관으로 따라왔다. 그는 입술까지 깨물면서 몹시 긴장된 표정이다. 여관방에 들어선 금홍이 잠시만 기다리라면서 뒷간을 찾아 밖으로 나가자, 그가 어떡하면 좋으냐고 내게 조른다. 그리고 연방 이마로 흘러내린 머리칼을 쓸어올린다. 여자는 처음이라는 것이다. 나는 웃으면서 아무 말도 하지 않고 고개만 끄덕였다. 나에게는 시골 술집의 기생 금홍이 촌스럽고 황해도 말투도 억세게 들렸다. 그런데 그는 금홍의 가느다란 눈초리가 매혹적이라면서 갸름한 얼굴에 맑고 쟁쟁한 목소리가 듣기 좋다고 한다. 나는 금홍에게 단단히 빠져 있는 그에게 아무 걱정 말고 오늘 밤 금홍이가 하는 대로 따르면 된다고 이르고는 그 방을 나왔다.

2

그가 묵고 있는 방문 앞 댓돌에는 구두 한 켤레와 꽃신이 그 대로 나란히 놓여 있었다. 아침 열 시가 가깝도록 자리에서 일 어나지 않는 그들을 보고 나는 더 이상 배천에 머물러 있을 필 요가 없음을 알았다. 여관 주인에게 '나는 경성으로 돌아가 네'라는 짧은 쪽지를 써주고 준비해 가지고 갔던 노잣돈을 봉 투에 담아 그에게 전달해달라고 부탁했다. 그리고 바로 배천 온천역으로 나갔다. 협궤열차에 몸을 싣고 차창을 내다보니 먼 들판 대신 유리에 그의 얼굴이 어렸다. 나는 건강한 얼굴로 다시 경성에서 만나자고 속으로 작별 인사를 하면서 눈을 감 았다.

경성으로 돌아오는 길은 좀 허망하게 느껴졌다. 전날 남대 문역에서 경의선 특급에 올라탈 때만 해도 나는 오랜만에 떠 나는 북선 여행에 약간 마음이 들떴다. 그러나 하루 만의 귀경 길이 내 마음을 서늘하게 했다. 내가 제대로 기억할 수도 없는 아픔 같은 것이 가슴속 깊은 곳에서 되살아났다. 황해도 길에 서 나를 낳아준 어머니를 잃었고 내 육신의 불구도 거기서 생겠다. 어머니의 고향은 황해도 연백(延白)이다. 연백은 내가 태어난 곳이기도 한데 연백의 외가를 나는 제대로 기억하지 못한다. 어머니는 연백의 천석꾼 부잣집 외딸이었는데 친정집에서 나를 낳은 후 산후통에 시달리다가 몸을 추스르지 못하고 거기서 세상을 떠났다. 나는 태어난 후 백일을 겨우 넘긴 뒤 어머니를 잃었다. 그리고 한동안 유모의 젖을 빨면서 외가에서 자랐다. 목말을 태우던 유모가 그만 마룻바닥으로 나를 떨어뜨리는 일이 벌어지지 않았다면 나는 멀쩡한 사내아이로 건강하게 자라났을 것이다. 다행히도 새파랗게 질렸던 어린 것이 샘물 한 모금을 넘기고는 자지러질 듯이 울음을 터뜨렸다고 했다. 그 뒤 나는 경성 본가로 올라와 병원 치료를 받았지만 육신이 뒤틀린 채로 더 이상 제대로 성장하지 않았다. 모두가 내 기억에는 없는 일인데 소학교에 다니게 되었을 때 할머니가 내게 들려준 이야기다. 나는 집 안에서만 맴돌았고 연백에서 우리 집까지 따라와 내 온갖 응석을 다 들어준 유모의 손에서 벗어난 적이 없었다. 내 말동무가 된 할머니는 무릎 위에 나를 앉혀놓고 늘 "아까운 내 새끼"라면서 나의 웅어리진 등을 쓰다듬어주곤 했다.

지금 나의 머릿속에는 어머니의 모습이 남아 있지 않다. 참으로 특이하게도 어머니의 모습을 생각할 수 없으니 내 말에서도 어머니라는 단어가 사라졌다. 나는 자라는 동안 어머니라는 말을 입에 올릴 일이 전혀 없었다. 어머니의 손을 잡고 본정통의 일본인 상점에 가서 장난감을 살 일도 없었다. 어머니가 없으니 그런 일은 아버지가 가끔 대신 해주었지만, 유모를 따라 보육원에도 갔고 유모의 손을 잡고 소학교에도 입학했다. 어머니가 서 있어야 할 자리가 언제나 비어 있었다. 소학교 시절까지 집 안에서 내가 차지한 공간은 할머니의 방이었다. 나는 어렸을 때 유모가 내 친어머니라고 생각했는데 집안 식구들이 '유모'라고 부르는 것을 듣고는 나를 낳아준 어머니가 아니라는 것을 알았다.

서모가 들어오면서 우리 집안에 엄청난 변화가 생겼다. 소학교 3학년 때의 일이다. 나는 서모에게 처음부터 잔뜩 겁을 먹었다. 서모는 젊고 참으로 아름다운 분이어서 나는 서모의 얼굴조차 똑바로 쳐다보지 못했다. 아버지는 나를 불러들이고는 서모 앞에 절을 하라고 명했다. "이제부터는 어머니라고 불러라. 무슨 일이든 새어머니에게 말씀드리고 용돈도 이제는 새어머니한테 받아라"라고 말했다. 그리고 아버지는 내가 조모님 슬하에서만 지내서 좀 버릇이 없다고 서모에게 일러바쳤고 앞으로는 새어머니의 훈도를 잘 따르라고 내게 다짐도 두었다. 나는 숨을 죽이고 기어들어가는 목소리로 "예" 하고 대답하면서 서모에게 큰절을 올렸다. 그런데 나를 놀라게 한 것은 서모였다. "금방 어머니라는 말이 나오기는 어려울 거예요.

서로 친해질 때까지 기다려야지요. 웅아, 앞으로 우리 잘 친해봐요." 서모의 낭랑하고 맑은 목소리와 조곤조곤한 말투에 나는 깜짝 놀랐다. 내게 존댓말을 하는 어른을 처음 보았다.

내가 소학교에 다니게 되자 서모는 아침마다 내 가방을 유모 대신 손수 챙겨주는 일을 잊지 않았다. 그리고 할머니에게 청하여 유모와 할머니의 치마폭에서 살고 있는 나를 위해 따로 내 방을 정해주었다. 할머니의 곁방에 유모가 지내게 하고 나는 대청마루 건넌방을 혼자 쓰게 했다. 이제는 혼자서 자기 일을 처리해야 한다면서 내 방에 책상과 의자를 새로 들이고 작은 농짝을 사서 내 옷들을 챙겨 넣어놓았다. 할머니도 이런 서모의 조치를 막지 않았고 아버지는 진작부터 그렇게 할 것이었다면서 저녁 상머리에서 집안의 변화에 동의했다. 아버지는 아래채의 큰방에서 서모와 지냈다. 대문간의 사랑방은 손님들을 맞는 방이 되었다. 그곳은 양식으로 소파도 놓였고 아버지의 테이블 옆에는 커다란 금고도 생겼다. 큰 사업을 하는 아버지 때문에 많은 사람들이 우리 집을 찾았는데 손님맞이는 모두 서모가 도맡았다. 할머니도 이렇게 집안 살림을 바꾸어놓은 서모를 늘 칭찬했다. 우리 집안이 잘되려고 저런 알찬 신식 며느리가 들어왔다면서 집안 식구들이 모두 무병 무탈하고 아버지의 사업이 번창하는 것을 모두 서모의 덕으로 돌렸다.

내가 미술 공부를 위해 동경까지 유학하기로 용기를 낸 것은 나의 〈얼굴 습작〉이 선전 조소 분야에서 특선작으로 뽑히면서였다. 정관 선생 문하에서 배운 솜씨였지만 여전히 서투른 조각 작품이었다. 이 일이 신문에 크게 보도되자 나는 한층 들떠 있었고 그림보다 조각에 흥미가 커졌다. 특히 열정적으로 제자들을 가르치는 정관 선생의 호방한 성격이 마음에 들었다. 그런데 어느 날 조각 연습실에 일본인 형사 서너 명이 들이닥쳤다. 연습실에는 나와 정관 선생 두 사람이 작업을 하고 있었다. 다짜고짜 형사들에게 끌려가던 정관 선생은 내게 눈짓으로 걱정 말라고 했다. 그것이 마지막이었다. 나는 너무도 겁이 나서 구석에 움츠리고 앉아 있었다. 나를 선전 특선으로 이끌어주고 미술에 대한 소양을 스스로 인정할 수 있도록 만들어준 정관 선생을 그 후 다시 보지 못했다. 선생의 조각 연습실도 문을 닫았다. 아버지는 정관 선생이 모종의 사상운동에 연루되었다고 걱정하면서 내 일본 유학을 서둘러 주선했다. 내가 선택한 미술의 길이 선전 입상으로부터 본격적으로 시작된 셈이었지만 나는 내 작품 〈얼굴 습작〉을 어디에도 다시 내놓고 자랑하지 않았다.

동경 유학 생활 동안 내게 참으로 많은 변화가 생겼다. 나의 미술 공부는 그 자체가 잘못된 발걸음의 반복이었다. 가와바타 미술학교[川端美術學校]에서 그림 그리기에만 매달렸다가 니혼대학[日本大學] 미학과에 입학한 것은 바탕이 부족한 자신을 제대로 채우겠다는 욕심 때문이었다. 나의 이과회전 입선은 조선인으로는 처음 있는 일이어서 일부 언론이 크게 보도했다. 내 생각으로는 그것도 그렇게 자랑할 만한 일은 아니다. 물론 그 덕분에 그동안 그렸던 내 그림을 국내에서 전시하는 큰 기회를 동아일보가 마련해주었다. 나는 그저 덤덤하게 모든 일을 받아들이려고 애썼다. 사실 나는 미술 공부를 위해 동경에서 세 군데 학교를 옮겨 다니면서 방황했다. 처음 가와바타 미술학교에서 미술 실기를 익혔고 대학에 정식으로 입학하여 미학 이론과 미술사를 공부하다가 다시 태평양미술연구소로 옮겼다. 이과회 전시에 입선한 후로 나는 제전(帝展) 같은 관료주의적 형태의 전시와는 거리를 두었다. 하지만 그림에 깊이 빠져들수록 내 육체적 능력으로는 50호짜리 크기의 캔버스에 그림을 그리는 것도 불가능할 것 같은 두려움이 앞섰다. 내가 그린 그림은 대부분 20호 안팎의 소품이었다. 이 정도가 내 키의 팔과 다리로 감당이 가능한 화폭의 크기였다. 나는 조모의 성화에 결혼했고 이미 두 아이의 아버지가 되었는데 유학을 끝내고 귀국하면서 빈털터리가 된 심정이었다. 그를 만나고 나니 오히려 나 자신이 부끄럽다는 생각마저 들었다. 그림 그리던 두 손을 끊어버렸다고 말하면서 눈물을 훔치던 그의 얼굴이 내 머릿속을 떠나지 않았다. 혼자서 그림을 그렸고 스스로 터득한 자기 능력과 솜씨로 선전 입선작을 냈던 그였다. 그는 절대로 그림을 포기해서는 안 된다. 건강을 되찾은 후에 다시 캔버스 앞에서 그림붓을 잡고 서 있어야만 한다. 나는 마음속으로 그를 향해 그렇게 다짐을 두었다.

두 해 전의 일이다. 그의 〈자상(自像)〉이 조선미술전람회에 입선했다는 놀랍고도 기쁜 소식을 들었다. 첫 개인전을 마친 후 동경으로 돌아갈 준비를 하던 중이었다. 나는 멋쩍어하는 그와 함께 경복궁 선전 입상작 전시장을 찾았다. 그의 그림 밑에는 나와 약속했던 대로 '경성 이상(京城 李箱)'이라는 비밀의 이름이 붙어 있었다. 나는 그가 고공 시절에 그린 그림을 제대로 구경한 적이 없다. 방학을 이용하여 내가 잠시 귀국했을 때도 그는 자기 그림을 내게 보여주지 않았다. 연습한 그림이 있기는 하지만 모두 학교 미술반 실습실에 보관 중이라고만 말했다. 고공의 건축과에서 학과 강의를 따라가며 혼자 그림을 그릴 여유를 갖기가 쉬운 일이 아니라는 걸 짐작할 수 있어서 나는 그를 채근하지 않았다. 조선미술전람회는 총독부가 주관하여 매년 시행하는 미술 행사다. 제10회 선전의 입선작 발표 소식은 미술계의 큰 뉴스였다. 동양화 41점, 서양화 196점, 조각 15점, 서예 67점 등이 입상작으로 선정되었는데, 그가 유화로 그린 〈자상〉은 서양화 부문 입선작에 포함되어 있었다. 선전의 서양화 부문에서는 나혜석의 〈정원(庭園)〉, 윤상렬의 〈하얀 꽃〉, 이인성의 〈세모가경(歲暮街景)〉, 정현웅의 〈빙좌(凭座)〉 등 네 명의 조선인이 특선의 영예를 차지했다. 그는 전문적으로 미술을 공부한 적이 없었지만 〈자상〉의 선전 입선을 통해 조선 근대미술의 성립기를 주도했던 화가의 반열에 이상이라는 자기 이름을 올렸다. 선전 입선작을 내면서 혼자 그림 공부를 해온 그의 노력이 실력으로 인정받은 셈이었다. 그런데도 그는 선뜻 나서서 자기 존재를 제대로 보여주려 하지 않았다. 자신을 자기 울타리 안에 가두어두고 좀처럼 드러내는 법이 없었다.

그의 작품은 '자상'이라는 제목 자체가 말해주듯이 그 전체적인 구도를 어느 정도 짐작할 수 있다. 자기의 얼굴을 그린다는 것은 자신과 직접 대면하지 않고서는 불가능하다. 자기가 누구인지 어떤 모습인지 확인해야만 한다. 나는 그가 어떤 각도로 자기를 응시하고 있는지, 자기 탐구 방법이 어떤 미적 성과에 이르고 있는지 궁금해하며 그림을 찬찬히 뜯어보았다. 나는 그의 그림 앞에서 한참 동안 아무 말 없이 서 있었다. 뜻밖에도 그는 내 곁에서 나를 지켜보고 있었다. "형의 진지한 모습이 너무 고마워서"라면서 그는 엷은 웃음을 보였다. 나는 그의 손을 붙잡고 몇 번이고 축하한다는 말을 되풀이했다. "형은 벌써 여기를 특선으로 졸업했잖아. 형은 개인전까지 열

〈자상〉

게 된 화가인데 나는 이제 겨우 한 걸음을 떼었을 뿐이야. 언제 형처럼 내 그림을 가지고 전시를 하게 될지 아무 자신이 없어." 그는 자기 능력을 스스로 인정하려 하지 않았다.

전시회를 돌아보고는 내가 축하의 뜻으로 저녁을 사겠다고 했다. 그는 함께 전시회를 둘러보게 된 것이 너무 기쁘다면서 정말로 밥을 사려면 아서원 같은 곳에 갔으면 좋겠단다. 청요리가 먹고 싶다는 것이다. 나는 그 말을 그대로 받았다.

"그럼, 황금정(黃金町)으로 가지."

내가 앞장을 섰다. 그는 아서원에 큰집 식구들과 함께 한 번 가본 적이 있다고 했다. 고공 건축과를 수석으로 졸업하고 조선총독부에 취직하게 되었을 때의 일이다. 이 기쁜 소식을 듣게 된 그의 백부가 처음으로 가족을 이끌고 온 곳이 아서원이었다. 하지만 그에게는 그렇게 흥겨운 저녁 자리가 아니었다. 나는 그가 총독부에 취직했다는 말을 듣고 혹시 상공부에서 일한다던 백부의 안면으로 누가 그를 적극 추천한 것인지 궁금했다. 그는 백부가 무슨 힘이 있어서 자기를 총독부에 천거할 수 있겠느냐면서 운 좋게 학교 졸업 성적이 제일 높게 나온 덕이라고 했다. 관립학교라서 각 학과 수석 졸업생을 총독부 관리로 특채한다는 내부 규정이 있었단다. 고공 건축과에는 열두 명의 졸업생이 나왔다. 그를 제외하고는 모두 내지에서 유학 온 일본인들이었다. 1학년 때부터 당연히 일본인 학생이

매 학기 수석이었다. 그런데 졸업 시험에서 그가 영어와 제도 과목에서 크게 앞서서 건축과의 1등을 차지했다. 조선인 학생이 1등이 되는 바람에 총독부 특채에 문제가 생길 것 같아 학교 전체 교수회의도 열렸다. 건축과 주임교수가 조선인도 일본 제국을 위해 일하는 것은 마찬가지라면서 성적 나온 대로 그를 추천하겠다고 주장했다는 소문도 나돌았다. 그가 수석 졸업생으로 총독부에 특채되자 그의 집에서는 큰 경사가 난 것처럼 법석을 떨었다. 황금정으로 가는 큰길을 걸으며 그는 이렇게 말했다.

"내가 총독부에 들어가게 되자 허망한 양반 가문을 떠벌리시는 우리 백부가 제일 좋아하셨지. 그러니까 내 생전 처음으로 가족 외식이라는 걸 해보았네. 청요릿집 아서원을 그때 처음 갔었어."

"네 백부가 그런 생각도 하셨네."

"나는 별로 즐겁지 않았어. 나를 키워준 큰어머니가 집에서 쫓겨났고 새로 들어온 작은 큰어머니가 호적에도 올랐다고 하는데, 불쌍한 큰어머니 얼굴을 다시는 볼 수 없게 되었거든."

그는 눈물을 글썽였다. 나는 궐련을 한 대 꺼내어 그에게 권하면서 말꼬리를 돌렸다.

"총독부 관리들은 모두 월급도 많이 받을 것 같은데?"

"그건 사실이긴 한데. 나는 아무에게도 내 월급봉투에 적힌

액수를 밝힌 적이 없어. 부끄러워서. 고공 졸업 후 친구들이 한데 모인 자리에서 너도나도 자기 직장 자랑들을 하더니 모두 내 첫 월급에 관심을 보였지. 월급봉투의 내역을 말하라고."

그는 정말로 부끄럽다고 했다. 나는 우리 조선의 최고 권력 기관에 실력으로 들어가 몸담고 있는데 그게 왜 부끄러워해야 할 이야기냐고 물었다. 그의 대답은 아주 간단했다. 다 같이 고공 삼 년을 공부하고 졸업했는데 자기는 친구들이 회사에서 받는 월급의 두 배가 넘는 돈을 받고 있다는 거였다. 그래서 친구들의 성화에도 사실대로 월급 액수를 밝힐 수 없었다고 했다.

"형한테는 모두 말할 수 있지만, 사실 나는 총독부 건축과에 취직 후 매달 월급을 봉투째 백부 앞에 바치고 있어. 아서원에서 저녁을 먹으면서 백부가 내게 명령했거든. 그동안 내 학교 공부를 위해 월사금도 내고 옷도 해 입히고 먹여 키웠으니, 이제는 그걸 모두 갚아야 한다고. 작은 큰어머니도 곁에서 그래야지, 그래야 효도지, 하면서 함께 거들었지."

"너의 백부도 어지간한 분이시네. 하긴 조선 땅의 부모들은 그런 생각을 하는 사람이 많을 거야."

"내가 큰집에서 학교 다니며 먹고 자랐으니 그 은혜를 갚기 위해 효도하는 일은 당연하지만, 사실 나는 가난한 이발쟁이 우리 아버지, 어머니와 내 동생들과 함께 이런 곳에 오지 못하는 것이 얼마나 마음에 걸렸는데….”

“네가 집안의 대들보 노릇을 하게 되었구나. 이제 너는 그냥
그림만 열심히 그려도 될 것 같은데.”

그는 내 말에 답하지 않고 아서원의 청요리 가운데 유린기를
가장 맛있게 먹었다고 추천했다. 나는 그가 말한 대로 음식을
주문했다. 유린기를 주문하고 물만두에 내가 좋아하는 탕수육
도 추가했다. 그리고 배갈 한 도쿠리를 가져오라고 했다.

“형, 고마워. 형 덕분에 내 입이 이렇게 호강하게 되네.”

“네 덕분이지. 선전 입선을 축하해.”

나는 작은 잔에 독한 배갈을 따라 그에게 권했다. 그는 나를
빤히 건너다보고는 이렇게 말했다.

“형의 첫 개인전에서 나는 말로만 축하한다고 했잖아. 내 선
전 입선은 겨우 첫발을 내딛는 것이니 떠벌릴 일이 아니야. 사
실은 우리 집에서 내 그림 선전 입상을 아는 사람이 하나도 없
어. 식구들한테는 아무에게도 말하지 못했지. 백부가 알면 불
호령이 떨어질 것은 뻔하니까. 아마 이곳 전시장으로 뛰어와
저 그림을 박살낼지도 몰라.”

“그럴 리가? 어른도 이 사실을 알게 되면 너를 인정하시겠지.”

“아니야. 절대로 그럴 분이 아니야.”

그는 금방이라도 울음이 터져 나올 듯한 표정이었다. 한동안
내 얼굴을 건너다보던 그는 그림 그리기를 반대한 백부의 이

야기를 아주 솔직하게 들려주었다. 그는 큰집 식구들의 눈을 피해 몰래 그림을 그렸다. 집 안에서는 그림 그리기가 아예 불가능했다. 언제 무슨 난리가 일어날지 몰라 늘 백부의 눈치를 살펴야만 했다. 나는 그가 어디서 그림을 그렸는지 궁금했다.

"집에서는 그림 도구를 펼쳐놓는 게 불가능했을 텐데, 어디서 그림을 그렸어?"

내가 이렇게 물었을 때 그가 들려준 건 눈물겨운 이야기였다.

"총독부 건설과에는 아주 근사한 제도실이 있거든. 각종 공사의 설계 도면을 그려내는 곳이지. 내가 도면을 잘 그리니까 내지인들이 도면 그리는 일을 내게 맡기는 경우가 많았어. 제도실을 내 방처럼 쓸 수 있게 해주었지. 나는 제도실 구석에 삼각대를 세워두고 내지인들이 모두 퇴근한 후 저녁에 혼자 남아서 그림을 그렸어."

"그렇게 힘들게 그림을 그렸구나. 유화 물감과 캔버스와 화구 값이 꽤 비싸잖아."

나는 그가 무슨 일을 해서 돈을 구했는지 궁금했다. 내지인 건축기사들이 조선에 나와 일하면서 조직한 조선건축회에서 회원을 상대로 학회지 『조선과 건축[朝鮮と建築]』의 표지화 디자인을 현상 공모하는 행사를 매년 열고 있었다. 그는 무슨 무용담이라도 들려주듯 이렇게 말했다.

"현상금을 걸고 표지 도안을 모집한다기에 한번 응모했지.

상금이 한 달 치 월급만큼이나 걸려 있어서 밤을 새워 그렸네. 내가 월급과는 별도로 받는 약간의 수당만 내 용돈으로 쓸 수 있어. 그중에서도 가끔 신당리 집으로도 조금씩 돈을 보내드리려니 늘 주머니가 궁했지. 이런 이야기는 형이니까 하는 말이지만."

그가 그린 표지 도안이 심사 과정에서 1등으로 선정되었다. 그리고 한 해 동안 이 잡지의 표지로 쓰였다. 그의 표지 도안은 학회지의 성격에 맞춰 섬세하고 부드러우며 디자인 자체의 기교도 뛰어나다는 평가를 받았다. 그의 솜씨가 예사롭지 않음을 일본인들도 인정한 셈이었다.

"내지인들이 모두 놀랐겠네. 경성 고공 수석 졸업자의 실력을 제대로 보여주었으니. 이번 선전 입선도 놀라운 일이지. 아마 미술을 너처럼 독학으로 공부한 사람은 없을 거야. 정말 대단한 재주를 타고났나 봐. 그렇게 혼자서 어렵게 미술 공부를 했는데 캔버스에 처음 그린 유화 〈자상〉이 선전에 입선했다는 사실이 믿어지지 않는데."

"처음에는 교복을 입은 모습을 그리려고 했지. 그런데 심사위원들이 학생 작품이라고 생각할 것 같아 조선옷 입은 모습으로 바꾸었어. 조선옷은 차림새가 단조로우니 선과 색채가 뚜렷이 드러나지 않아서 좀 힘이 들었지. 간신히 그려놓고 보니, 내 얼굴이 아니야. 내가 가장 두려워하고 미워하는 백부의 얼굴이 떡하니 캔버스 위에 나타나서 나도 놀랐어."

그 말을 듣고 보니 〈자상〉은 전체적인 구도가 그의 모습과는 거리가 있는 듯했다. 우선 얼굴 윤곽이 너무 둥글어서 갸름하게 마른 그의 얼굴과는 분위기가 다르게 느껴진다. 눈동자도 너무 동그랗다.

"자화상 그리기가 제일 어렵다고 해. 아무래도 너는 처음 캔버스 위에 그리는 유화이니 더 애를 먹었겠지."

일본에서 그림을 그릴 때 세상에서 가장 그리기 어려운 그림이 자화상이라는 말을 들었다. 자신의 붓끝으로 자기 얼굴을 그려내는 것이 자화상이지만, 이 특별한 형식의 그림은 그리 단순하게 이루어지는 게 아니다. 자기 얼굴은 자기 눈으로 직접 들여다볼 수가 없다. 얼굴은 자신의 시선이 출발하는 곳이지만 그것은 몸의 바깥을 향해 열려 있을 뿐이다. 얼굴의 생김새는 타자의 시각에 의해 감지되고 인식된다. 얼굴은 자신을 향한 것이 아니라 타자를 향해 열린 창이다. 자기 얼굴을 그리기 위해서는 거울을 들여다보면서 그 속에 비친 모습을 그려야만 한다. 하지만 거울 속의 얼굴은 실제 모습의 입체성을 제대로 드러내지 못한다. 거울은 모든 대상을 평면적 영상으로 재현하기 때문에, 거울을 통해 보이는 코의 높이도 눈의 깊이도 제대로 가늠하기 어렵다. 자기 얼굴을 그리는 작업은 일반적인 풍경화의 사실주의와는 상당한 거리가 있다. 자기가 특히 관심을 기울이고 있는 부분이 더욱 강조되고, 관심이 없는 부분은 소홀하게 취급되기 일쑤다. 자화상은 자기 응시의 미학을 보여주는 것이지만 그 자체로 자기 집착을 드러내는 욕망의 기표로도 읽힌다. 내가 되는대로 떠들어댄 이야기를 그는 너무나도 진지하게 듣고 있었다.

"이제는 미술이론가가 다 되었네. 이과회 출신 화가가 아무나 되는 게 아니라는 말이 맞구나. 형, 좀 더 설명해줘. 그림 이야기…."

이 그림 속의 얼굴은 옷차림이 한복이지만 그림의 배경을 전혀 알 수가 없다. 한복 입은 모습은 양복 차림의 근대적 초상화와는 그 느낌이 다르다. 한복의 저고리 동정이 그대로 강조되고 있으며 몸통의 아랫부분은 화폭의 바깥에 놓여 그 윤곽조차 가늠하기 어렵다. 한복 저고리의 안으로는 속에 입은 셔츠가 드러나 있다. 마치 배경이 없는 명함판 사진처럼 얼굴만 크게 보여준다. 몸의 표현력을 얼굴에 집중시키면서 그 표정으로 자기 내면의 풍경을 드러내고자 한 것 같다.

"네가 그린 〈자상〉에서 눈에 띄는 것은 우측으로 약간 기울어진 얼굴의 윤곽과는 달리 각도를 달리하여 정면을 보려고 하는 눈동자의 시선이라고 생각해. 이 시선의 변화된 각도로 인하여 초상화 속의 얼굴은 마치 곁눈질하는 것처럼 보이지. 사물을 비껴보는 듯한 얼굴의 무표정, 그게 특징이잖아? 사실

평면의 캔버스 위에 그린 그림 속의 얼굴이 욕망하는 게 무언가를 알아낸다는 것은 쉬운 일이 아니지. 그러나 이렇게 삐뚤어진 시선은 그 내적 욕망 자체를 스스로 말해주거든."

내 이야기를 그는 한 마디도 놓치지 않겠다는 듯이 귀를 세우고 들었다. 그의 얼굴을 쳐다보며 말하는 내가 오히려 부담스러울 정도였다. 나는 말을 이었다.

"이런 표정은 가장 중요한 자기표현에 해당한다고 할 수 있어. 말보다도 더욱 깊고 직접적이며 감각적이기 때문이지."

그는 내 말에 수긍하는 듯했다.

"얼굴은 바깥세상을 향하여 열려 있는 마음의 창이라고 하니까 형의 말이 틀림없이 맞는 것 같아."

나는 이 그림에서 비뚤어진 시선과 함께 굳게 다문 입술이 전체적인 얼굴의 특징을 보여준다는 점을 지적했다.

"이 그림 속의 얼굴은 공간과는 아무런 관계가 없이 그 자체로서 완전하게 하나의 표정으로 고정되어 있어. 너는 미워하는 백부의 모습을 그림 속에서 발견하게 되었다고 했지만, 그 표정이 바로 주관적인 너 자신의 표현이라는 걸 부인할 수는 없을 거야."

그는 내 얼굴을 내려다보면서 이렇게 답했다.

"형, 내 주변 사람 가운데 아무도 내 그림이 선전에 입선했다는 걸 몰라. 형이 내게 준 '이상'이라는 이름은 나 혼자만 알고 있으니까."

　나는 그가 아직도 그림 공부로 마음속 깊이 갈등하고 있다는 걸 알았다. 그의 손을 잡고 나는 선전에 입선한 걸 식구들이 알면 모두 기뻐할 거라고 위로했을 뿐이다. 그는 더 이상 아무 말도 하지 않고 고개를 떨구었다.

　나는 차창 밖을 내다보면서 배천온천 여관방에서 금홍을 끌어안고 누워 있을 그의 모습을 떠올리고는 혼자서 웃었다. 그가 요양 생활을 하는 동안 몇 차례 금홍과 만나 가까이 지내겠지만 경성으로 돌아올 때는 관계를 끝낼 수밖에 없을 거라고 생각했다. 그는 양반댁 자제로서 엄격한 백부의 훈도를 착실하게 따랐다. 고공을 우등으로 졸업하고 총독부 기사로 일하는 동안에도 그는 자신이 가야 할 길만을 걸었다. 타락이라는 말에 따라오는 도덕적·윤리적 의미를 따질 필요는 없다. 스스로 몰락의 길을 선택하려는 사람은 아무도 없으니까. 타락을 가능하게 하는 무서운 유혹의 힘은 돈에서 나온다. 자기가 마음대로 흥청망청 써도 되는 돈이 있으면 타락의 길로 들어서기 쉽다. 그리고 적당하게 즐길 수 있는 시간이 필요하다. 돈은 있는데 별로 하는 일도 없이 한량으로 지낸다면 타락의 길로 빠져들 가능성이 얼마나 큰가. 그러나 그에게는 돈도 없다. 그는 자기 주머니에 용돈이라는 것을 넣고 다닌 적도 없다. 중학 시절 사직단에서 함께 그림을 그리다가 집으로 돌아오는 길에 운 좋게 엿장수를 만나도 그는 엿 한 토막을 사 먹을 수 있는 백동전 한 닢도 몸에 지니지 못했다. 내가 사주는 엿 한 토막에 그는 늘 고마워했다. 고공을 마치고 모두가 부러워하는 총독부의 관리가 되었을 때도 그는 집안 식구들 걱정뿐이었다. 그리고 일에만 매달렸다. 이 도덕적 청년을 타락시킬 수 있는 위험한 붉은 유혹이 어디에도 스며들 여지가 없었다. 더구나 그는 나이 스물이 넘도록 여전히 여자를 가까이해 본 적이 없는 숫된 총각이다. 여자를 만날 수 있는 기회도 없었고 그럴 만한 여유도 느끼지 못했다.

금홍은 그에게 첫 여자다. 하지만 그녀는 거리의 여자에 불과했으며 이미 숱한 남자의 품 안에서 닳아버린 몸을 지니고 있다. 명성을 날리는 기생으로 재주가 있어 금을 타거나 소리를 잘하는 것도 아니고, 내 보기에는 사내를 유혹할 수 있을 정도의 미모를 지니지도 못했다. 경성의 기생처럼 한량들을 후리는 세련된 말투와 몸짓을 보여주는 것도 아니다. 금홍은 가무잡잡한 살결이었는데 얼굴은 계란형이고 자그마한 키에 마른 몸집이다. 그녀가 툭툭 내뱉듯이 던지는 황해도 말투가 이상하게도 사람의 심정을 파고드는 느낌이 없는 것은 아니지만, 되바라진 얼굴에 가늘게 찢어진 눈이 부드럽게 느껴지지 않는다. 그가 매혹에 빠진 것은 사내들의 손길로 길들인 금홍의 알몸이었을지 모른다는 생각이 들었다.

그가 요양을 마치고 경성으로 돌아온 것은 4월의 마지막 날이었다. 우리는 두어 번 함께 만났지만, 배천온천에서 보았던 금홍의 이야기를 아무도 다시 꺼내지 않았다. 그리고 누구에게도 우리 두 사람 사이에 만들어진 이른 봄날 밤의 비밀스러운 파티를 자랑하지 않았다. 나는 그의 운명적인 연애담을 가십거리로 퍼 나르고 싶은 생각이 없었다. 그 일은 우리 둘만이 알고 있는 비밀이다. 게다가 나도 그 일에 대해서만은 한패였고 조력자였으며 공범이었다. 그는 날마다 종로 거리를 쏘다니면서 무얼 해야 먹고살 수 있나 걱정하는 중이라고 말했다. 그것은 나도 마찬가지였다. 그림을 그리는 일은 어차피 생업이 될 수는 없었다. 하지만 그대로 눌러앉아 있을 수는 없었다. 몸을 움직이지 않고서는 그림을 만들 수 없는 일이었다. 나는 동경 시절의 친구들과 작은 전시회를 준비하던 중이어서 날마다 바쁘게 나다녔다.

3

    아침에 집으로 낯선 손님이 찾아왔다.

    외출하려고 두루마기를 갈아입고 있을 때 아내가 대문 밖에 웬 젊은 남녀가 찾아왔다고 일렀다. 누굴까? 새로 이사해온 집 주소를 알고 있는 사람은 화우인 근원과 순석을 빼놓고는 달리 생각나는 사람이 없었다. 나는 유학 생활을 정리하고 경성으로 돌아온 후 아버지가 마련해준 다옥정(茶屋町) 새집으로 이사했다. 할머니는 증손자를 거느리고 함께 지내는 것을 원했지만, 서모는 결혼 후 처음으로 신접살림을 꾸미는 일이라면서 우리 식구끼리 분가하는 것을 서둘렀다. 내 아내는 서운해하는 시조모 앞에서 아무 말도 하지 못했다. 새로 이사한 집은 종로 보신각 네거리에서 가깝고 아버지의 창문사도 옛 경희궁 터를 뒤로한 마포행 전차길 근처에 있어서 그리 멀지 않았다. 신문사나 잡지사들이 대부분 종로에 있으니 내가 나다니기도 편했다.

    대문간으로 나갔다. 젊은 남녀 두 사람이 아주 공손하게 내게 인사를 했다. 그러면서 자기들이 '김해경' 씨의 동생이라고 소개했다. 나는 전혀 뜻밖의 손님이라서 놀랐지만, 그들을 사랑으로 들어오도록 했다. 두 사람은 내게 큰절까지 했다. 오빠의 친구 되는 어른께 제대로 인사를 올리고 싶다는 것이다. 두 젊은이의 조신한 태도가 요즘 사람 같지 않았다. 나는 방석을 내어 자리에 앉도록 권했다.

그런데 절을 하고 자리에 앉은 처녀애가 먼저 방바닥에 머리를 대고 울음을 터뜨렸다. 사내애도 덩달아 눈물을 닦는다. 그리고 내게 던진 첫 마디가 "제발 우리 오빠 좀 말려주세요" 라는 말이었다. 오빠 걱정으로 집안 어른들이 모두 몸져누웠고 집안이 엉망이 되었다는 거였다. 나는 그들을 진정시키고 차분히 내력을 이야기하도록 달랬다.

"처음 뵙는 선생님 앞에서 눈물을 보여 죄송해요. 하지만 어디 가서 하소연할 곳이 없어요. 학창 시절부터 선생님께서 오빠와 오랜 친구 사이였다는 걸 알고는 이렇게 미리 기별하지 않은 채로 찾아뵈었습니다. 우리 오빠를 좀 말려주세요. 그리고 우리 식구들을 살려주세요."

두 남매가 머뭇거리며 말문을 열고 내게 들려준 이야기의 내용은 이랬다. 오빠의 비극은 젖 떨어지자마자 시작되었다. 자식이 없던 큰아버지가 가문의 대를 이어야 한다면서 큰집에서 양자로 키우겠다고 오빠를 억지로 데려갔다. 그리고 큰집에 정을 붙이고 살아야 한다며 아직 철이 들지 않은 어린 오빠가 어머니와 아버지를 만나보지도 못하게 했다. 더구나 그 어른은 자식을 낳지 못한다며 큰어머니를 아주 심하게 구박했다. 큰어머니는 툭하면 밥상을 집어던지는 백부의 모진 성깔을 참고 견디면서 부엌에 쭈그리고 앉아 눈물을 닦을 수밖에 없었다. 그러면 백부는 꼴도 보기 싫으니 당장 집에서 나가라고 소리쳤다. 이런 정경을 보고 오빠는 방에 들어와 이불을 뒤집어쓰고 혼자 울었다. 그런데 큰아버지는 오빠를 아들로 키우겠다고 데려갔음에도 거기서 만족하지 못하고 자식이 딸린 젊은 여자를 첩실로 맞았다. 오빠에게는 큰어머니가 두 분이 생겼다. 큰아버지는 결국 큰어머니를 내쫓고 첩실로 들어온 여인네를 호적에 처로 입적시켰으며, 그녀에게 딸린 사내아이도 아들로 호적에 올렸다. 오빠는 이러한 큰집의 변화를 보면서 엄청난 충격을 받았다. 오빠는 자신을 친아들처럼 키워준 큰어머니가 집에서 쫓겨나는 모습을 그저 보고만 있어야 했고, 자기 자신도 큰아버지의 호적에 오르지 못하는 신세가 되었음을 알았다. 오빠는 큰아버지의 엄한 훈도 아래 제대로 기를 펴지 못한 채 자랐다. 처녀애는 여기까지 말하고는 한동안 흐느꼈다.

"오빠는 소학교 다닐 때부터 그림을 잘 그렸어요. 학교 선생님의 칭찬을 받고 그림 그리기에 관심이 커지면서 혼자 속으로 화가가 되겠다고 결심했던 모양이에요. 보성고보 시절에는 학내 전시회에서 특상을 받기도 했는데 그 사실을 알게 된 큰아버지가 크게 노하여 그림 공부는 절대 안 된다고 야단을 치셨다고 해요. 그런 미친 짓거리 하려거든 비싼 월사금 내면서 학교 다닐 게 아니라 지게 하나 짊어지고 남대문역으로 나가 돈이나 벌라고 하셨대요. 일본인 시대에는 조선인도 기술자가 되어야 제대로 대접을 받을 수 있다면서 고공에 진학할 것을 고집했지요. 집안을 일으켜야 한다는 큰아버지의 소망대로 오빠는 고공에 입학했지만 몰래 고공 실습실에서 그림을 그렸답니다. 오빠는 내지에서 온 일본인 유학생들 틈에서 고공을 수석으로 졸업한 후 총독부의 관리가 되었어요. 온 집안에 큰 경사가 난 것처럼 큰아버지가 여기저기 자랑도 많이 했고 기대가 점점 커졌지요."

나는 그가 강릉 김씨 양반 집안의 장자가 되는 것이 싫다고 했던 말이 떠올랐다. 큰아버지 얼굴을 보기도 싫다면서 그는 '김해경'을 버리고 '이상'이 되겠다는 결심을 내게 털어놓았던 적도 있다.

"백부 이야기는 나도 들은 적이 있는데."

내 말에 잠시 숨을 고르고는 그 처녀애가 이야기를 이었다.

"뒤늦게 알게 된 일이지만 오빠가 폐병을 앓고 있었어요. 식구들은 아무도 몰랐죠. 공사장 감독으로 나갔다가 쓰러져 병원에 실려 가서야 병이 위중하다는 것을 알았으니까요. 가장 크게 실망한 건 큰아버지였어요. 그 자랑스러운 총독부를 그만둘 수밖에 없게 되었으니. 큰아버지는 오빠의 방으로 들어가 구석에 쌓아둔 오빠의 그림과 물감 같은 그림 도구들을 모두 마당에 내팽개치고 그걸 불 질러버렸어요. 병원에서 간신히 몸을 추스르고 집으로 돌아온 오빠는 큰아버지의 역정을 보고는 마당에 무릎을 꿇고 용서를 빌어야 했어요. 그 장면은 저도 큰집으로 따라갔다가 직접 보았어요."

그 처녀애는 이 대목에서 이야기를 이어가지 못하고 다시 크게 울음을 터뜨렸다. 나는 아무 말도 하지 못하고 지그시 눈을 감았다. 두 남매가 내게 들려준 이야기는 나도 대강 그 내용을 짐작하던 대로였다.

나는 "음…" 하며 그만 울음을 그치라고 달랬다.

"선생님, 죄송해요. 제가 너무 속이 상해서 눈물을 참기가 어렵네요. 이렇게 어수선한데 엎친 데 덮친다고 작년에 갑자기 큰아버지가 세상을 떠났어요. 평소 고혈압이었던 큰아버지가 뇌일혈로 쓰러져 다시 일어나지 못하고 돌아가셨죠. 갑작스러운 상사를 치르고 나서 큰어머니는 엉뚱하게 오빠를 원망했어요. 큰아버지가 쓰러지신 게 배은망덕한 오빠 때문이라고 오빠 탓을 했어요. 집안의 큰어른이 세상을 뜨시게 되니 믿을 곳이 오빠뿐이었지요. 우리 아버지와 어머니는 오빠의 병을 고쳐야 한다면서 억지로 오빠를 배천온천에 요양을 보냈어요. 그런데 요양 생활을 마치고 돌아온 후로 오빠가 이상하게 변했지 뭐예요. 가족들과는 제대로 이야기도 나누지 않은 채 혼자서 일을 저지르고 만 거예요. 큰아버지 삼년상도 치르기 전인데, 오빠는 큰어머니 몰래 집문서를 빼내어 전당포에 밀어 넣고 거기서 빌린 돈으로 다방을 차렸답니다. 더구나 집안 식구들이 모두 놀라 자빠진 것은 배천온천의 술집에서 만난 것으로 짐작되는 시골 기생을 끌어올려 다방 마담 노릇을 시키면서 둘이 동거하게 된 일이에요. 저희 부모님은 모두 머리를 싸매고 누웠고 큰어머니는 여태껏 키우고 가르쳤더니 이런 불효자식이 어디 있느냐면서 난리를 쳤지요. 그런데 오빠는 요지부동으로 이제는 식구들을 아무도 만나주지도 않아요."

그 처녀애는 누구도 오빠를 말릴 수 없게 되었다면서 이런 사정을 하소연하러 나를 찾아왔다고 흐느꼈다. 그리고 제발 오빠를 좀 말려달라며 연신 눈물을 닦았다. 곁에 쭈그리고 앉았던 전문학교 교복 차림의 청년도 자기 형님은 고공을 수석으로 졸업한 우등생으로 모두가 선망하는 총독부 건축기사가 되었다는 말도 다시 덧붙였으며 건강을 잃어 비록 직장을 나오게 되었지만, 부모의 뜻을 거역할 정도로 막돼먹은 아들이 아니었다고도 거들었다. 이 딱한 사연은 나도 어느 정도는 짐작하고 있던 일이다. 그러나 그가 집문서를 전당 잡힌 돈으로 다방을 차리고 배천온천에서 만난 기생 금홍을 경성으로 불러올렸다는 건 생각조차 할 수 없었다. 그러고 보니 우연히 들렀던 순석의 낙랑파라에서 그와 맞부딪쳤던 것이 벌써 달포 전이었다. 그때 그는 내게 아무 이야기도 하지 않았다. 나는 그의 집안이 여유롭지 못한 처지라는 것을 짐작하고 있었지만, 그가 큰집의 집문서를 식구들 몰래 가져다가 전당포에 맡긴 돈으로 다방을 차렸다는 사실에 아연하지 않을 수 없었다. 하지만 나는 그런 일을 전혀 모르는 것처럼 시치미를 뗄 수밖에 없었다. 그리고 당장 그를 만나 집으로 돌아가라고 충고하겠다면서 두 남매를 달랬다. 둘이는 자기네 이름자를 '옥희', '운경'이라고 메모지에 적어두고는 눈물을 훔치면서 돌아갔다.

  나는 일이 어디서부터 잘못 틀어진 것인가를 혼자 머릿속으로 따져보았다. 그가 백부의 반대에도 그림 그리기에 몰래 매달렸다는 것은 우리 사이의 비밀이다. 경성고공 건축과를 수석으로 졸업했다든지, 조선총독부의 건축기사가 된 것은 모두 알고 있다. 그런데 폐결핵을 진단받고 황해도 배천온천에 요양하던 중 그 시골 온천의 여관에서 기생 '금홍'을 만났던 사실은 아무에게도 말하지 않고 숨기고 있었다. 나는 숫된 총각이었던 그가 금홍에게 빠져들게 된 과정을 거들었다. 그런데 요양 생활을 마치고 경성으로 돌아온 그가 다방이라든지 카페라든지 하는 유별난 사업에 관심을 두고 있었다는 사실을 나는 까마득히 알지 못했다. 물론 총독부 건축과를 사직한 뒤라서 그가 자기 손으로 할 만한 쉬운 일거리로 마땅한 일을 찾았으리라는 건 짐작할 만하다. 그는 우선 돈이 필요했고 큰집의 집문서를 전당포에 저당 잡힌 돈으로 종로 네거리에 봐두었던 반도광무소(半島鑛務所)의 건물 아래층을 세낸 것도 어렵지 않았을 것이다. 그리고 아무에게도 알리지 않은 채 자기 손으로 실내장식을 꾸미고 '제비'라는 다방의 간판을 내걸었다. 다방 제비는 조선총독부 건축기사를 폐병으로 사직한 후 배천온천의 요양 생활을 끝내고서 그가 손을 댄 첫 번째 사업이었다.

일본 유학을 마치고 돌아와 화신상회에서 일하던 내 친구 순석이 안정된 직장을 걷어치우고 낙랑파라의 문을 열게 되었을 때도 나는 속으로 이를 반기지 않았다. 낙랑파라의 실내장식과 시설 준비로 거금 일천 원 이상을 들였다는 소문도 있었지만, 순석은 그걸 별로 문제 삼지 않는 듯했다. 그가 이 새로운 공간을 혼자 구상한 것은 예술에 대한 열망 때문이었다. 다행히도 그가 큰돈을 들여 문을 연 카페 낙랑파라는 비교적 성공적인 사업으로 자리 잡았다. 몇 안 되는 신문과 잡지가 가난한 예술가의 꿈과 욕망을 긍정하고 널리 소개했던 것이 큰 힘이 되었다. 낙랑파라는 순석의 능력이라면 충분히 감당할 수 있는 공간이었다. 충청도 아산 대지주의 집안에서 자유롭게 자라난 순석은 일찍부터 춘곡의 고려화회에서 그림 공부를 했고 나보다 삼 년 앞서 일본으로 건너가 가와바타 미술학교에서 수학했다. 그리고 일본미술대학에서 공예를 공부했다. 나와 연배가 비슷했지만, 모든 면에서 순석은 나의 선배였다. 가톨릭 집안에서 여유 있게 자라난 그는 그림 그리는 사람이면 모두가 따르고 좋아하는 호인이었다. 순석이 일본 유학을 마치고 귀국 후 화신상회에 취직한 것은 순전히 그의 귀국전에서 뽐낸 공예도안 덕분이었다. 하지만 그는 틀에 박힌 직장 생활보다는 자유로운 삶을 원했다. 순석은 우리네 예술인들도 프랑스 파리에서 유행한다는 살롱이라는 공간을 가지고싶다는 꿈을 스스로 실현했다. 낙랑파라는 그의 뜻대로 문인, 화가 등 예술가나 예술가 지망생들이 주로 모여 음악을 들으면서 예술을 논하고 작품 구상을 하는 일종의 예술가들의 공간이 되었다.

경성부청 건너편 장곡천정(長谷川町) 거리에 자리 잡은 낙랑파라는 나와 함께 미술을 하던 당대의 화가들이 단골로 찾았다. 경성의 '다방가 순례'라는 어떤 기사를 보면, '대한문 앞으로 고색창연 옛 궁궐을 끼고 조선호텔 있는 곳으로 오다가 장곡천정 초입에 양제 2층의 소슬한 집 한 채가 있다. 입구에는 남양에서 이식하여온 듯이 녹취 흐르는 파초가 놓였고, 실내에 들어서면 대팻밥과 백사로 섞은 토질 마루 위에다가 슈베

르트 등의 예술가 사진을 걸었고, 좋은 데생도 알맞게 걸어놓아 어쩐지 실내 실외가 혼연조화되고 그리고 실내에 떠도는 기분이 손님에게 안온한 심정을 준다. 이것이 낙랑파라다'라고 설명하고 있다. 이 기사의 제목에도 '인테리 청년 성공 직업'이라고 했듯이 순석의 낙랑파라는 제법 화제를 모았다. 경성의 화가, 음악가, 문인들이 가장 많이 모여들었고 작은 규모지만 명곡 연주회도 매주 여기서 열렸다. '문호 괴테의 밤' 같은 회합도 가끔 열리는 낙랑파라는 그야말로 문인, 화가들이 커피잔을 놓고 축음기를 통해 울려 퍼지는 음악을 들으며 각자의 예술적 감흥과 생각을 나누던 살아 있는 예술의 집이었다. 순석은 2층짜리 건물의 1층을 다방으로 만들었고 2층은 화실로 꾸몄다. 목조로 뼈대를 만든 후 벽돌로 벽을 쌓고 지붕에는 기와를 얹고, 양식 유리창을 설치했다. 다방의 실내엔 등나무 의자와 테이블을 놓고, 야자수를 들여놓아 이국적인 분위기를 살렸다. 그 무렵부터 경성이라는 도회는 동경을 따라서 빠르게 서구화되고 있었다. 예술가들이 직접 운영하는 다방이 경성의 도심에도 하나둘씩 늘어났다. 영화감독 이경손이 차린 다방 카카듀, 영화배우 복혜숙의 비너스, 영화배우 겸 미술감독 김인규의 멕시코를 뒤이어 극작가 유치진의 플라타느가 낙랑파라와 함께 경성의 새로운 풍물로 자리 잡았다.

그가 다방 제비를 생각해낸 것은 순석의 낙랑파라가 살려내고 있던 낭만적이고도 예술적인 분위기 때문일지도 모른다. 물론 다방 제비는 낙랑파라에 견줄 바가 아니었다. 순석은 대지주의 아들이었고 순석의 미술 공부를 적극 지지하는 개방적인 생각을 지닌 가족들이 있었다. 그리고 순석은 남다른 고상한 예술적 취향도 갖고 있었다. 이에 비하면, 그는 병으로 실직한 가난한 건축기사에 불과했다. 이름난 문학가도 아니며 예술가로 알아주는 이가 있을 리 없었다. 그는 단지 생업을 위해 새로운 사업을 구상했고 그것이 다방 제비였다. 다방 제비는 그에게 있어서 하나의 도전이었던 셈이고 서울에서도 흔치 않았던 색다른 영업이었지만 다방이라는 것이 결코 수지가 맞는 물장사가 될 순 없었다. 그는 다방 제비의 주방에서 커피를 끓이는 무자격 커피꾼이었다. 황해도 배천의 술집 작부에 불과했던 금홍에게 마담이라는 호칭이 붙었지만, 그것은 어울리지 않는 명패였다. 병약해진 몸을 이끌고 그는 애써 가족들과 거리를 두면서 금홍과 제비 다방의 구석을 차지했다. 그리고 자기 스스로 선택한 운명적 투기에 자족할 수밖에 없었다.

다방 제비는 화신상회 건너편 피맛골 입구에 자리 잡았다.

그가 온천 요양을 마치고 경성으로 올라온 후 집문서를 몰래 저당 잡혀 얻은 돈으로 다방 제비의 문을 열고 금홍을 경성으로 불러올렸다는 사실을 나는 몇 번이고 속으로 따져보았다. 물론 이를 두고 왈가왈부할 단계는 이미 지났다. 그러나 하필이면 집문서를 저당 잡혀 식구들 몰래 다방 제비의 문을 열었다는 사실이 내게는 좀 한심스럽게 생각되었다. 나는 그를 빨리 만나고 싶었다.

다방의 문을 열고 들어섰을 때 그는 자리에 없었다. 이른 아침이어서인지 다방 안은 텅 비어 있었다. 어둑한 실내는 아침의 고요를 그대로 간직한 채 음산했다. 탁자가 여남은 개 이리저리 놓였고 구석에는 낡았지만 제법 소리를 내는 커다란 라디오가 혼자 울고 있었다. 문이 열리는 소리를 알아차렸는지 주방에서 사람이 나왔다. 노랑 저고리 빨강 치마를 곱게 차려입은 금홍이다. 그녀는 문으로 들어서는 나를 보고는 깜짝 놀라 큰 소리로 인사하며 반갑게 맞아주었다.

"아침 첫 손님이시라 누군가 했더니 아즈바니가 오셨네. 제가 먼저 찾아뵀어야 했는데 제대로 인사를 드리지 못하여 죄만스럽습니다. 이 사람은 벌써 사흘째 몸살 기운으로 드러누워 아침에 일어나지 못하는 걸 그냥 두고 제가 혼자 나왔네요."

나를 반기는 금홍의 신색이 나쁘지는 않았다. 좀 투박하게 들리는 말투에 노랑 저고리 빨강 치마는 여전한 배천온천의 기생 금홍이었지만, 쪽머리의 은비녀가 깔끔했다. 경성 한복판의 다방 마담 역할은 어쩌면 그녀에게 어울리지 않을 수도 있는 자리다. 하지만 금홍은 얼굴이 밝았다. 그녀는 나를 자리에 앉힌 후 주방으로 들어가 쌍화차 한 잔을 만들어 들고 나왔다. 나는 금홍에게 이런저런 이야기를 할 처지가 아니었다. 배천온천 술집에서 만났던 그녀는 나의 제안에 여관방까지 따라왔고 결국은 그의 여인이 되었다. 금홍은 이런 알량한 물장사로 경성 바닥에서 날아다니는 돈을 어느 세월에 붙잡겠느냐고 푸념처럼 늘어놓기는 했지만, 제비 다방의 마담 노릇이 싫지는 않은 표정이었다. 돈 한 푼짜리 커피를 시켜놓고 서너 시간을 노닥거리는 한량들의 모습에 질렸다고 하면서도 가게목이 좋아서 저녁이면 제법 맥주를 찾는 손님들도 몰려든다는 것이다.

나는 금홍의 말에 고개를 끄덕이다가 한마디 물었다. "그래, 살림은?" 금홍은 턱으로 주방 쪽을 가리키면서 처음 경성에 올라와 열흘가량은 주방 구석에 달아낸 작은 방에서 쪼그리고 지냈는데 얼마 전 관철정(貫鐵町)에 문간방을 세내어 살림집을 차렸다고 했다. 나는 저녁에 집으로 찾아가겠다고 약조한 후 집 주소를 챙겨 자리에서 일어섰다. 내가 주머니에서 쌍화차 값을 치를 셈으로 백동전 몇 닢을 꺼내자, 금홍은 손사래를 치며 나를 밀쳤다. 아즈바니한테 무슨 찻값을 받겠느냐고. 나는 헛웃음을 웃어 보이고는 다방을 나섰다.

종로통으로 햇살이 비치고 사람들이 분주하게 네거리를 오갔다. 나는 우리 집까지 찾아왔던 두 남매의 눈물이 마음에 걸렸다. 처음에 이야기를 들었을 때는 당장이라도 그를 찾아가 멱살이라도 잡아 끌어내겠다는 심산이었는데 막상 금홍을 만나보고 나니 이상하게도 마음이 조금 누그러졌다. 그를 만나면 어떻게 해야 마음을 돌려볼 수 있을지 골몰했지만, 뾰족한 방도가 생각나지 않았다.

그날 저녁 그의 집으로 찾아갔다. 우선 만나서 이야기나 한번 들어보자는 쪽으로 마음을 정하고 나니 그가 살림을 차린 관철정 셋방도 궁금해졌다. 종로 큰길을 건너 청계천 둔덕을 가까이 두고 서 있는 작은 기와집 대문간에 딸린 단칸방이었다. 주변은 온통 술집과 음식점뿐이었다. 나는 집 앞에서 큰 소리로 그의 이름을 불렀다. 그가 부석한 까치머리를 손으로 쓸어넘기면서 문밖으로 나왔다.

"형, 아침결에 가게 들렀다는 말을 들었어. 안으로 들어와요."

나는 방 안으로 들어섰다. 집문서를 저당 잡혀 다방을 차렸다며 내 앞에서 울었던 그의 동생 남매의 하소연이 머리끝을 떠나지 않았다. 처음 생각 같아서는 당장에 어찌 된 셈인지를 따져볼 참이었는데 금홍이 그의 등 뒤에 따라 나와서는 "아즈바니, 어서 들어오시오" 하면서 너스레를 놓는 바람에, 이곳을 찾은 까닭도 잊을 정도로 두 사람의 표정에 흥미가 생겼다. 방문 앞 댓돌 아래에 낡은 구두 한 켤레와 여인네의 흰 고무신 한 켤레가 가지런히 놓여 있었고 안쪽으로 달아낸 허름한 판장은 그곳이 부엌임을 알리듯 작은 양은솥 하나가 덩그러니 부뚜막 위로 솟아올라 있었다. 도대체 이 부부는 어떻게 먹고 사는지 알 수 없을 정도로 부엌살림이 허술했다. 밥그릇도 없고 개수통도 없고 백탄도 장작도 보이지 않았다.

머뭇거리는 내 표정을 살피면서 그가 가만히 말했다.

"형, 이렇게 나를 찾아오게 해 미안해."

나는 그의 말에는 아무런 대꾸도 하지 않았다. 금홍이 아랫목에 방석 하나를 밀어놓으면서 내게 앉으라 권했다. 나는 자리에 앉았다. 그제야 내 눈에 방 안의 풍광이 스무 촉 알전등의 불빛을 받아 들어왔다.

"여보, 제대로 인사를 올리시게. 형은 이런 누추함을 탓하실 분은 아니야. 전에 배천에서 처음 뵀었지? 오늘 아침나절엔 가게에 오셨었다며?"

그는 방구석에 서 있던 금홍에게 제대로 인사를 올리라고 했다. 금홍이 시골 기생 시절 몸에 익힌 큰절을 했다. 나는 이렇게까지 할 필요는 없는데 하면서 얼떨결에 금홍의 절을 받았다.

"술상이나 좀 내오지."

금홍이 뒷걸음으로 방문을 나갔다. 그녀가 서 있던 구석 자리까지 전등 불빛이 차지했다. 그가 내 앞에 앉자 비로소 방 안 전체가 눈앞에 펼쳐졌다. 살림살이에 필요한 가구가 방에 들어서 있는 것은 아니지만 이부자리가 차분히 개어져 방구석에 쌓여 있었고, 한쪽 벽에는 조그마한 괘종시계가 열심히 바늘을 돌리고 있었다. 작은 앉은뱅이책상 위에는 책들이 쌓여 있었다. 그리고 한쪽 벽은 횃대 보가 곱게 늘어져 두 사람의 옷가지를 가려두고 있었다. 나는 생각보다 깔끔하게 정돈된 방을 보고는 이 두 사람이 꾸미는 서울 살림이 그런대로 규모를 갖추고 있다는 엉뚱한 생각을 했다.

"형, 무슨 일 있어? 아침에 가게에도 다녀갔다니."

나는 아무 말도 하지 않고 그의 얼굴을 들여다보았다. 초췌한 낯빛으로 그는 내 눈길을 피했다. "이럴 거면 미리 내게도 좀 알리지." 나는 혼잣말처럼 내뱉었는데 그는 "형이 알았다면 나를 말렸을 거야"하면서 말을 얼버무렸다. 금홍이 낡은 소반에 맥주 두 병을 올려 들고 방으로 들어왔다. 그 바람에 우리 대화가 다시 끊어졌다. 나는 그가 한꺼번에 두 병을 모두 병따개로 열려는 것을 말렸다. 그 방에 앉아 두 내외 앞에서 내가 맥주를 마시며 들어야 할 말은 없었다.

"새살림을 시작했다기에 그냥 어떻게 지내는지 궁금했네. 나도 골동 가게를 하나 낼 요량으로 여기저기 좀 바쁘게 돌아다니면서 찾고 있는데 적당한 장소가 없어. 내 그림방도 겸하여 쓸 수 있는 곳이면 좋겠는데."

나는 그가 묻지도 않은 말을 늘어놓고는 바로 자리에서 일어났다. 대문 밖까지 금홍이 나와 인사를 했다. 그가 내 뒤를 따랐다. 우리는 아무 말 없이 청계천 뚝방길로 올라섰다. 물길을 따라 제법 선선한 바람결이 느껴졌다.

"형, 저기 저 다리, 광통교 아래가 우리 큰아버지가 나를 버리겠다고 엄포를 놓던 곳이야. 내가 어렸을 때 신당리 친가로 가겠다고 떼를 쓰며 울고 있으면 큰아버지는 회초리를 들고 저기 거지 소굴에 가져다 버리겠다고 야단을 치곤 했지. 이 뚝방길에 올라서면 그 아팠던 기억이 되살아나. 나는 가끔 차라리 그때 내가 버려졌다면 어떻게 됐을까 생각하기도 해."

나는 그가 내 눈치를 살피는 중이라는 것을 알았다. 아무 대꾸도 하지 않았다. 무슨 말을 먼저 꺼내야 할지 이런저런 생각들이 머릿속에서 복잡하게 엉켰다.

"형, 내게 하고 싶은 말이 무언지 알고 있어. 하지만 내게 무어라고 말하든, 나는 여기서 그만둘 수가 없어. 우리 집안 식구들은 모두 내가 거리의 여자를 데려와 물장사시키고 있다며 집안 망신이라고 야단들이지. 심지어는 내게 무슨 자애를 베푼 적도 없는 백모까지 나서서 어른 돌아간 후 집안에 망조가 들었나 보다고 하셨다는 거야. 나는 그런 허울 좋은 강릉 김씨 양반을 이미 벗어버렸는데. 형이 내게 준 '이상'이라는 이름을 걸고 살기로 했으니까."

나는 발걸음을 멈추고 그를 돌아보았다.

"형, 나는 연심이를 진정으로 사랑해. 내 아내가 된 여자야."

나는 그 말에 숨이 멎는 듯한 느낌을 받았다. 그는 서슴지 않고 기생 금홍을 사랑한다고 했다. 이런 식의 사랑이라면 벼랑에서 떨어지는 것보다도 더 위험하다. 불꽃 같은 화살이 사랑하는 사람의 가슴을 관통하면 걷잡을 수 없는 불길이 사람을 집어삼킨다. 게다가 그 사랑의 상처는 언제나 치명적이다. 나는 '기생 금홍이와 사랑을?' 하는 생각을 하며 그를 쳐다보았다. 그는 억지로 끌어다 붙인다고 남녀가 서로 좋아하고 사랑하게 되는 것은 아니라고 제법 단호하게 말했다. 그러고 나서는 유적지와 같던 배천온천에서 운명적으로 금홍을 만났고, 서서히 다가오는 죽음을 두려워하며 병고에 시달리는 동안 자기 곁에서 고통과 시름을 달래준 것이 그녀였다고 했다. 나는 그의 말을 들으면서 동생 남매가 나를 찾아와 머리를 방바닥에 대고 울면서 하소연했다는 이야기를 차마 꺼낼 수가 없었다. 더구나 사랑하는 여인과 헤어지라고 말할 수 있는 몰인정도 아니었고 강심장도 아니었다.

"형, 내가 이렇게 알몸뚱이로 살고 있는 모습을 그 잘난 강릉 김씨 양반 우리 백부가 보았으면 더 좋았을 텐데…. 나는 백부 장례를 모시던 날 그 어른이 지어준 김해경이라는 이름도 함께 관 속에 밀어 넣고 흙으로 덮었어. 그리고 형이 내게 선사한 이상이라는 이름으로 살아가겠다고 결심했지. 이제는 내 마음대로 살고 싶어. 헛된 가문의 위세를 부릴 일도 없고 양반 체면을 차릴 필요도 없어졌어. 내 어깨가 얼마나 가벼워졌는지 몰라."

"너무 자책하지 말게."

나는 이렇게 말할 수밖에 없었다.

"형, 미안해. 한데 연심이는 내 첫사랑이고 나는 연심이가 좋아. 배천온천에서 죽어가던 나를 지켜주고 살려낸 것이 연심이야. 나는 연심이를 붙잡고 간신히 일어섰지. 그 작은 여인네의 몸 안에 그렇게 아득하고 안온한 구석이 있다는 사실을 나는 처음 알았어. 연심이는 늘 나를 자기 가슴에 품어주면서 변덕스러운 내 요구를 다 들어주었네. 그럴수록 나는 연심이에게 매달렸고 남들이 뭐라고 하든 연심이는 내 아내가 되었어. 나만 믿고 따르는 그런 내 아내를 나는 사랑하고… 우린 하나가 되었고 서로 사랑하니까 이제 떨어질 수가 없어."

나는 그의 손을 잡았다. 그러고는 그만 그 자리에서 해서는 안 될 말을 꺼내고 말았다.

"그래. 네 마음은 내가 알지. 두 사람이 서로를 소중하게 여기며 잘 살아야 해. 일이 여기에 오기까지 네 머리가 오죽 아팠을까?"

나는 그의 동생 남매가 울면서 당부했던 말 대신에 "이제는 건강도 돌보면서 잘 살아야지"라는 당부만 쓸데없이 늘어놓고 말았다. 우리는 한동안 천변의 버드나무 아래 뚝방길을 말 없이 걸었다. 그는 내가 마음에 품고 있는 말을 모두 짐작하는 듯했고, 나도 그가 하고 싶어 하는 말을 듣지 않고도 충분히 짐작할 수 있었다.

그 뒤 나는 누구와도 다방 제비에 달라붙은 비린내 나는 소문에 대꾸하지 않았다. 그와 단짝처럼 자주 붙어 다니는 구보한테도 금홍을 모른다고 했고, 그림 친구인 용준이 어디서 들었는지 그가 기생을 데려다 동거한다는 소문을 가져왔을 때도 나는 금시초문으로 받아넘겼다. 그가 택한 길은 어떤 곳에 도달할지 누구도 짐작할 수 없었고 참견할 수 있는 일도 아니었다. 모든 것은 온전히 그 자신의 몫이었다.

4

「오감도(烏瞰圖)」가 조선중앙일보 지면에 실렸다.

'이상'이라는 이름을 단 「오감도」를 신문 지면에서 처음 본 순간 나도 모르게 가슴이 뛰었다. 화가를 꿈꾸던 그가 이제 그 이름 앞에 시인이라는 명패까지 새로 달았으니까. 그는 처음 자기 시가 중앙에 실리게 되었다고 말하더니 대중 독자와 가장 가까운 신문에 시를 발표하는 게 걱정된다며 조바심을 쳤다. 한 달 정도 연재할 거라는 말을 자랑스럽게 하면서도 긴장된 표정이 역력했다. 그의 말대로 아무 예고도 없이 불쑥 시가 등장했는데, 날마다 작품이 연재 형식으로 이어졌다. '오감도'라는 말 자체부터 낯선 이 작품은 시라는 양식에서 보기 드문 새로운 언어적 진술과 기호의 공간적 배치를 다양하게 실험하고 있었다. 그는 독자들이 어떤 반응을 보일지 마음을 졸이면서도 은근히 자부심 같은 것을 내비치기도 했다. 나는 그의 새로운 출발을 보고 혼자서 마음껏 박수했다.

그가 시를 쓰고 있다는 사실을 알게 된 건 제비 다방이 문을 열었던 무렵이었다. 일 년 전쯤의 일이다. 내가 제비에 들렀을 때 그는 주방 안에서 커피를 내리는 중이었다. 수근이 반갑게 나를 맞았고 홀 한가운데는 낯선 손님 두엇 사이에 금홍이 좌 정하여 웃음을 흘리고 있었다. "아즈바니, 어서 오세요." 호들 갑을 떠는 금홍을 손짓으로 막으면서 나는 구석 자리를 차지 했다. 그가 주방에서 나왔다. 나비넥타이에 제법 커피꾼 모습 이 그럴싸했다. "형, 미안해. 내가 자리를 비울 수가 없어서 형 을 찾아가지 못했어." 그를 보고 나는 무슨 일이라도 생겼냐 고 물었다. 그는 다방 구석에 세워둔 커다란 라디오 위에 놓여 있던 잡지 한 권을 내가 앉은 자리의 탁자 위로 들고 왔다. 그 러고는 맥없이 웃으며, 장사하는 법을 좀 제대로 공부하는 중 이라고 하면서 커피 내리는 시늉을 해 보였다. "시작했으니 제대로 해야지. 그런데 웬 잡지야?" 나의 물음에 그는 자랑할 일이 생겼다면서 탁자 위의 잡지를 가리켰다. 잡지 『가톨릭 청년』이었다. 사실은 며칠 전에 심부름꾼 수근이 편으로 만나 자고 전갈을 해온 게 그였다. 꼭 할 말이 있으니, 제비로 한번 들러주었으면 좋겠다고 했다. 경성 바닥의 뻔한 지경에 살고 있으면서 우리는 자주 만나지 못했다. 내가 두어 번 제비에 들 렀을 때마다 그는 밖에 일이 있어 나갔다는 것이다. 부청사 근 처 거리에서도 몇 번 부딪쳤는데 서로 가벼운 인사만 나누고 헤어졌다. 또 무슨 궁리를 하고 다니기에 그리도 바쁘냐고 묻 는 내 말에 그는 대답 대신 잡지를 펼쳐 들었다. "형에게 이걸 좀 보여주려고. 거대한 사업을 벌이고 있는 중인데." 나는 그가 펼쳐 보이는 잡지의 기사를 보았다. "지난달에 나온 잡지인데, 여기 내 시가 처음으로 실렸어. 구보의 도움으로 지용을 만났지. 그분 천거로 몇 편 실었는데 부끄럽기 짝이 없어." 나는 그가 시를 발표했다는 사실을 처음으로 들었다. 그는 새로운 일거리가 필요했다. 제비 다방의 물장수로는 그의 성미에 차지 않았던 모양이다. 궐련에 불을 붙인 그는 내 반응을 살폈다. 나는 아무 말도 하지 않고 책장을 넘겼다. '꽃나무'라는 제목 아래 그의 이름이 '이상'이라고 붙었다.

"이제 시인이 되었네. 언제부터 시를 쓸 생각을 한 거야? 더구나 지용의 천거라니."

나는 그의 등을 가볍게 두드렸다.

"시인이 무엇인지 아무 자신이 없었는데, 지용이 내게 이렇게 말했어. 시인이 되려면 먼저 자기 자신을 완벽하게 알아야 한다고… 그래서 진정한 제 목소리를 찾아야만 시인이 될 수 있다고 했어. 형, 내가 내 목소리를 가질 수 있을까?"

"지용은 조선이 알아주는 최고의 시인이니 너의 가능성을 제대로 보았다고 생각해. 힘들고 고달픈 외딴길을 가야 하는 위험성도 감수해야만 할 거야. 말과의 싸움을 이겨내야만 하니까."

나는 걱정스럽기는 하지만 그의 새출발을 축하해주고 싶었다.

그의 말소리가 잦아들었다.

"나는 학교에서 제대로 문학을 공부한 적이 없는데. 그저 내가 생각한 걸 글로 적어나갈 뿐이야. 형이 내 독자가 되어 잘 읽어줘."

"그래, 걱정 마. 나는 네 편이니까. 읽으며 응원하고 매섭게 평도 할게."

나는 그가 아주 특이한 시인이 될 것으로 믿었다. 그는 화가라기보다는 천품이 시인이라고 하는 편이 옳다. 시대에 몰두하면서 외부 현실보다는 자기 내면세계를 고통스러울 만치 정직하게 인식하려고 했고 그러한 자질이 그를 시인의 길로 들어설 수 있도록 만들었다. 그는 운명적으로 나라 없는 백성으로 태어나 제국의 언어로 그 신민이 되는 교육만 받았다. 이렇게 시대에 예속되면서 말부터 자유롭지 못했고 생각도 자유롭지 못했다. 더구나 그는 개인적으로도 자기 감성을 풍부하게 키울 수 없었다. 철이 들기도 전에 어머니의 사랑을 빼앗겼고 아버지의 자애로운 훈도를 받지 못했다. 그는 모든 것이 결핍된 음울 속에서 삐뚤어진 시각으로 세상을 보고 있었다. 그는 자주 이렇게 말하곤 했다. "내 시에는 그것을 가능하게 해준 언어의 터전이 없어. 아비가 없는 언어를 나 혼자서 배워 쓰고 있는 셈이지. 나는 살아오면서 나를 키워준 근엄한 백부의 호통에 늘 주눅이 들어 있었어. 그 어른은 자애로움을 내게 베푼 적이 없어. 나는 백부를 증오했고 백부가 내 곁에서 사라지기를 바랐지. 나는 절대로 불효를 저지르고 싶지 않아. 그런데 백부 살해를 통해 자신의 해방을 꿈꾸다니… 그런 불효가 어디 용납될 수 있겠어?" 이렇게 하던 그의 말이 시가 되었는지도 모르겠다.

그는 화가를 꿈꾸던 아름다운 청년이다. 어머니의 사랑이 주는 포근한 느낌을 전혀 알지 못한 채 사내다워야 한다는 근엄한 호령 아래 늘 주눅이 들어 자기 재능을 제대로 발휘하지 못했다. 그리고 스스로 억눌려서 화가가 되고 싶은 꿈도 저버려야만 했다. 그의 백부는 그가 가고 싶어 하는 화가의 길을 한사코 가로막았다. 둘 사이의 갈등은 백부의 죽음으로 끝났다. 백부의 사망을 두고 그는 자기가 정신적으로 백부를 살해했다는 끔찍한 죄의식에 사로잡히고 말았다. 그는 속죄의 뜻으로 스스로 화가의 꿈을 버림으로써 그 깊은 갈등의 늪에서 조금이나마 벗어날 수 있었다. 그런데 그는 새로운 고통의 언덕을 넘어서야만 했다. 치명적인 폐결핵 환자가 되면서 자신을 덮쳐오는 죽음의 검은 그림자를 밀쳐내지 않을 수 없었다. 그는 퇴폐라는 가면을 쓰고 자신을 억누르고 있던 가문의 법통을 먼저 허물기 시작했다. 양반가의 후예였지만 그는 혼인이라는 규범을 깨뜨리고 한량들에게 술잔이나 따르던 거리의 여인을 아내 삼아 동거하면서 누구의 눈치도 살피지 않았다.

그에게는 그 문학을 가능하게 했던 스승도 없었고 선배도 없었다. 그는 스스로 자신의 미성숙을 딛고 일어섰으며 자기만의 목소리를 찾고자 했다. 결국 그의 글쓰기는 어둡고 무서운 그의 과거를 지우는 작업이나 마찬가지였다. 그는 펜이라는 걸 칼과 같은 무기로 삼아 문학의 세계에 들어서면서 자기 삶의 어두운 과거에 대해 복수하고자 했다.

그런데 「오감도」가 신문 지면에서 사라졌다. 두어 주가 지나고 나서부터 슬그머니 신문에 작품이 더 이상 등장하지 않았다. 시대를 너무도 앞서가던 이 시가 보름 만에 자취를 감췄다. 아무 예고도 없이 연재가 시작된 것처럼 시에 대한 어떤 설명도 없이 그대로 연재가 끝나버렸다. 나는 며칠 더 두고 보자는 심산으로 날마다 우고당으로 배달되는 석간을 기다렸다. 그런데 뒤늦게야 작품 연재가 그의 뜻과는 다르게 강제로 중단된 것임을 알았다. 구보가 내게 들려준 소식은 미친 짓거리 집어치우라는 독자들의 항의 전화가 신문사 편집국으로 빗발쳤다는 후문이었다.

나는 그를 찾았다. 성격이 여리면서도 속으로는 자존심이 고집처럼 강한 그가 이번 일을 어떻게 감당할지 걱정이 되었다. 다방 제비의 구석 의자에 머리를 감싼 채 쭈그리고 앉아 있던 그는 나를 보자마자 이렇게 말했다.

"형, 나를 보고 미친놈이래. 나는 이렇게 멀쩡한데, 사람들은 모두 수상쩍은 눈으로 내 시를 보고 있어. '연재 불가'라는 통보를 받고 하늘이 무너지는 듯한 느낌을 받았지. '이상'이라는 이름으로 당당하게 살아가기 위한 첫걸음이 이렇게 힘들 줄은 몰랐네."

"남들이 뭐라고 하든 그게 뭐가 그리 중요해? 너는 이미 「오감도」의 시인 이상이잖아? 조선의 문단은 시인 이상을 가졌고, 「오감도」를 가졌는데."

내 말에 그는 고개를 들고 나를 바라보았다. 그는 신문사를 원망하지는 않았다. '「오감도」 작가의 변'을 4백 자 원고지 한 장에 채웠는데 그것마저 수록하지 못했다면서 그걸 내게 내밀었다.

왜 미쳤다고들 그러는지 대체 우리는 남보다 수십 년씩 떨어져도 마음 놓고 지낼 작정이냐. 모르는 것은 내 재주도 모자랐겠지만 게을러 빠지게 놀고만 지내던 일도 좀 뉘우쳐보아야 아니 하느냐. 여남은 개쯤 써보고서 시 만들 줄 안다고 잔뜩 믿고 굴러다니는 패들과는 물건이 다르다. 2천 점에서 30점을 고르는 데 땀을 흘렸다. 31년 32년 일에서 용대가리를 떡 꺼내어놓고 하도들 야단에 배암 꼬랑지커녕 쥐 꼬랑지도 못 달고 그만두니 서운하다. 깜빡 신문이라는 답답한 조건을 잊어버린 것도 실수지만 이태준, 박태원 두 형이 끔찍이도 편을 들어준 데는 절한다.

철(鐵)—이것은 내 새 길의 암시요 앞으로 제 아무에게도 굴하지 않겠지만 호령하여도 에코—가 없는 무인지경은 딱하다. 다시는 이런—물론 다시는 무슨 다른 방도가 있을 것이고 우선 그만둔다. 한동안 조용하게 공부나 하고 딴은 정신병이나 고치겠다.

「오감도」의 시인이 쓴 변명의 글이라고 했지만 내게는 조선의 시문학 전체에 대한 비판적 각서처럼 보였다. 서구문학의 근대를 열심히 베끼고 뒤따라오면서 그 후진성을 자각한다는 것은 처절한 자기반성을 통해서만 가능하다. 그는 그림을 놓은 뒤로 시를 쓰는 일이 새로운 자기 존재의 의미가 되었다고 했지만, 굴곡진 역사의 과제를 혼자서 짊어지고 있는 것처럼 힘들어 보였다. 「오감도」는 그 자신의 삶에 대한 예술적 저항의 표시였다. 그는 이 시를 통해 자기 스스로를 해방시키려고 했다. 양반 가문의 허울을 벗어나고자 했고 낡은 도덕과 윤리를 거부하고자 했다. 이러한 그의 시적 지향은 조선 문학이 지키려고 했던 불필요한 격식을 무너뜨리는 데에 자연스럽게 앞장서게 되었다. 이 시에는 낭만적 감상을 지고의 덕목으로 삼았던 시단의 전통을 허물어버리려는 불순한 동기도 숨어 있었다. 그는 삶의 비애를 노래하려 들지 않은 대신에 생의 환멸에 대한 감상에서 벗어나 존재의 본질과 그 가치를 찾아 날아가고자 했다. 물론 이런 그의 도전과 실험을 너그럽게 받아들이려는 독자는 거의 없었다.

"형, 나는 그림을 그릴 때, 있는 그대로의 풍경을 재현하는 걸 아주 싫어했어. 자기가 발견한 새로움이 필요하다고 여겼지. 시를 쓰기 시작하면서도 마찬가지였어. 감상에 사로잡혀 한숨과 비탄의 장면을 그려내기에 바쁜 시인들, 그들이 지닌 억제하지 못하는 주관적 감상성을 증오했지."

나는 그가 내게 하고 싶은 말이 무엇인지를 잘 알고 있었다. 그는 지용이 말해준 대로 자기 언어를 끈질기게 탐색하는 중이었다.

"나는 보들레르를 읽다가 희망이 박쥐처럼 겁에 질려 벽에 날개를 두들기고 있다고 묘사한 대목에서 무릎을 쳤지. 좌절된 희망을 이렇게 난폭하고 끔찍하게 언어로 표현할 수 있다는 생각에 깜짝 놀랐어. 그때부터 그를 더욱 좋아하게 되었어."

그는 아무도 돌아보지 않고 글쓰기에만 매달렸다. 대부분의 독자는 그가 쓰는 시를 제대로 읽으려 하지 않았다. 읽고도 그의 말을 알아듣지 못하는 경우가 많았다. 그가 자기 내면세계에 사로잡혀 오히려 다른 사람의 말을 들으려 하지 않는다고 손가락질하는 사람이 생겨나기 시작하더니, 아예 그의 시를 미친 짓거리라고 비난하면서 고개를 돌렸다. 하지만 그건 하나의 편견일 뿐이었다. 그는 자신의 아픔을 생각하고 그 고통을 이겨내면서 찾아낸 자기 언어로 다른 사람들의 삶과 그 고통까지도 불러내고자 했다.

"너는 「오감도」가 실패했다고 자책해서는 안 돼. 우리의 낡은 문단에는 더 많은 「오감도」가 필요해졌어. 이제는 「오감도」의 시인이 새로운 문학의 길잡이가 되어야지."

나는 이런 식으로 그를 다독였다. 물론 나도 「오감도」를 최대의 문학적 성공이라고까지 추켜세울 생각은 없다. 실험은 언제나 실험으로 끝나고 전위는 언제나 전위여야 한다는 건 이미 미술계에서는 하나의 상식이었다. 물론 여기서 '성공'이라는 건 작품 자체의 완결성을 염두에 둔 내 판단이기도 하다. 이 작품은 당초에 한 달 정도의 연재 기간을 예정했고, 그 자신도 「오감도」의 연재를 위해 30편의 작품을 힘들여 골랐다고 밝히고 있다. 그러므로 15편의 연재로 중단된 「오감도」는 작품의 완결에 이르지 못한 셈이다. 그렇다고 해서 「오감도」의 연재 중단 자체가 작품의 실패를 의미하는 거라고 할 수는 없었다. 일반 대중 독자의 비난과 평단의 무관심에도 불구하고 이 작품은 이상이라는 시인의 존재를 알리게 된 계기를 만들었다. 특히 그가 실험하고자 했던 새로운 예술적 구상과 그 기법이야말로 칭찬받을 만했다. 조선 문학에서 문제 삼게 되는 모더니티의 새로운 인식은 그 의미의 중요성을 인정받아야 했다.

"형, 내가 「오감도」를 보들레르의 「악의 꽃」에 필적할 만한 세기의 대작이라고 떠들어댄 것은 내 시를 터무니없이 자랑하려는 뜻이 아니었어. 팔십 년 전에 나온 「악의 꽃」은 그 유명한 악마파의 슬로건이 되었지. 그리고 드디어 상징주의의 선언문으로 인정받게 되었다는 점을 생각해야만 하는데… 거기에 비하면 우리 문단은 너무 뒤떨어져 있어. 왜 우리 조선은 불란서만 못한가? 우리에게도 찬란한 시의 역사가 있지 않나?"

나는 그의 주장에 고개를 끄덕였다. 그리고 「오감도」가 보여준 인간의 삶의 세계와 사물을 보는 시각의 새로운 도전은 누구도 그 의미를 부정할 수 없다고 말해주었다. 그는 「오감도」가 우리 시의 역사적 전환을 예고하는 중대한 지표가 될 것이라는 내 말에 크게 위로를 얻은 듯했다.

"형에게만 하는 말인데, '오감도'라는 제목을 신문 지면에 올리기까지 우여곡절이 많았어. 편집부에서 계속 이 제목을 '조감도'라고 자기들 마음대로 고쳐놓아서 내가 절대로 고치면 안 된다고 고집했지. 사전에도 없는 말인데 어쩌려고 그러느냐고 했지만 내가 새로 만든 말이라고 우겼어. '까마귀 오(烏)' 자를 하나 살리기가 그렇게 어려운데 내가 시인이 된들 무슨 일을 더 할 수 있을지 몰라 답답해."

"그래? 나는 단박에 눈치를 챘어. 조감도에서 온 말이라는 것을."

"그래, 형은 조선의 최고 화가니까 금방 알아챘을 거야. '조감도'라는 말을 아는 사람이라면 쉽게 그 뜻을 이해할 수 있어."

그는 건축기사답게 신문지 위에다 그림까지 그리면서 이 말의 의미를 다시 설명했다. 공중에 떠 있는 새가 아래를 내려다볼 경우, 넓은 범위의 지형이나 건물과 거리 등의 전체적 윤곽을 알아낼 수가 있다. 이 특이한 시각을 '조감의 시각'이라고 하며 그 시각을 상상적으로 적용하여 대상을 그린 그림을 조감도라고 한다. 이미 중세 유럽에서는 조감도가 회화 기법의 하나로 활용되어 다양한 형태의 도시 조감도가 많이 만들어졌다. 일반적인 시점에서는 바라볼 수 없는 넓은 경관을 한정된 도면에 담는 데 조감도의 강점이 있다. 지상의 어떤 사물을 공중에 뜬 새의 눈으로 내려다본다는 것 자체가 상상의 시점이기 때문에 대상을 설명하고자 하는 관념성이 강하지만 복잡한 여러 대상을 전체적으로 배치하여 한눈에 그 윤곽을 파악할 수 있다. 그는 아주 명쾌하게 설명을 이어갔다. 한자로 쓰면 '오감도'와 '조감도'는 글자 모양이 아주 흡사하다. 새를 말하는 '조(鳥)'라는 한자에서 획(-) 하나를 제거하면 바로 까마귀라는 뜻의 '오(烏)' 자가 된다. 이런 방식으로 한자의 자획을 나누거나 빼거나 합쳐서 전혀 다른 글자를 만들어내는 것을 '파자(破字)'라고 한다. 나는 그가 잠깐 담뱃불을 붙이는 동안 그의 말에 끼어들었다.

"네가 소학교 시절 한문 실력을 자랑하기 위해 곧잘 나를 놀려댄 일이 있었잖아? '양의 뿔이 빠지고 꽁지도 빠졌다네. 그게 무슨 글자?' 하고 내게 물었던 생각이 지금도 생생해. 내가 대답을 못 하고 어물대면 네가 '왕(王)' 자라고 답하면서 땅바닥에 '양(羊)' 자를 써놓고는 뿔을 빼고 꼬리를 자르는 흉내를 내면서 깔깔댔지."

이 특이한 '문자놀이'는 어린 시절 우리 두 사람 사이에 오가는 일종의 지적 유머였다. 나는 파자 방식을 시적으로 변용하여 '오감도'라는 새로운 단어를 만들어낸 것이라는 생각에 그저 웃음이 나올 수밖에 없다. '오감도'는 파자 방식으로 생겨난 말이지만 단순한 우스갯말이 아니다. 이 말은 '까마귀'가 환기하는 독특한 분위기를 통해 암울한 현대인의 삶의 모습을 전체적으로 암시한다. 「오감도」는 '새가 공중에서 아래를 내려다본 모습'이 아니라 '까마귀가 공중을 날면서 땅을 내려다본 모습'으로 바뀐다. 이런 시적 변용을 통해 얻어내고 있는 의미의 변화를 시인은 혼자 즐겼던 것이 아닌가 생각된다.

그는 내 손을 맞잡았다. 그리고 연신 담배 연기를 내뿜었다.

"과연 형은 내 마음을 잘 아네. 형과 같은 독자가 또 있을까?"

그는 「오감도」가 당대의 문단과 대중 독자로부터 철저하게 외면당한 것에 크게 실망한 눈치였다.

"지금은 비록 이상한 시라고 비난을 하는 사람이 많아도 언제가 눈 밝은 독자들이 나타날 거야. 너의「오감도」가 새로운 미래를 위한 기획이라는 점이 더 멋지다고 생각해.”

이렇게 말하면서 나는「오감도」가 독특한 시적 상상력과 사물을 보는 새로운 시각을 통해 이상이라는 시인의 존재를 새롭게 각인시킬 것이라고 그를 위로했다.

그는 한동안 눈을 감고 있다가 구보를 볼 낯이 없게 되었다고 자기 심정을 털어놓았다.「오감도」의 등장에는 그의 문학적 재능을 발견하고 그를 세상 밖으로 끌어낸 구보의 믿음이 큰 힘으로 작용했다. 구보는 제비 다방에서 상을 만난 후 그 특유의 문학적 상상력에 공감했다. 구보는 자신이 속해 있던 구인회의 회원들에게 상의 독창적인 관점과 시적 상상력의 가능성을 자랑하면서 그의 글을 지용에게 소개했고, 상허와 기림 등과 연결하는 데에도 힘을 썼다. 이렇게 놓고 본다면 그의 문학에 먼저 관심과 호감을 표시한 것은 구보였고, 시적 재능을 간파한 것은 당대 최고의 시인 지용이었으며, 그의 시적 재능에 명패를 달아준 것은 기림이었다. 이들은 구인회의 핵심 인물이다. 구인회를 중심으로 이들이 추구했던 새로운 문학은 계급문단의 붕괴와 리얼리즘적 경향의 퇴조에 뒤이어 등장하여 정치적 이념성을 거부한다는 점에서 문학적 순수주의 또는 순수문학의 경향으로 평가되기도 한다. 이 새로운 문학이 집단주의적 논리와 역사에 대한 과도한 전망 자체를 거부한 것은 문학의 주제가 개인적 주체의 문제로 회귀하고 있음을 의미하며, 일상성의 의미가 그만큼 중시되고 있음을 뜻하기도 한다. 그리고 그것이 곧 조선적 모더니즘 운동의 출발이었던 것은 물론이다.

「오감도」는 식민지 상황에서 시대의 흐름에 뒤처진 채 낡은 가치와 이념에 매달려 있던 우리 사회 문화의 후진적 현실에 대한 비판을 그대로 드러내고 있다.「오감도」의 연재가 시작되자 신문사에는 항의 전화와 투서가 쏟아져 들어왔다. 독자들은 연작시「오감도」의 새로운 상상력과 그 창조적 정신을 이해하려 들지 않았다. 그들은「오감도」의 텍스트가 드러내고 있는 파격적인 기법의 실험과 거기서 비롯된 난해성을 두고 정신이상자의 허튼소리라고 비판하면서 그런 원고를 게재하는 신문사의 무책임을 성토했다. '이게 시냐? 미친놈의 잠꼬대, 어서 집어치워라', '무슨 개수작이냐? 그따위 시를 내면 신문 안 볼 테다'라는 항의가 빗발치자, 신문사에서도 이러한 항의를 무시하기 어려웠다. 결국「오감도」는 원래 계획의 절반 정도를 발표하고는 도중에 아무런 예고 없이 연재를 중단했다. 독자 항의로 작품 연재를 중단한 이 특이한 사건은 당시 문단에서는 처음 있는 불상사였다.

하지만「오감도」의 시인은 달랐다. 이 시에 대한 그의 자부심은 대단한 용기를 포함한 것이었다. 그는 신문 연재의 실무

책임자였던 상허를 찾아가 연재 중단을 재고해달라고 부탁하면서 「오감도」를 프랑스의 시인 보들레르의 「악의 꽃」과 견주고자 했다. 보들레르가 시 100편을 수록하여 1857년 발간한 이 시집은 출간 직후 그 내용의 풍기 문란을 언론이 문제 삼아 들고 나서면서 공안국이 경범재판소에 고발하여 압류 처분이 내려졌다. 그리고 보들레르와 출판사 대표는 '공중도덕 훼손죄'로 기소되었다. 그 당시 독자들에게 보들레르는 공포와 혐오감을 불러일으키는 작품으로 공중도덕과 미풍양속을 해쳤다는 이유로 시집이 압수되고 뒤에 작품이 강제 삭제당하고 벌금형을 선고받은 필화사건의 주인공일 뿐이었다. 선(善)이라는 것이 최고의 가치처럼 내세워지면서 그것이 고정관념처럼 굳어버린 현실을 던져두고 보들레르는 이 기성의 체제를 벗어나 악(惡)을 찾아 선뜻 나섰다. 이러한 파격적인 행위가 인간의 자유의지이며 동시에 새로운 세계를 창조하고자 하는 창조적 욕망의 표현이라는 사실을 제대로 공감하고 이해하려는 이는 거의 없었다. 하지만 보들레르가 세상을 떠난 후 『악의 꽃』은 프랑스 상징주의의 출발점이자 모더니즘 문학운동의 거점이 되었다. 그리고 현대 시의 새로운 기원을 보들레르의 「악의 꽃」에서 찾는 것은 당연한 일이 되었다. 그가 스스로 「오감도」를 조선의 「악의 꽃」이라고 내세웠던 이유도 여기 있다.

「오감도」의 시적 상상력은 '한 마리의 새가 되어 하늘을 날 수 있을까?'라는 공상의 명제로부터 시작된다. 이 특이한 발상은 사물을 보는 새로운 시각을 예비하지 않고서는 불가능하다. 하늘에 떠 있는 까마귀가 되어 인간 세계를 내려다보는 것은 하늘 높이 날고 있는 까마귀의 눈과 그 시선에 모든 사물이 집중되어 있음을 뜻한다. 공중에 떠 있는 위치에서 가질 수 있는 시선의 높이와 그 각도로 인하여 지상의 모든 사물의 새로운 형태와 함께 그 전체적인 지형도가 드러난다. 그리고 그 위치와 거리가 감지된다. 결국 이것은 사물에 대한 감각적 인지를 전체적으로 가능하게 하는 새로운 시선과 각도를 가진다는 걸 말한다. 그리고 사물의 세계를 그보다 높은 시각에서 장악할 수 있게 됨을 암시한다. 이 시는 시적 대상을 보는 시각의 전환을 통해 대상에 관한 새로운 인식의 가능성을 보여주는 셈이다.

나는 「오감도」의 시인과 마주 앉아서 그의 새로운 시적 구상을 좀 더 자세히 이야기하고 싶었다.

"네 앞에서 이렇게 말하는 게 좀 부담스럽기는 하지만 사실 나는 「오감도」의 첫 작품인 「시 제1호」를 읽으면서 그 놀라운 발상뿐만 아니라 그 의외의 단순성에 무릎을 쳤어. 그래서 뒤에 이어진 작품들을 모두 끝까지 몇 번이나 되풀이해 읽었지. 시 전체가 모두 짤막하지만 띄어쓰기를 안 하고 줄글로 내리 쓴 것이라서 읽어내기가 어려웠어. 나는 문학을 잘 모르는데 네가 어떻게 이런 특이한 작품을 구상하게 되었는지 궁금해. 전에 내게 부탁한 대로 「오감도」를 읽은 내 소감도 솔직히 말해주고 싶어."

그는 내 말에 담뱃불을 재떨이에 비벼 끄면서 나를 뚫어지게 바라보았다. 그러고는 커피잔을 들고 천천히 이야기를 이어갔다.

"말에는 띄어쓰기가 없잖아? 자기 호흡에 따라 한 줄씩 읽어가면 되는데. 그게 더 자연스러운 게 아닌가?"

나는 그가 하는 말의 뜻을 제대로 알아듣기 어려웠지만 내 생각을 그냥 말해버렸다. 이 시의 전반부에서 1, 2연은 각 행이 모두 13개의 글자로 이루어진 문장을 반복하고 있다. 마치 화가가 캔버스에 사물의 형상을 스케치하듯 선은 아주 단순하고 간결하게, 색채는 아주 선명하게. 언뜻 보면 뭔지 모를 한 폭의 추상화가 그려진다. 시의 텍스트는 전체적인 짜임새 자체가 타이포그래피의 속성을 활용하여 외형상 시각적 속성을 강조한다. 텍스트 구성에 동원되고 있는 인쇄 활자는 굵은 고딕인데, 띄어쓰기를 무시한 문장으로 시적 진술이 이어진다. 그런데 시적 진술 내용은 공중에서 내려다본 그림치고는 의외로 단순하다. 지상의 복잡한 사물들과 시각적·물리적 요소들을 제거하고 화자 자신의 정서적 반응조차 전혀 드러내지 않는다.

烏瞰圖

李 箱

詩第一號

1

十三人의兒孩가道路로疾走하오.
(길은막다른골목이適當하오.)

第一의兒孩가무섭다고그리오.
第二의兒孩도무섭다고그리오.
第三의兒孩도무섭다고그리오.
第四의兒孩도무섭다고그리오.
第五의兒孩도무섭다고그리오.
第六의兒孩도무섭다고그리오.
第七의兒孩도무섭다고그리오.
第八의兒孩도무섭다고그리오.
第九의兒孩도무섭다고그리오.
第十의兒孩도무섭다고그리오.

第十一의兒孩가무섭다고그리오.
第十二의兒孩도무섭다고그리오.
第十三의兒孩도무섭다고그리오.
十三人의兒孩는무서운兒孩와무서워하는兒孩와그러케뿐이모혓소.(다른事情은업는것이차라리나앗소)

그中에一人의兒孩가무서운兒孩라도좃소.
그中에二人의兒孩가무서운兒孩라도좃소.
그中에二人의兒孩가무서워하는兒孩라도좃소.
그中에一人의兒孩가무서워하는兒孩라도좃소.

(길은뚫닌골목이라도適當하오.)
十三人의兒孩가道路로疾走하지아니하야도좃소.

「오감도 시 제1호」
조선중앙일보, 1934. 7. 24

이렇게 내가 말을 이어가자, 그는 자리에서 벌떡 일어나 혼자서 중얼거렸다.

"형은 이미 알고 있었구나."

나는 그의 반응에 상관없이 이렇게 설명을 이었다. 시의 텍스트는 '도로'에서 '13인의 아해'가 '질주'하고 있는 상황만 제시하고 있다. 그런데 '13인의 아해'는 모두가 자신들이 처해 있는 상황을 '무섭다'라고 말한다. 각자가 무서운 존재이기도 하고 무서워하는 존재이기도 하기 때문이다. 여기서 '13인의 아해'가 누구이며 왜 '아해'인가를 따지는 것은 큰 의미가 없어 보인다. 왜냐하면 여기 등장하는 '아해'는 아이가 아니라 공중에서 조그맣게 내려다보이는 사람들에 불과하기 때문이다. 하늘에 떠서 지상을 내려다보면 모든 사물은 실제 크기보다 훨씬 작게 보인다. 이러한 거리의 감각을 염두에 둔다면 '아해'는 작게 보이는 사람들을 지시한다는 것을 알 수 있다. '13'의 경우도 숫자 자체의 상징성이 문제가 되기도 하지만 땅 위의 많은 사람을 가리키는 것이라고 해도 크게 의미에서 벗어나지 않는다.

내가 여기까지 이야기했을 때 우리 두 사람의 말이 끊겼다. 다방의 계산대에서 주판알을 튕기고 있던 금홍이 쌍화차 두 잔을 들고 우리 자리로 다가왔기 때문이다.

"아즈바니가 오시니 저 사람이 이제 살아난 것 같네요. 두

분이 무슨 말씀을 그렇게 긴히 나누시는지?"

그는 금홍에게 다시 주방으로 가라는 손짓을 해 보였다. 하지만 금홍은 넉살 좋게 그 옆자리에 앉았다. 그리고 쌍화차를 찻숟가락으로 저어서 내 앞에 밀어놓았다.

"이거 드시면서 말씀하세요. 오늘 아침에 간신히 이 사람을 일으켜 세워 함께 가게로 나왔어요. 벌써 열흘 가까이 방구석에 쭈그리고 앉아 아무 말도 하지 않아서 무슨 큰 변고가 생겼나 걱정했지만, 내게는 아무 상의도 없으니 그 속을 도무지 알 수가 없네요."

"제수씨 덕분에 이 사람이 그래도 힘을 잃지 않고 있으니….".

나는 어색한 분위기를 깨려고 금홍에게 대꾸했다. 그는 눈을 감고 가만히 앉아 있었다. 그가 불편해하고 있음을 눈치챈 금홍은 내게 눈을 찔끔해 보이더니 자리에서 일어나 다시 다방 입구의 계산대 쪽으로 걸어갔다.

그는 내게 재촉하듯이 하던 이야기를 더 들려달라고 했다. 나는 다시 입을 열고, "아해가 막다른 골목을 무섭다면서 질주한다는 말을 두고 한참이나 생각을 했지" 하면서 말을 이어갔다. 아해가 무서워하는 것은 괴물이라든지 귀신이라든지 하는 다른 어떤 대상이 아니다. '13인의 아해' 가운데에는 아주 무서운 '아해'가 있다. 그러므로 다른 '아해'는 그 무서운 '아해'를 공포의 대상으로 여기며 두려워하고 있다. 이들이 서로 무서워하는 까닭은 텍스트에서 설명하고 있지는 않지만, 이들이 서로 분열 대립하여 경쟁하고 있으며 상호 대립과 갈등과 불신이 공포까지 조장하고 있음을 짐작할 수 있다.

내가 말을 멈추고 쌍화차 잔을 들자, 그가 얼굴에 웃음기를 띠면서 대꾸했다.

"형의 말이 맞아. 사실 나는 「오감도 시 제1호」에서 공중에 떠 있는 까마귀의 시각을 빌려 인간 사회의 갈등과 대립, 불신과 모순을 지적하고자 했지. 그걸 형이 제대로 알아봐주니 너무 고마워."

나는 그의 말에 맞장구를 쳤다. 그에게는 더 큰 용기가 필요하다고 생각했다.

"나는 「오감도 시 제1호」에서 암시하고 있는 인간의 불안과 공포가 20세기 문명의 특징인 끝없는 경쟁과 속도와 무관하지 않다고 생각했어. 인간이 인간에 대하여 느끼는 공포는 현대 문명이 만들어낸 속도와 경쟁에 대한 두려움도 포함하기 때문이지. 인간의 탐욕이 빚어내는 대립과 갈등, 전쟁과 파괴 등의 비인간적 행위가 인간에 대한 불신을 초래하게 된다는 것도 당연한 일이 아닌가? 이 시에서 강조하고 있는 '아해'의 '무서움'은 현실을 살아가는 인간의 대립, 갈등, 분열, 질시와 거기서 비롯되는 상호 불신, 공포, 불안의 상태를 단순화하여 표현한 것인데, 독자들은 이 단순성 때문에 그것이 만들어내는 관념적 주제의 깊이를 제대로 읽어내지 못했을지도 몰라.”

그는 고개만 끄덕였다. 나는 그가 다시 용기를 내어 그 기발한 상상력이 시를 통해 제대로 발휘될 수 있기를 기대한다고 말했다. 하지만 그는 “그런 날이 과연 가능할지…” 하면서 길게 한숨을 몰아쉬었다.

나는 「오감도」 연작 가운데 「오감도 시 제4호」와 「오감도 시 제5호」가 처음 신문에 실렸을 때 너무 놀랐다고 말했다. 신문 독자가 이를 어떻게 생각할지 궁금했는데 내 예측대로 엄청난 반발과 비난이 쏟아졌던 모양이다. 그는 직접 원고지 위에 그 작품들을 그대로 그려 보이면서 말했다.

“형, 이건 읽는 시가 아니야.”

소리 내어 읽을 수 없는 작품인데 그걸 못 읽겠다고 야단치는 독자가 오히려 답답하다는 것이다. 이 두 편의 시에서 드러나는 형태적 파격성은 ‘보는 시’ 또는 ‘시각시(visual poetry)’라는 특이한 시적 양식 개념을 통해서만 설명 가능하다면서 그는 ‘보는 시’의 개념을 이렇게 설명해주었다.

“나는 시의 문자적 표기 자체가 무엇인가를 시각적으로 드러내어 보이도록 시도해본 거야. 여기서 글자와 그 크기, 문장부호, 띄어쓰기, 행의 구분, 행의 배열, 여백 등의 시각적 요소들이 무엇인가를 보여줄 수 있도록 사진이나 도형 등과 같은 회화적 요소를 첨부하여 새로운 변형을 시도한 셈인데….”

"그런데 왜 이 숫자들이 모두 뒤집혀 있어?"

내가 이렇게 묻자, 그는 한동안 내 눈치를 살폈다.

"형은 이걸 알아챌 거라고 생각했었는데. 거울은 사물을 뒤집어 보여주니까. 사실 나는 병을 진단받고 수없이 거울을 들여다보며 죽어가는 내 모습을 확인해보곤 했지. 그 고통의 과정을 말로는 설명하기 어렵지만….."

나는 아무 말도 할 수 없었다. 실제로 「오감도 시 제4호」의 경우에는 아주 간단한 언어 텍스트 사이에 '1 2 3 4 5 6 7 8 9 0'이 뒤집힌 채 11줄로 반복 배열된 특이한 숫자의 도판이 끼워져 있다. 「시 제5호」에도 언어 문자적 진술 사이에 기하학적 도형이 삽입되어 있다. 언어적 진술과 시각적 도판의 결합으로 구조화된 시적 텍스트의 혼성적 특징을 나는 이해하지 못했다. 더구나 숫자의 도판을 뒤집어놓은 것이 거울 보기를 암시한다는 말에 놀라지 않을 수가 없었다.

나는 '보는 시'의 새로운 기법을 자기 작품에 적용하는 그의 노력을 헤아려보면서 그 놀라운 착상에 혼자서 탄복했다. 그는 내가 쉽게 그의 설명을 알아듣지 못하는 것을 보고는 자신을 '환자'로 놓고 스스로 의사가 된 것처럼 거울을 통해 자기 얼굴을 살펴보는 과정을 그려본 것이 「시 제4호」라고 했다.

"형, 나는 폐결핵이 중증의 상태라는 의사 선생님의 말씀에 큰 충격을 받았어. 더구나 이런 상태에서 회복된 사례가 드물

烏瞰圖　李　箱　3

詩第四號

患者의容態에關한問題.

診斷 0・1
26・10・1931
以上 責任醫師 李 箱

詩第五號

某後左右를除하는唯一의痕跡에있어서

翼殷不逝 目大不覩

胖矮小形의神의眼前에我前落傷한故事를有함.

臟腑라든것은 瘦水牛裙의類似에羞되는것은아닌가.

다고 하니 잔뜩 겁이 났지."

그는 자신의 건강 상태와 병환의 진전 상황을 수없이 스스로 진단하며 병든 육체에 대한 자기 몰입에 빠져들 수밖에 없었다. 이 고뇌의 과정은 말로 설명하기 어렵다. 그는 시각적인 기호와 도판으로 대체하여 자신의 감정을 표현해보고자 했다. 이 시를 보면서 시인 자신이 빠져들었던 병적 나르시시즘의 징후를 밝혀내는 것은 도판의 이미지를 '읽는' 독자의 몫임을 나는 알았다. 그리고 그것이 바로 '보는 시'로서의 새로운 가능성을 말해준다고 생각했다. 실제로 이 작품이 이질적으로 느껴지는 이유는 텍스트 자체가 언어적 진술로만 이루어진 것이 아니기 때문이다. 그는 자기 자신을 대상화하여 스스로 자기 병의 증세를 진단하는 고통스러운 과정을 언어적 진술 대신에 시각적 이미지로 표현하고 있다.

「시 제5호」도 마찬가지다. 이 작품은 시적 진술 자체가 해독하기 힘든 몇 개의 한문 구절로 이루어져 있는데 독특한 기하학적 도형을 문자 텍스트 중간에 삽입해놓았다. 말하자면 언어적 진술과 기하학적 도형이라는 이질적 요소를 결합하여 하나의 시적 텍스트를 시각적으로 구성한 것이다. 이 같은 시적 텍스트의 구성은 현대미술의 새로운 기법으로 주목했던 콜라주의 방법을 언어 텍스트 위에서 변용하고 있는 것이라고 할 수 있다. 문자 텍스트와 기하학적 도형의 결합을 통해 새로운 시적 텍스트를 구성하고 있기 때문이다.

"이 시에서 둘째 행의 익은불서(翼殷不逝) 목대부도(目大不覩)라는 한문 구절은 중국의 고전 『장자(莊子)』에 나오는 한 대목을 따온 거야. 눈 밝은 독자들이 알아차리도록 일부러 글자를 크게 강조해 썼어."

나는 그가 귀띔해주지 않았다면 전혀 그 의미를 제대로 알아차리지 못했을 것이다. 본래의 뜻은 큰 날개를 가진 새가 제대로 멀리 날아가지도 못하고 눈이 큰데도 자신을 노리고 있는 위험을 알아채지 못한다는 말이다. 이 구절이 시적 문맥 속에서 '큰 뜻을 품었지만 그걸 펼치지 못하게 되었고, 눈이 큰데도 제대로 살피지 못했다'라는 뜻으로 읽힌다. 그는 이 시를 뢴트겐 사진을 처음 본 순간의 충격을 그려낸 것이라고 했다. 살아 있는 사람의 폐부가 사진으로 찍히는 엄청난 충격을 경험하면서 그 감정을 억제하고 단순하게 추상화한 것이 텍스트에 제시된 도형이다. 이 도형은 뢴트겐 사진의 윤곽을 표시하며 안쪽으로 굽어들어간 화살표는 폐부와 연결되는 혈관에 해당한다. 그러나 정작 이 혈관과 연결되어야 할 폐가 손상되어 그 흔적이 제대로 드러나지 않는다. 이러한 폐부의 상태로 보아 병은 상당히 심각한 정도로 진전되고 있음을 짐작할 수 있다.

"말로 표현하기 어려운 고통과 두려움을 그려내려면 이런 방법을 쓸 수밖에 없었어."

그는 이루 말할 수 없는 아픔과 공포를 억제하고 자기 심정을 시각적으로 단순화함으로써 복잡한 내적 갈등과 정서를 새롭게 해석할 수 있는 길을 찾고자 했다. 여기서 자기 폐부가 병으로 훼손되고 있다는 사실을 알아차린 순간 그가 느꼈을 병에 대한 공포와 삶에 대한 절망감이 어떠했을지는 설명할 필요조차 없다. 내가 그를 배천온천에서 만났을 때 그가 제일 자상하게 설명했던 것도 뢴트겐 검사의 충격이었다. 그는 자신의 고통과 절망감을 시에서 언어적 진술 대신에 추상화된 도형을 통해 묵언(黙言)으로 제시한다. 아무리 소리치고 목청껏 외친다 해도 가슴 터지는 고통, 다시 일어서지 못할 것 같은 절망감, 죽음에 대한 엄청난 공포감을 그 크기만큼 표현할 수 있는 말은 없는 셈이다.

그의 설명이 길어지고 있을 때 와자지껄하면서 다방의 문을 열고 손님들이 들어섰다. 다방의 홀 한복판에 탁자를 두 개 붙여놓고 의자를 끌어다 놓아야 예닐곱 명의 손님들이 한자리에 앉을 수 있을 것 같았다. 그가 자리에서 일어나 바쁘게 움직였다. 일상의 다방 주인으로 돌아간 그의 모습을 지켜보면서 나는 더 이상 다방 영업을 방해해서는 안 된다는 사실을 알아차렸다. 나는 자리에서 일어나 "곧 다시 만나세" 하면서 다방을 빠져나왔다.

나는 우고당으로 돌아와 혼자서 다시 「오감도」가 연재된 신문철을 넘겼다. 그가 설명해준 '보는 시'라는 새롭고 낯선 개념이 더 궁금해졌다. 일본에서 사온 화집과 상징주의와 초현실파 운동을 설명한 미술사와 미학사 관련 책들도 함께 탁자 위에 펼쳐놓았다. 서양 예술사에서 '보는 시'의 등장은 상징파 시인 말라르메의 시적 실험에서 찾는다. 말라르메는 문자화된 텍스트에서 단어와 단어 사이의 공백을 일종의 시각적인 휴지(休止)로 인식하면서 단어의 배치와 그 공백을 함께 활용하여 텍스트 자체가 어떤 시각적 이미지를 창출하도록 고안했다. '보는 시' 또는 '시각시'라는 이름의 새로운 시적 실험은 언어 자체가 지닌 문자의 시각성을 활용하여 작품을 쓰려는 파격적인 접근법임을 나는 비로소 깨달았다.

다방의 심부름꾼 수근이 두 번이나 나를 찾아왔다.

주인아저씨는 방에 드러누워 있고 마담은 어디를 갔는지 며칠째 소식이 없다면서 이러다가는 다방 문을 닫을 것 같다고 걱정했다. 나는 그냥 두고 볼 수가 없었다. 관철정 그의 단칸방을 찾아가 들창 아래에 서서 여러 번 소리쳐 '이상'을 불렀다. 한참 만에 그가 안에서 문을 따주었다. 그는 방바닥에 너절하게 펼쳐진 이부자리를 밀치고 나에게 앉으라고 했다. 나는 그의 몰골을 들여다보고는 좀 싱겁게 말했다.

"다 죽어가는 줄 알았더니 여전히 눈빛에 서기가 남았네."

"형, 미안해. 이런 꼴을 형한테 보이다니."

그는 계집이 집을 나간 후 돌아오지 않아 집구석이 이 모양이라고 혼잣말처럼 중얼거렸다. 나는 그의 등짝을 가볍게 두드리고는 그의 기운을 돋우는 처방을 내렸다.

"어서 일어나. 네가 이렇게 드러누워 있으면 종로 바닥이 어수선해. 수근이가 나한테 몇 차례나 달려왔었어. 주인아저씨를 좀 말려달라고…."

그는 아무 말도 하지 않고 궐련을 꺼내어 불을 붙였다.

"제수씨하고 다퉜나? 사랑싸움이라면 둘이서 조용히 할 일을…."

그제야 그가 입을 열었다.

"아내가 집을 나가버렸어."

"집을 나가기는 어디를 나가? 잠시 친정이라도 다녀올 모양이지. 그런데 너는 이렇게 방구석에 누워 있으면 어떡하나? 다방이 문을 닫게 생겼다고 야단들인데."

그는 한숨만 내쉬었다. 나는 그가 벌떡 일어설 수 있는 묘책을 꺼냈다.

"이봐, 나는 그동안 네가 쓴 시 「오감도」도 다시 읽었는데, 특히 연재를 종결한 「시 제15호」를 보고서야 전체적인 구상을 조금 알아차리게 되었어."

내 말에 그는 고개를 들었다. 그러고는 자리에서 일어나 뒷간에 좀 다녀오마고 나갔다. 잠시 후, 바깥에서 세수까지 하고 들어서면서 그는 나를 채근했다.

"형, 듣고 싶어. 형의 이야기. 사실 나는 「오감도」를 연재하면서 구보의 「소설가 구보씨의 일일」에 내가 그린 삽화까지 나란히 중앙 지면에 실리는 것에 흥분했었지. 이상이라는 이름을 달고서…. 그런데 「오감도」는 연재가 중단되었고 삽화에는 이상이라는 이름도 밝히지 못했어."

나는 이제 됐다 싶었다. 그래서 이렇게 말해주었다.

"「시 제15호」의 시적 상상력이 걸작이야. 병적 자기 인식의 문제성을 잘 드러내고 있는 것 같아."

"병적 자기 인식? 사실 나는 일종의 나르시시즘을 흉내 낸 거야."

이 시에서 시적 화자인 '나'는 '거울'을 들여다보면서 '거울 속의 나'와 마주한다. 거울을 들여다보면서 자기 얼굴과 마주하게 되는 경험은 누구에게나 흔하게 일어나는 일이다. 그러나 현실 속에 실재하는 '나'와 거울 속의 '나'를 분열적으로 인식하는 경우는 흔한 일이 아니다. 이 시는 거울 보기라는 행위를 통해 특이한 개인적 공간을 만들어내고 그 공간 속에서 자기 내면을 관찰하고 분석하는 과정을 보여준다. 이 거울 보기 과정은 거울에 비친 자신을 타자화된 '나'로 인식하는 특이한 자기 부정과 자기 분열을 드러낸다. 거울 속의 '나'의 모습은 본능적으로 멈춰진 시선에 따라 비춰진 영상에 불과하다. 아무리 반복적으로 거울 보기를 따라 해도 '나' 자신의 실체에 도달할 수 없는 일이다. 거울 속의 '나'는 실재하는 '나'와 동일하지 않기 때문이다. 사실 어떤 마법의 거울도 자신을 제대로 보여주지 못한다. 거울 속에 비친 나의 얼굴에는 많은 것들이 감춰져 있다. 많은 것이 감춰져 있다는 사실은 단순한 시각적 보기의 문제는 아니다. 그만큼 찾아내야 할 것이 많다는 뜻이다. 이것은 감각이 아니라 인식의 영역에 속하는 일이다. 그의 거울 보기는 자신을 객관화해 보는 것이 얼마나 고통스러운 경험이 될 수 있는지를 우리에게 말해준다. 거울은 자기 삶의 내밀한 지도가 숨겨진 비밀의 평면이니까.

1

나는거울없는실내에있다.거울속의나는역시외출중이다.나는지금거울속의나를무서워하며떨고있다.거울속의나는어디가서나를어떻게하려는음모를하는중일까.

2

죄를품고식은침상에서잤다.확실한내꿈에나는결석하였고의족을담은군용장화가내꿈의백지를더럽혀놓았다.

112

3

나는거울있는실내로몰래들어간다.나를거울에서해방하려고.그
러나거울속의나는침울한얼굴로동시에꼭들어온다.거울속의나
는내게미안한뜻을전한다.내가그때문에영어되어있드키그도나
때문에영어되어떨고있다.

4

내가결석한나의꿈.내위조가등장하지않는내거울.무능이라도
좋은나의고독의갈망자다.나는드디어거울속의나에게자살을권
유하기로결심했다.나는그에게시야도없는들창을가리키었다.그
들창은자살만을위한들창이다.그러나내가자살하지아니하면그
가자살할수없음을그는내게가르친다.거울속의나는불사조에가
깝다.

5

내왼편가슴심장의위치를방탄금속으로엄폐하고나는거울속의
내왼편가슴을겨누어권총을발사했다.탄환은그의왼편가슴을관
통하였으나그의심장은바른편에있다.

6

모형심장에서붉은잉크가엎질러졌다.내가지각한내꿈에서나는

극형을받았다.내꿈을지배하는자는내가아니다.악수할수조차없
는두사람을봉쇄한거대한죄가있다.

「시 제15호」는 '나'와 '거울 속의 나' 사이의 불일치를 존재
의 모순이라는 주제로 발전시키면서 그 내적인 갈등상태를
증폭해낸다. 시의 텍스트는 6연으로 구분되어 있지만, 그 의
미구조를 형성하는 시적 공간은 크게 둘로 나누어진다. 하나
는 1연과 2연에서 펼쳐지는 '거울 없는 실내'이다. 이 공간에
서는 '거울 속의 나'와 만날 수 없다. '나'는 '거울 속의 나'의
존재를 확인할 수 없는 상태에서 '부재에 대한 두려움'을 느
끼게 된다. 3연부터 6연까지는 '거울 있는 실내'로 시적 공간
이 바뀐다. '나'는 거울을 들여다보면서 '거울 속의 나'를 발
견한다. 그러나 거울에 비치는 '나'는 하나의 영상에 불과하
다. 이것은 실체로서의 '나'가 아니며 거울이라는 도구에 의
해 위조된 것일 뿐이다. 시적 화자는 이러한 위조된 '나'가 아
닌 진정한 '나'의 모습을 찾길 원한다. 바로 여기서 시적 화자
인 '나'와 '거울 속의 나' 사이에 야기되는 실재와 허상 사이
의 본질적인 불일치가 드러난다. 이 시에서는 이러한 불일치
가 일종의 자기 분열적 현상처럼 묘사되면서 더욱 증폭되고
내적 갈등상태로 발전하는 것이다. 결국 이 시는 병든 육체의
고통을 견디면서 살아야 하는 '나'라는 시적 화자가 거울을

통해 자기 모습을 확인하고 거기에 집착하는 일종의 '병적 나르시시즘'을 드러낸다.

"형이 '거울 속의 나'를 두고 거울의 반사면에 나타나는 '나'의 허상에 불과하다고 해석하는 걸 보고 놀랐어. 거울 속에 나타나는 것은 '나'의 허상이지."

"너는 「오감도」의 연재가 중단되어 전체 작품의 통일성과 완결성이 깨졌음을 못내 아쉬워하지만, 나는 이게 오히려 「오감도」를 '열린 형식'으로 볼 수 있게 한다고 생각해. 너무 실망하지 마. 「오감도」가 반토막이 났어도 세상은 이미 네 이름 이상이라는 두 글자를 분명히 기억할 수 있게 되었어."

연작의 형태가 갖는 개방성을 긍정할 수 있다는 내 의견에 그는 그런대로 수긍했다. 그러고 내게 다시 고맙다는 말을 되풀이했다.

"이상이라는 이름은 형이 내게 준 것이지. 나는 그 이름을 가지면서 강릉 김가 김해경을 버렸어. 나를 억압하고 나를 옥죄고 나를 주눅 들게 만든 것은 허망하기 짝이 없는 백부의 양반 행세였어. 그분은 나를 낳아준 어머니에 매달려 있던 어린 것을 빼앗아 그 애타는 모정을 짓밟았고, 그것도 모자라 나를 키워준 큰어머니의 자애로움까지 쫓아버렸지. 그분에게는 양자처럼 데려다 키운 어린 장조카의 희망이나 꿈 같은 것은 전혀 안중에 없었어. 나는 사랑받지 못하고 자라난 미운 오리 새

끼였는데, 올빼미처럼 밤마다 혼자 꾸꾸 울어대면서 날개를
달고 멀리 날아갈 꿈만 꾸었어."

그는 담배 연기를 천장으로 길게 내뿜으면서 말했다.

"우리 집 식구들이 모두 난리가 났어. 내가 가족들의 기대를
저버리고 집문서까지 전당 잡혀 물장사하는 것이 모두 연심
이 탓이라고. 근본 없는 여자가 굴러들어와서 우리 가문의 기
둥마저 흔들어놓았다고 야단쳤어."

"제수씨가 그런 말을 들었어?"

"우리 큰집 백모가 집문서 문제로 나를 찾아왔다가 연심이
와 마주쳤나 봐. 방 안에 앉혀두고 한바탕 퍼붓고 있을 때 내
가 집에 돌아왔지. 내가 방 안에 들어서자, 백모는 내 얼굴도
보지 않고 그냥 나가버렸는데 연심이는 방바닥에 엎드려 대
성통곡을 했어."

"그런 일이 있었군."

"집안 식구들은 아무도 내 속을 몰라. 연심이는 내 사랑이
고 내 아내인데. 나는 형 덕분에 배천온천 여관방에서 연심이
를 통해 처음으로 여인네의 사랑을 알게 되었어. 끈질기게 내
뒤를 따라온 검은 죽음의 그림자를 바로 곁에 두고 혼자 두려
움에 떨고 있을 때 심정의 허기를 달래준 사람이 연심이었어.
연심이가 없었다면 나는 거기서 살아 돌아오지 못했을 거야.
백부가 그렇게 뻔뻔한 가면을 쓰고 내 앞에서 강조했던 양반

의 체통이 내게 지금 무슨 의미가 있나? 지금의 내 모습을 백부에게는 보일 수 없게 되었지만… 그 어른은 무슨 복으로 이 꼴을 안 보고 일찍 가셨는지 모르겠어. 나는 형이 내게 선물한 이상이라는 이름으로 그림을 그리고 글을 쓰면서 커다란 백조처럼 날개를 달고 멀리 날아가고 싶었어. 이것은 내 꿈인데 사실은 허울 좋은 양반 행세를 고집한 몰인정한 백부에 대한 복수이기도 하지. 나는 백부가 물려준 이름 김해경을 수없이 지우고 내 이름은 이상이라고 외치고 싶었어.”

　그는 울음을 억지로 참는 모습이었다. 나는 아무 대꾸도 하지 못한 채 그가 하고 싶은 말을 모두 털어놓기만 기다릴 수밖에 없었다.

　“형, 그런데 「오감도」는 중단되고 내 그림에 이상이라는 이름 두 글자를 써넣지도 못했어. 아마도 지하의 백부가 크게 진노하고 강릉 김씨 가문의 할아배들이 분총에서 한꺼번에 들고일어나 나를 야단치며 그 낡은 족보 속에 옭아두려고 하는 모양이야. 나의 불효를 용서하지 않는 것 같아.”

　“「오감도」의 시인이 이상이고 「소설가 구보씨의 일일」에 삽화를 그려 넣은 하융 화백이 이상이라는 사실은 천하가 다 알고 있어. 너는 누구도 하지 못한 일을 맨 앞에서 해냈지. 우리 시대의 진정한 아방가르드. 아마도 네가 그토록 가지 싶어 하는 먼 미래의 독자들이 너를 기다리고 있을 거야. 괴로워하

지 말고 힘내. 그래야 제수씨가 돌아오지. 제수씨도 아마 심통
이 터지니까 잠시 친정이라도 갔을 테지."

그는 내게 고맙다고 거듭 말했다.

"어서 일어나. 그리고 힘을 내."

나는 그를 채근했다. 그는 "걱정하지 마. 이제 기운 차리고
제비로 나갈 테니" 하면서 길게 한숨을 내쉬었다.

5

출입문을 밀고 다방 안으로 들어섰다.

전화통 곁에 앉아 있던 수근이 반갑게 나를 맞아주면서 턱으로 다방 구석을 가리켰다. 어둑한 다방의 음울을 독차지하고 있는 것은 구보였다. 그는 신문철을 넘기다가 다방으로 들어서는 나를 보고는 "서산 형!" 하면서 손을 흔들었다. 나는 구보가 앉아 있는 곳으로 다가갔다. 구보는 아침나절부터 줄곧 다방 구석에 혼자 앉아서 그가 나타나기를 기다리는 중이라고 했다. 늘상 드나들던 다방에 주인과 마담이 모두 자리를 비워서 너무 심심하다며 걱정스러운 표정을 지었다. 나는 인사말처럼 신혼생활 재미가 어떠냐고 물었다. 얼마 전에 보통학교 교원을 지내던 신여성과 결혼식을 올린 것이 문단의 큰 화제였다.

"허허. 서산 형도 비슷한 느낌일 텐데, 장가를 들고 나서 마음이 편해지기는 했지요. 상은 '결혼이란 만화'라고 떠들어댔는데 요즘은 그 얼굴 보기도 힘드네요."

그는 「소설가 구보씨의 일일」의 연재를 끝내고 새로운 장편

하나를 구상하는 중이라고 하더니, "절망에 빠진 「오감도」의 시인이 큰 걱정인데"라며 나를 쳐다보았다.

"내가 답답하여 지금 막 그를 만나고 오는 길인데, 스스로 칩거를 택했으니 제 발로 다시 우리 앞에 나서려면 시간이 좀 걸리겠지요."

구보는 출입문 앞의 계산대에 앉아 있는 수근의 귀에 들리지 않게 목소리를 낮추어 제비 다방 이야기부터 꺼냈다. 제비의 문을 처음 열었을 때 그의 친동생 남매가 자기를 찾아왔었단다. 오라비를 좀 말려달라고. 집문서를 전당 잡혀 다방을 열었다는 이야기부터 집안 어른들이 모두 거리의 여자에게 빠져버린 상의 처지를 걱정하면서 몸져누웠다는 사연을 들었다는 것이다. 그런데 차마 그 이야기를 그 앞에서는 하지 못했다면서 이번에는 좀 사정이 다르다고 했다. 나는 아무것도 모르는 체하면서, 궐련에 잇달아 불을 당기는 구보의 모습을 건너다보았다. 그는 흘러내리는 안경을 콧등 위로 연신 밀어 올리면서 말했다.

"이건 상의 개인사만은 아니에요. 시대와의 전쟁이지요. 상은 시를 통해 혼자서 낡은 시대에 맞서 싸우는 중인데 그를 지지하는 우군이 별로 없어요."

"시대와의 싸움이라고요?"

"「오감도」는 우리 사회의 낙후된 제도와 가치, 봉건적 윤리와 도덕에 대항하는 반기(叛旗)라고 할 수 있지요. 그 호기로운 친구가 조선의 보들레르를 자처하면서… 「오감도」로 우리 현실의 암울 속에 '악의 꽃'을 피우겠다고 떵떵거리며 다녔는데…. 그나저나 상이 상처가 커서 여기서 꺾일까 걱정인데.”

나는 그의 시적 행보가 시대를 앞서가는 일이라고 하는 구보의 말에 수긍하듯 고개를 끄덕였다.

“무슨 일이야 있겠소? 겉으로 보기보다는 강단이 있으니까.”

“서산 형은 이 바닥이 얼마나 좁아터지고 낡고 뒤떨어져 있는지 아시잖아요? 상은 시인으로서의 자존심과 화가로서의 결기를 '중앙(中央)'한 지면 위에서 함께 독자들에게 보여주고 싶었던 모양입니다. 그런데 「오감도」는 반토막 나고 삽화에는 이상이라는 이름조차 붙이지 못하고 엉뚱한 하융(河戎)이라는 이름을 달았지요. 더구나 그림 크기가 4분지 1로 줄어들어 화폭이 왜곡되는 바람에 그 미술적 재능도 제대로 확인하기 어렵게 되었어요. 그래도 나는 상의 솜씨가 아까워 연재가 끝나고 신문사에 알아보니 신문 조판 때 동판을 만들고는 그림 원본을 그냥 쓰레기로 버렸다네요. 화가 하융이 그런 식으로 한 달 만에 사라진 셈이지요.”

당초에 소설의 삽화를 신문사 편집부가 알아서 처리하기로 했던 모양이다. 단편소설은 삽화 없이도 신문에 게재되는 경우가 많았다. 그런데 구보 소설의 연재가 시작된다는 것을 알아차린 상이 삽화를 자기가 그리면 안 되겠느냐고 졸랐다. 그림값을 안 받아도 된다면서 그는 구보의 소설에 삽화로 동행하는 것 자체가 영광이라고 자기가 그렸던 아동 잡지의 삽화 몇 개를 펼쳐 보였다. 구보는 난감했지만, 그 정도의 그림 솜씨라면 신문사에 별다른 부담을 주지 않을 것 같아서 한번 상의해보겠다고 대답했다. 신문사에서는 별도로 삽화를 계획하고 있지는 않았다. 사내 고정 화가가 몇 장을 그려 넣으면 연재가 끝날 일이었다. 삽화를 그려주겠다는 화가가 누구냐고 학예부장 상허가 물었지만, 구보는 이름을 밝히지 않고 그저 믿을 만한 사람이라고만 말해두었다. 신문사에서는 화대(畫代)가 없다면 좋다는 반응이었다. 다만 지면을 크게 줄 수는 없다고 했다. 장편 연재에서 삽화는 2단에 폭이 24행 정도를 배정하는 것이 보통이었다. 그런데 구보의 단편은 지면 구성상 그 크기를 줄일 수밖에 없다고 했다. 구보는 신문사의 형편에 따르겠다고 말했다. 이 소식을 전해들은 그는 어떤 조건이든지 연재 지면에 자기가 그린 삽화를 넣으면 된다며 기뻐했다. 그런데 정작 구보 소설의 지면 구성을 놓고 편집부에서 회의하던 중에 문제가 생겼다. 「오감도 시 제4호」와 「시 제5호」가 잇달아 나가자, 신문 편집부로 독자의 항의가 쏟아져 들어왔다. 편집부 전화가 불통될 지경이었다. '이상이라는 자가 어디서 굴러먹던 미친놈이냐? 도대체 신문사에서는 독자를 무엇으

로 보고 이따위 미치광이 짓거리를 시라고 신문 지면에 실었
느냐?'라는 격한 비난이 쏟아졌다. 구보는 이런 상황을 전해
주는 상허의 이야기를 듣고는 자기 소설의 삽화에 이상이라
는 이름을 올리는 것이 부담되었다. 「오감도」의 시인 이상에
대해 독자들의 항의가 많은데 소설 삽화까지 이상이라고 나
오면 나중에 그 책임을 감당하기 어려울 것 같았다. 구보는 하
는 수 없이 자기 생각을 상에게 털어놓았다. 구보의 말에 그는
그 자리에서 화가 이름을 달리 고치겠다고 했다. '하융'이라
는 이름이 그렇게 탄생했다.

"서산 형은 어린 시절부터 그를 곁에서 지켜본 친구니까 잘
아실 테지만… 상은 참으로 특이한 재능을 가진 시인이죠. 그
는 어렵고 심각한 일을 한마디 유머로 덮어버리는… 기지와
위트를 발휘하여 모두를 즐겁게 했는데, 남에게 뒤지는 것을
정말 싫어했는데, 제비 다방의 마담 이야기만 나오면 자리를
피했는데, 자기는 아내를 사랑하노라고 늘 입에 달고 다녔는
데, 요즘은 수근이가 혼자서 다방을 지키고 있는데, 두 내외가
크게 다투었다고 하는데, 마담이 집을 나가겠다고 소리쳤다
는데, 상은 당장 나가라고 맞장구를 놓고…."

나는 종결 부호를 치지 않고 이어가는 그의 말을 듣고 구보
가 상의 곁에 있어주어 고맙다고 했다. 상의 삶을 아끼고 존중
하며 그 난해한 문학을 이해하려고 애쓰는 이들이 그 곁을 지

키고 있다는 것이 다행이었다. 나는 부부싸움이란 다반사이 니 집을 나간 부인이 돌아오면 그가 느닷없이 나타나서 무슨 이야기로 모두를 웃길지 모른다고 말해주었다.

하융의 삽화에 관해서는 나도 화가의 관점에서 하고 싶은 말이 많았다. 「소설가 구보씨의 일일」의 연재를 시작한 날 신문의 같은 지면에 「오감도 시 제7호」가 이상의 이름으로 실렸다. 그리고 소설의 첫머리에 '하융(河戎)'이라는 삽화가의 낯선 이름도 올랐다. 「시 제4호」와 「시 제5호」의 파격이 문제가 되지 않았다면 이 연재 삽화에도 '이상'이라는 이름이 표시되었을 것이다. 이상이라는 이름으로 동일 지면 위에 시를 싣고 소설 삽화를 그리면서 자기 존재를 과시하고자 했던 그의 속마음을 나는 충분히 이해할 수 있다.

구보의 소설 가운데 끼워 넣은 하융의 삽화는 신문의 지면 한 단(段) 높이에 가로 스무 행도 안 되는 작은 크기다. 그러기에 거의 신문 지면에서 눈에 띄지 않는다. 어쩌면 독자들은 이 작은 삽화를 거의 의식하지 않고 소설을 읽었을 가능성도 크다. 하지만 나는 그 작은 그림이 그의 예술적 재능을 마음껏 자랑하면서 도시 문명의 새로운 감각을 확인해주는 중요한 자료가 될 것임을 단박에 알아차렸다. 그는 놀라운 발상으로 작은 화폭을 채우면서 자기 감각을 실현한다. 일상의 행복과 그 가치에 대한 탐구라는 소설적 주제를 두고 균형과 질서를 지키면서 서술하는 구보의 기법과 놀랍도록 흥미롭게 조화를 이루고 있다. 구보와 하융, 하융과 구보… 박태원과 이상, 이상과 박태원….

구보가 그려낸 소설의 장면들은 도회의 일상에서 흔하게 볼 수 있는 반복적이고 사소한 일들이다. 구보는 아침을 먹고 밖으로 나와서는 약방에 들러 약을 사고는 거리를 기웃거리면서 걷는다. 이 고독한 도시의 산책자는 작은 공책 하나만을 손에 들고 있다. 그는 자신이 도회를 산책하면서 부딪치는 모든 것들을 그 공책에 적으려고 했다.

"구보, 나는 그저 평범한 독자에 불과하지만 「소설가 구보 씨의 일일」은 하융의 삽화와 함께 아주 꼼꼼하게 대조하면서 읽었어요. 주인공 구보가 행하는 도회의 산책을 따라가다가 문득 보들레르의 '파리의 산책'을 떠올리기도 했지만."

구보는 나의 말을 듣고는 흘러내린 안경을 다시 콧등으로 밀어 올리며 말했다.

"보들레르야 과찬이지요. 나는 이 소설을 구상하면서 '고현학'이라는 새로운 방법을 이야기에 적용해보고 싶었는데. 굳이 내지인들이 만들어낸 '고현학'이라는 말을 끌어온 것은 조선의 도읍 한양을 경성이라고 고쳐 부르면서 구석구석을 헐고 부수는 갑작스러운 변화가 안타깝게 느껴졌기 때문이에요."

"고현학이라는 말을 나도 들어본 적이 있는 것 같은데, 그게 동경 대지진의 복구 작업 당시 내지의 학자들이 사용했던 말 아닌가요?"

"서산 형도 알고 있듯이 대지진으로 파괴되고 땅속에 묻혀 버린 근대 도시 동경의 모습을 복원하려는 의도를 뜻하는 것이었어요. 그러니까 '모더놀로지(modernology)'라고도 명명되었던 이 새로운 방법은 원래 소설적 기법으로 고안된 게 아니지요. 『고현학(考現學)』이라는 책을 보면, 현대사회의 다양한 현상을 이해하기 위해 풍속과 세태, 주거와 복식 등을 생활공간 속에서 직접 면밀하게 조사 탐구하는 새로운 방법을 '고현학'이라고 했어요. 나는 「소설가 구보씨의 일일」을 통해 경성이라는 도시의 급격한 변화를 두루 관찰하고 이를 기록해야 한다고 생각하면서 '고현학'의 방법을 새로운 소설 기법으로 실험하고자 했던 거예요."

구보가 거리를 거닐며 살펴보는 도시의 변화는 현대적인 삶의 거대한 사전을 펼쳐보는 일과 같았다. 구보는 이를 두고 '고현학'이라고 불렀거니와 「소설가 구보씨의 일일」은 구보가 발표한 초기 단편소설에서 실험했던 다양한 기법과 관점을 통합하고 확대한다. 주인공 '구보'는 이야기 속에서 소설가로 등장하지만, 가끔 글을 쓰는 일을 빼고는 일정하게 하는 일이 없고 스물여섯의 나이에도 결혼하지 못한 총각이다. 구보는 느지막하게 정오가 가까운 시각에 집을 나와 광교에

서 종로로 걸어간다. 그는 귀도 잘 들리지 않고 시력에도 문제
가 생긴 것이 아닌가 하는 불안감을 느낀다. 종로 화신백화점
앞에서 어린아이를 데리고 백화점으로 들어가는 젊은 부부
를 바라보며 행복에 대해 생각하다가 거기서 무작정 동대문
행 전차에 올라탄다. 전차가 종로를 거쳐 동대문을 지나는 동
안 차 안에서 예전에 선을 본 적이 있는 여성을 발견하는데 모
른 체한다. 구보는 전차가 노선을 바꾸어 남대문 가까이 왔을
때 차에서 내린다. 그리고 혼자 다방에 앉아 차를 마시면서 자
기에게 여행비만 있으면 행복할 것 같다고 생각한다. 고독을
달래보려고 경성역 삼등 대합실에 가보지만 오히려 사람들
의 냉정한 시선에 슬픔을 느낀다. 거기서 만난 중학 시절 열등
생이 멋진 여성과 동행하여 인천으로 놀러 가는 것을 보고 물
질에 약한 여자의 허영심을 생각한다. 구보는 다방에서 친구
를 만난다. 신문사 사회부 기자인 친구는 시인이지만 월급을
위해 시 대신에 매일 살인강도의 기사를 써야 한다. 구보는 그
런 각박한 현실이 애달프다. 그는 다방에 앉아 즐겁게 차를 마
시는 연인들을 바라보면서 질투를 느낀다. 다방을 나온 구보
는 동경에서 있었던 옛사랑을 추억하며 자신이 용기가 없어
서 그 여자를 불행하게 만들었는지 모른다는 죄책감을 느낀
다. 거리를 빠르게 달려가는 전보 배달 자동차를 보면서 오랜
벗에게서 한 장의 편지를 받고 싶다는 생각에 젖는다. 저녁이

되자 구보는 여급이 있는 종로 술집을 찾아 친구와 술을 마시며 세상 사람들이 모두 정신병자가 아닌가 생각하기도 한다. 그리고 젊은 아낙이 카페 창 옆에 붙은 '여급 대모집'에 관하여 물어오던 일을 기억하며 가난에서 오는 불행에 대하여 생각한다. 자정이 지난 깊은 밤에 구보는 아들을 걱정하는 어머니의 행복을 위해 이제는 생활도 갖고 창작도 할 것을 결심하며 집으로 향한다.

'구보'라는 주인공은 계급적 이념이나 사회적 의식을 대변하는 사회화된 인물이 아니다. 이 쓸쓸한 도회의 산책자는 사회적 현실과 단절된 상태로 개체화되어 있다. 그에게서 인간으로서의 존재 의미를 확인할 수 있는 것은 그 자신의 내면 의식뿐이다. 그러므로 이 소설에서 서사의 흐름을 주도하는 것은 행동이 아니라 주인공의 의식이라고 말할 수도 있다. 주인공의 의식 속에서 일어나고 있는 갖가지 상념과 단편적인 사고가 밑도 끝도 없이 전개된다. 주인공은 소설 속에서 공간적 이동에 따라 몇 차례 다른 인물과 만나지만 그 만남이 이야기의 새로운 단서로 발전하진 않는다. 주인공의 의식 속에서 표출되는 온갖 사념도 경험적 현실과 연관된 어떤 의미 관계를 형성하는 것처럼 보이지 않는다. 그것들은 도막 난 조각 맞추기 그림처럼 복잡하게 헝클어져 있을 뿐이다.

「소설가 구보씨의 일일」은 소설 쓰기라는 주인공의 상상적·

창조적 활동을 일상성의 공간 속에 해체하여 보여준다. 소설 속의 구보는 한 권의 공책을 손에 들고 도시의 이곳저곳을 떠돌면서 우연히 부딪치게 되는 주변의 사실들을 기록한다. 소설의 이야기를 구상하기 위해서다. 주인공이 관심을 두고 있는 것은 일상의 삶에서 행복과 기쁨이라는 게 어떤 것인가라는 문제다. 그는 이 문제를 끈질기게 질문하면서 자신의 소설 쓰기에 매달린다. 이와 같은 설정 자체는 소설이라는 것이 미지의 삶에 대한 탐구이면서 동시에 삶의 세계에 대한 새로운 접근법임을 말해주는 것이다. 그는 그냥 떠돌듯이 도회를 헤매면서 모든 순간마다 그의 눈에 비친 경성의 공간과는 다른 자신의 내면 의식을 따라간다. 독자들은 이 소설 속에서 주인공 구보의 산책을 따라 하나의 소설이 어렴풋하게 만들어지는 과정 속으로 빠져들게 된다. 이 작품의 경우 그 주제의 무게나 소재의 문제성 등과는 별도로 소설 쓰기의 과정 그 자체를 관심의 대상으로 삼고 있다. 소설 쓰기의 창조적 과정을 일상생활에 그대로 펼쳐 보이는 이 같은 태도는 결국 작가의 자기 반영을 보여준다는 점에서 소설에 대한 인식의 전환을 말해주는 것이다. 이처럼 「소설가 구보씨의 일일」은 자기 반영적인 속성으로 인하여 텍스트 밖의 세계보다는 오히려 텍스트 안에서 이루어지는 내적인 메커니즘으로 독자들의 관심을 유도하고 있는 셈이다.

나는 삽화를 그리면서 하융이 이 소설을 어떻게 읽었을지 더 궁금했지만, 구보에게 불쑥 이렇게 물었다.

"작가로서 소설에 덧붙여놓은 하융의 삽화에 만족했는지 궁금한데?"

구보는 갑작스러운 질문에 당황하는 듯했지만, 바로 '허허' 하는 웃음 끝에 담담하게 말을 이어갔다.

"내가 구상했던 경성의 고현학은 한마디로 근대의 허황한 탈을 쓰고 있는 경성의 표정을 구보라는 인물을 통해 스케치하는 일이었지요. 여기에 하융이 그리는 삽화가 덧붙여지는 것인데… 하융은 소설 속에서 주인공 구보가 이야기해주는 것에만 매달리지 않았지만… 내 소설에 끼워 넣은 삽화는 모두 스물일곱 편이고, 사실은 매회 삽화가 필요했는데… 하융이 몇 차례 건너뛰는 바람에 삽화 없이 소설만 나온 적도 있고."

구보는 내 반응이 궁금했는지 더 이상 말을 하지 않고 내 표정을 살폈다. 나는 조금 솔직하게 의견을 말해주고 싶었다.

"미술을 하는 입장에서 보면, 그는 하융이라는 가면을 쓴 채 색다른 방식으로 이야기에 접근하고자 했던 것 같은데… 이야기 속에서 어떤 중요한 장면 하나에 관심을 기울이면서도 자기 눈에 들어오는 인상적인 요소들을 모두 화폭에 모으고자 했으니까."

구보는 내 말에 맞장구를 쳤다.

"맞아요. 서산 형의 미술적 해석이 더 듣고 싶네요. 나는 도회의 일상에서 벌어지는 사소한 이야깃거리를 통해 삶의 변화에 관심을 기울이면서 끝없이 이어지는 구보라는 인물의 머릿속 생각들을 이야기로 풀어내고자 했지요. 그런데 하융의 그림은 이와 보조를 맞추지 않고 자신의 위치와 시각을 고집하는 경우가 종종 생겨났어요. 하지만 나는 거기에 하등의 불만이 없어요. 사물을 보는 그의 새로운 방식 자체가 흥미로웠고."

우리 두 사람의 이야기가 길어졌다.

내가 보기에도 하융의 그림은 일반적인 신문 연재소설 삽화와는 그 성격이 달랐다. 보통 신문소설 삽화는 매일 이어지는 이야기 가운데 드러나는 특징적 장면을 사실적으로 그려 넣는다. 하지만 그는 이러한 통념에서 벗어나 이른바 초현실주의적 기법을 활용하여 작은 화폭을 채워나간다. 그는 서로 다른 시간과 공간 속에서 펼쳐지는 대상의 다양한 현상을 하나의 그림 속에 배치하고자 한다. 그러므로 파편화된 이미지들이 뒤섞이고 다양한 각도에서 관찰할 수 있는 특징적인 이미지들이 하나의 평면 위에 서로 겹쳐 나타난다. 그는 구보의 움직임과 이야기를 따라가면서도 자기 눈에 보이는 사물의 특이한 인상을 더 주목하고 있다.

「소설가 구보 씨의 일일」의 첫 장면은 구보라는 주인공의 밤늦은 귀가로부터 시작된다. 구보가 집 대문을 밀치고 들어서자, 안에서 어머니의 목소리가 들린다. 밥은 먹었느냐면서 어디를 이렇게 늦도록 돌아다니다가 들어오느냐고 어머니는 나이 찬 아들을 걱정한다. 이 첫머리에 집어넣은 삽화에서 하융은 소설적 서두의 디테일을 자기 생각대로 바꾸어 골격을 이루게 될 소재와 내용을 한 장면으로 압축한다. 하융은 '자, 이제부터 이야기가 시작됩니다'라고 소설 속의 내용에 간섭하고 그 방향을 암시해주는 일종의 메타적 진술을 자기가 그리는 삽화를 이용해 변용한다. 삽화의 구도를 보면, 화폭의 바닥에 원고용지를 여러 장 서로 겹쳐 깔아놓고, 복판의 원고지 위에 펜을 잡은 오른손을 올려놓고 있다. 그리고 왼편으로 여인의 얼굴을 하나 그려놓고 오른편으로는 남성용 구두 한 켤레와 함께 단장(短杖)을 교묘하게 감춰놓았다. 도회의 거리를 산책하는 주인공의 모습과 연관되는 구두와 지팡이를 그린 것이라든지 한 여인의 인상을 떠올리면서 펜을 잡은 손 모양을 그린 것은 앞으로 전개될 소설 속 이야기의 방향을 암시한다고 할 수 있다. 이처럼 첫 삽화에서부터 그는 서로 다른 성격의 이미지를 하나의 화폭에 끌어모아 배치하는 초현실주의적 접근법을 활용한다. 내가 소설의 첫 장면에서부터 마치 'さがしえ(探し絵, 숨은그림찾기)'라도 하는 것처럼 그 삽화에 담

「소설가 구보씨의 일일」 첫 번째 삽화

조선중앙일보, 1934. 8. 1

긴 이미지들을 하나하나 해체해보았다고 말하자, 구보는 "허허, 서산 형의 눈이 너무 밝네요" 하면서 "사가시에, 에사가시"를 혼잣말처럼 되뇌었다.

두 번째 삽화는 첫 번째 삽화와 비슷한 구도와 기법을 보여준다. 이야기의 내용은 구보가 잡지사로부터 받은 원고료를 어머니에게 전하는 대목이다. 어머니는 '아주머니'에게도 치마 하나 해 입으라고 돈을 주었으면 하지만, 원고료가 치마 두 벌 값으로는 터무니없이 부족하다.

소설 속에서는 이 장면을 다음과 같이 서술하고 있다.

때로 글을 팔아 몇 푼의 돈을 구할 수 있을 때, 그 어느 한 경우에, 아들은 어머니를 보고, 무어 잡수시구 싶으신 거 없에요, 그렇게 묻는 일이 있었다. 어머니는 직업을 가지지 못한 아들이, 그래도 어떻게 몇 푼의 돈을 만들어, 자기에게 그런 말을 할 수 있는 것을 신기하게 기뻐했다.

"어서 내 생각 말구, 네 양말이나 사 신어라."

그러면, 아들은 으레, 제 고집을 세웠다. 아들의 고집 센 것을, 물론 어머니는 좋게 생각 안 했다. 그러나 이러한 경우라면, 아들이 고집을 세우면 세울수록 어머니는 만족했다. 어머니의 사랑은 보수를 원하지 않지만, 그래도 자식이 자기에 대한 사랑을 보여줄 때, 그것은 어머니를 기쁘게 하여준다. 대체 무얼 사줄

「소설가 구보씨의 일일」 두 번째 삽화
조선중앙일보, 1934. 8. 2

테냐, 무어든 어머니 마음대루. 먹는 게 아니래두 좋으냐. 네. 그래 어머니는 에누리 없이 욕망을 말해본다.

"너, 나, 치마 하나 해주려무나."

아들이 흔연히 응낙하는 걸 보고,

"네 아주멈은 무어 안 해주니?"

아들은 치마 두 감의 가격을 묻고, 그리고 갑자기 엄숙한 얼굴을 한다. 혹은 밤을 새우기까지 하여 아들이 번 돈은, 결코 대단한 액수의 것이 아니었다.

"그럼 네 아주멈이나 해주렴."

아들은, 아니에요, 넉넉해요. 갖다 끊으세요. 그리고 돈을 내놓았다.

하융은 이 장면을 아주 단순하게 추상화한다. 삽화의 바탕에 왼쪽으로 원고지를 그려 넣고 오른쪽에는 주름이 잡힌 여성의 치마폭을 그린다. 그리고 그 위에 엄지와 검지를 꼽고 있는 두 개의 손을 각각 앉혀놓는다. 이 단순한 그림을 자세히 보면 원고지 위의 손가락은 두 개만 접혀 있고 치마 위의 손은 세 손가락을 접어둠으로써 치마 값이 원고료보다 더 많다는 셈법을 직설적으로 보여준다. 여기서 치마 값이 일상적 삶의 경제학에 해당한다면 원고료는 예술가의 글쓰기가 보여주는 빈곤의 경제학을 상징한다. 일상에 소용되는 돈을 예술적 글쓰기로는 충당할 수 없다는 실물 비교 경제론을 하융은 극명하게 대비하고 있다. 예술적 삶과 일상의 행복을 놓고 저울질하면서 도회를 산책하는 구보의 소설적 주제가 이렇게 제시되는 것이다.

하융이 그린 네 번째 삽화는 구보가 화신상회에 이르렀을 때 백화점 승강기 앞에 한 가족이 서 있는 모습을 보고 그 느낌을 서술한 소설 장면과 대응한다. 젊은 부부가 어린아이를 데리고 백화점 승강기를 타고 위층으로 올라간다. 온 가족이 함께 백화점 식당으로 점심을 먹으러 가기 위해서라고 생각한다. 구보는 그것이 부럽게 느껴지기도 하고 그들 부부가 자신들의 호사스러운 생활을 뽐내면서 자신을 무시하는 것처럼 생각되기도 한다. 이 대목에 등장하는 백화점은 모든 산업 생산품이 한곳으로 집결되어 상품으로 소비되는 현대적인 소비문화의 상징 공간이다. 식민지 조선의 중심인 경성의 도심에 등장한 백화점은 새롭게 흥성하기 시작한 산업 문명의 산물이 식민지 공간에서 선전되고 소비되는 공간으로 자리하고 있음을 알려준다. 다시 말하자면 백화점이란 산업 생산품이 한곳으로 집결되어 상품으로 소비되는 근대적인 소비문화의 상징 공간이다. 백화점 '화신상회'의 등장은 일본 제국이 강요하고 있는 식민지에서의 근대적 자본주의의 확대와 함께 새로운 소비문화의 확산 방식을 그대로 말해준다. 이 장면을 두고 상품의 현혹과 그 단순한 쾌락주의를 어떤 사회 윤리적 기준을 내세워 재단한다는 것은 간단한 일이 아니다. 하지만 식민지 시대 경성의 도심에 등장한 백화점이 일본 제국의 산업 문명의 산물이 식민지 공간에서 선전되고 소비되는 공간으로 자리하게 되었다는 사실은 부인할 수 없는 일이다. 백화점을 찾는 사람들은 백화점 안에 들어서는 순간부터 아찔하다. 그 신기한 물건들의 화려함과 만만치 않은 가격에 기가 죽기 마련이다. 눈에 보이는 모든 것이 다 새롭고 욕심이 나는 것들이다. 백화점의 상품들은 사람들의 다양한 취향을 북돋우고 새로운 욕망에 눈뜨게 만든다. 그리고 이 신기한 상품들을 통해 새롭게 유행하기 시작하는 삶의 방식을 알 수 있게 한다. 그러므로 백화점을 찾는 손님들은 자신의 현실적인 삶과는 관계없이 쾌적감에 빠져들어 풍요로움에 잠기곤 한다. 그리고 모든 것을 소유하고 싶은 욕망의 도가니에서 벗어날 수 없게 된다.

그런데 이 장면을 하융은 구보가 관심을 보인 도시 중산층의 백화점 출입과는 상관없는 백화점 건물에 설치된 엘리베이터의 모양으로 그려놓았다. 층수를 표시하는 계기판 아래로 엘리베이터의 쇠창살 문이 있다. 가운데는 검은 바탕에 별이 빙빙 돌아가는 모양을 그렸다. 그리고 왼편으로는 'PERI meter'라는 영어 단어를 써놓았다. '페리미터'는 '원의 둘레 또는 주위'라는 뜻을 가진다. 엘리베이터를 타고 위로 수직 상승할 때 느끼는 아찔한 느낌을 머리가 빙빙 도는 듯하다고 말하기 위해 이런 형상을 초현실주의적 기법으로 그려 넣은 것이 아닌가 생각된다. 그는 엘리베이터라는 기계를 주목함으로써 경성이라는 도시가 이제 막 기계시대의 초입에 들어서 있음을 보여준다.

엘리베이터 타기라는 행위를 단순화하여 추상화하고 있는 이 삽화에서 하융은 도시 중산층이 누리는 풍요라든지 호사스러움 등에는 관심이 없다. 이 장면에서 소설가 박태원과 하융의 관점이 충돌하고 있다. 경성이라는 도시의 신흥 중산층이 누리는 물질적 풍요와 일상화된 소비문화의 새로운 풍조를 구보는 일상의 행복이라는 자기 주제와 연결시킨다. 하융은 구보가 이야기하는 도시 중산층의 삶보다는 차라리 현대식 백화점에 자리 잡은 기계시대의 산물인 엘리베이터를 주목한다. 모더니티의 경험을 두 사람은 이렇게 서로 다르게 설명하고 있다.

하융이 이야기 속의 인물을 그리지 않고 엘리베이터를 그린 것은 건축학을 전공한 전문가로서의 관점을 보여주는 것이라고 할 수도 있다. 승강기(昇降機)는 사람이나 화물을 층간 설치된 각층의 승강장으로 수직 운송하는 기계장치다. 건축물의 높이를 극복하는 과정에서 발명한 엘리베이터는 그 역

「소설가 구보씨의 일일」 네 번째 삽화

조선중앙일보, 1934. 8. 4

사가 오래지만 1931년 뉴욕 맨해튼의 상징 건물인 102층의 마천루가 문을 열면서 그 수직 상승의 속도와 함께 많은 사람과 화물을 들어 올리는 놀라운 성능을 자랑했다. 경성의 상업용 건물에 엘리베이터가 처음 장착된 것은 1914년 조선호텔인데 그 뒤 미쓰코시 백화점과 5층으로 건축된 화신상회에도 엘리베이터가 설치되면서 근대적 백화점으로서의 위용을 갖추었다. 엘리베이터가 없었다면 이런 높이의 건축물은 가능하지 않았을지도 모른다.

연재 5회에 그려 넣은 삽화는 구보가 종로 네거리에서 전차에 올라타고 있을 때 차장이 다가와 차표를 찍는 장면에 대응한다. 이 삽화는 구보가 동전 다섯 개를 꺼내어 들고 자기 행선지를 생각하는 장면을 추상화한다. 오른편으로는 전차의 노선도를 그려놓았고 왼편으로는 손바닥 위에 동전 다섯 개가 얹혀 있는 모양을 그렸다. 콜라주의 기법으로 두 가지의 서로 다른 대상을 하나의 화면 위에 병치시켜놓고 있다. 경성의 전차는 도시의 대중교통 수단으로 크게 각광을 받았다. 1898년 서대문에서 종로를 거쳐 청량리에 이르는 전차 노선이 개통된 후 동대문에서 종로, 남대문을 거쳐 노량진까지 이어졌고, 이 찻길이 뒤에 영등포까지 연장된다. 그리고 황금정 노선이 개통되고 난 후 돈암동에서 종로, 남대문으로 노선이 이어졌으며 서대문에서는 마포까지 전찻길이 깔린다. 황금정 노선은 다시 신당리를 거쳐 왕십리로 연결된다. 1930년대 경성은 이 같은 전차 노선의 정비와 그 확장으로 도시의 윤곽이 분명해졌고, 경성 교외 지역의 발전이 가능하게 된다.

주인공 구보는 전차에 올라타고는 경성의 도심을 한 바퀴 돌아본다. 도로 위로 달리는 전차와 버스, 택시와 트럭은 부산한 도회 풍경에서 빼놓을 수 없는 요소들이다. 도심을 가로지르며 돌아가는 전차는 식민지 지배 아래 근대 도시로 성장한 경성의 새로운 풍물이다. 그리고 이 전차는 남대문역으로 이어지면서 철도와 만난다. 구보가 전차를 타고 종로에서 동대문 차고지에 도착하자 전차의 행선지가 한강교로 바뀐다. 전차가 훈련원 앞을 거쳐 황금정으로 돌아서 약초정(若草町)을 지날 때 구보는 전차에서 내릴 준비를 한다. 그런데 좌석에 앉아 있던 어떤 여자 손님이 양산을 다리 사이에 끼워 넣고 있는 모습을 발견한다. 구보는 이런 여인의 모습을 보고 남편이 있는 여자일 것으로 추측한다. 하융은 전차에 앉아 있는 손님들의 다리 모양만 그려놓아 이 대목을 흥미롭게 잡아내면서 그 가운데 한 여인이 다리 가랑이 사이에 양산을 끼워놓고 있는 모습을 놓치지 않는다. 구보의 전차 타기는 여기서 끝난다.

이 소설에서 가장 많이 등장하는 장면이 다방이다. 새롭게 등장한 다방과 카페는 경성이라는 도시 공간에 유흥과 퇴폐가 동시에 스며들 수 있는 여흥의 공간으로 인식된다. 이 안

「소설가 구보씨의 일일」 다섯 번째 삽화

조선중앙일보, 1934. 8. 7

에 널려 있는 외국산 커피, 홍차, 코코아, 칼피스 등의 고급 음료와 위스키, 맥주 등의 술은 1930년대 경성이라는 도회에 유흥의 소비문화가 이미 흘러넘치고 있음을 보여준다. 이 소설에서 구보는 일상의 삶에 시달리며 힘겹게 살아가는 사람들과 허황한 물질적 욕망에 사로잡혀 날뛰고 있는 사람들로 넘쳐나는 경성이라는 도시의 세태를 '황금광시대'라고 규정하고 있다. 그러므로 소설 속에서 그려내고 있는 근대 도시 경성의 풍물은 그 화려한 외관이 아니라 인간의 삶 자체가 황폐화하고 있는 어두운 그림자라는 것을 알 수 있다. 소설 속에서 구보가 드나들던 장곡천정의 다방은 자세히 설명하고 있지는 않지만, 실제로 존재했던 다방 낙랑파라를 암시한다. 구보 자신이 상과 함께 자주 들렀던 이 다방은 순석이 개업하여 예술가들이 즐겨 모였던 경성의 살롱이다. 다방의 탁자 앞에 놓인 손님용 등나무 의자가 유명하다.

　하융의 삽화에 커피잔과 음료수 컵이 놓여 있는 탁자와 등나무 의자가 보인다. 구보가 다방 안으로 들어가면서 우연하게도 지인을 보게 되지만 서로 아는 체를 하지 않고 등을 돌리고 앉아 있는 모습을 소설 속의 장면 그대로 보여준다. 이 삽화의 왼쪽에 안경을 낀 구보의 옆모습이 그려져 있으며 그 뒤에 등을 돌린 자세로 앉아 있는 사람도 보인다. 다방에서 흔히 일어날 수 있는 장면 하나를 사실적으로 제시하고 있는 셈이다.

「소설가 구보씨의 일일」 열 번째 삽화

조선중앙일보, 1934. 8. 15

「소설가 구보씨의 일일」 열세 번째 삽화

조선중앙일보, 1934. 8. 19

구보가 경성역 대합실에서 우연히 만난 학창 시절 동기생을 따라 구내 다방에서 음료수를 마시는 장면은 더욱 흥미롭다. 하융은 두 남녀가 사람들의 눈을 피해 기차를 타고 교외로 데이트를 떠나는 통속적인 사랑 이야기에는 별로 관심이 없다. 하융이 그린 삽화에는 다방의 탁자 위에 당시 다방에서 팔던 모든 음료를 포장한 작은 상자들이 찻잔 옆에 놓여 있다. 알파벳으로 표기된 것은 BRAZIL(브라질 커피), COCOA(코코아), LIPTON(립톤 홍차) 등이 있고 일본어로 표기된 ガテマラ(과테말라 커피), カルピス(칼피스. 우유음료) 등이 보인다. 커피잔 옆에 각 설탕이 놓여 있다. 이 그림은 1930년대 경성역 다방 안에서 팔고 있던 음료의 모든 종류를 펼쳐놓는다. 이것들은 하융이 독자에게 보여주고 싶었던 장면이다. 당시 다방에서 판매하는 대부분의 음료가 수입된 박래품임을 보여주면서 도시의 여흥과 소비생활이 이미 서구화되기 시작했음을 알려주고 싶었던 것이다.

　「소설가 구보씨의 일일」에 붙은 하융의 마지막 삽화는 구보 곁에 앉은 카페 여급의 얼굴을 그려 보여준다. 그녀가 웃을 때마다 손수건으로 입을 가리고 있다는 소설 속 구보의 설명과는 달리 이 장면은 울고 있는 여인의 모습 같다. 마치 이야기의 비극적 장면을 암시하기라도 하듯. 이 삽화에서는 손수건으로 입을 가린 얼굴 부분을 잘라내어 펼쳐진 책 위에 얹어놓은 것이 기발하다. 여급의 얼굴 부분을 상반신에서 잘라낸 것은 작은 화폭이라는 제약에서 비롯된 것이지만, 책장 위에 머리 부분과 손수건으로 입을 가린 손을 별도로 그려놓은 것은 책 속에 담긴 이야기의 내용을 시각화하는 환상적 효과까지 노린 것이다. 이 삽화의 전체 구도는 연재 1회분의 삽화와 내용상 서로 이어지도록 고려하고 있다. 만년필이 책장 위에 놓여 있는데 글을 쓰던 손은 보이지 않는 것은 이미 글이 모두 끝났음을 의미한다.

하융의 삽화는 어떤 대상을 그려놓느냐의 문제 이전에 어떤 각도로 사물을 보느냐 하는 일종의 관점 또는 시각의 문제를 강조한다. 하융은 구보의 느린 걸음을 따라 경성의 도회를 배회하면서도 작가 박태원과 소설 속의 주인공 구보 사이의 특이한 동일시 현상을 아주 조밀하게 따라잡고 있다. 그리고 미술의 다양한 기법을 이용하여 그것을 하나의 장면으로 재현하고자 한다. 그것은 일상의 그늘에 가린 구보의 내면 의식 또는 소설가 박태원의 민낯을 겹쳐 보여주는 방법이기도 하다.

구보는 하융이라는 가면을 쓰고 있는 시인 이상의 집념을 알아차리고 있었으므로 그 작은 화폭에 담긴 자기 이야기를 다시 거울을 보듯 들여다볼 수 있게 된다. 그는 소설을 써내려가는 동안 하융이 포착해낸 소설적 주제를 확인하면서 그 작은 삽화를 통해 암시되고 있는 주인공 구보의 내면 의식의 생

「소설가 구보씨의 일일」 마지막 삽화
조선중앙일보, 1934. 9. 14

생한 모습에 놀라지 않을 수 없었을 것이다. 특히 하웅은 모호하게 이어지는 소설의 이야기에서 과감하게 디테일을 생략한 채 무딘 붓끝으로 마치 판화를 새기듯이 자기 인상의 지배적 요소를 그려내고 있다. 구보는 내가 신문철을 넘기면서 하웅의 삽화를 짚어가며 말하는 걸 보고 "아하, 아하!" 하면서 연신 담배 연기를 내뿜었다.

6

금홍이 우고당으로 나를 찾아왔다.

그 쾌활한 웃음기를 모두 거둔 초췌한 얼굴로 우고당의 문을 열고 들어선 금홍은 다짜고짜로 아주버니한테 드릴 말씀이 있단다. 나는 의자를 내주면서 그녀의 흥분이 가라앉기를 기다렸다. 이런 식으로 갑작스레 나를 찾아온 그녀를 보니 두 사람의 비린내 나는 사랑놀이가 어느 지점에 접어들었는지 궁금해졌다. 얼마 전 그를 만났을 때 아내가 집에 없다는 말을 들었는데, 언제 돌아왔느냐고 물으며 나는 그녀의 표정을 넌지시 살폈다.

"친정어머니 혼자 살고 있는 사리원에 다녀왔지요. 엊그제 돌아왔는데 저 사람은 아직도 풀이 죽어 있네요. 저는 이제 저 사람하고는 못 살 것 같아요. 아무 가망이 없어요. 사람 세상살이에 돈 중한 것은 저 금홍이가 제일 잘 알지요. 저렇게 이불 쓰고 사시장철 드러누워 있으면서 가게를 전혀 돌볼 생각도 안 하니 그나마 없는 손님 다 떨어지고 문을 닫을 지경이에요. 내 팔자에 무슨 서울살이를 한다고 보따리 싸 들고 올라왔나 싶네요. 이제는 다시 돌아갈 때가 되었어요. 엊저녁에는 둘이 큰 소리로 싸움까지 했지요. 가게 월세도 벌써 석 달이나 밀렸는데 매일 집주릅이 찾아와 주인이 세를 빼겠다 한다고 으름장을 놓네요. 아이구, 가슴이 터져요."

금홍은 말끝에 그만 울음까지 터뜨렸다. 그와 부대끼면서 쌓아둔 설움이 한꺼번에 터져 나온 셈이다. 나는 무슨 말을 해야 할지 몰라 "거참… 거참…"만 되풀이하면서 금홍의 원망과 탄식이 모두 끝나기를 기다린다. 금홍은 서울 양반집 도련님의 안주인 노릇을 하기 위해 경성에 온 것은 아니라고 했지만, 그의 가족들이 모두 그녀를 몹쓸 계집으로 생각하고 본체만체로 그 출신을 따지며 무시하고 넘어가는 것에 모멸감까지 느낀 모양이다. 이제 그 집안의 맏며느리 노릇도 싫고 그런 푸대접을 더 이상 참고 견디기도 힘이 든다고 하소연이다. 그러면서도 그녀는 자기가 이렇게 떠나고 나면 상이 어떻게 살아갈지를 걱정한다. 집안 식구들은 모두 그를 착한 아들, 똑똑한 사람으로 추켜세웠지만 그 똑똑하다는 말이 무얼 말하는 것인지 모르겠다면서 그녀의 푸념 섞인 원망이 상에게 꽂힌다.

"아즈바니, 저 사람은 세상 물정을 너무도 몰라요. 경성 바닥처럼 어지러운 세상에 남의 돈 한 푼 받아내기가 얼마나 힘든지를 저 사람은 아무것도 모르고 있어요. 저는 처음 경성으로 올라와서는 종로 네거리에 버젓이 자리 잡은 우리 가게 제비 다방이 너무나 뿌듯했어요. 큰돈 벌지는 못해도 생전 처음으로 사람 대접을 받으면서 살게 되었다는 게 기뻤지요. 날마다 술상이나 두드리며 잡놈들의 비위만 맞추면서 살아야 하는 밤거리의 꽃 노릇을 끝내고 경성으로 온 것이 스스로 자랑스러웠구요. 그런데 나중에 알고 보니 모두가 빚투성이라는 겁니다. 가게를 내려고 몰래 집문서까지 전당 잡혔다는 말을 듣고는 제가 몸부림을 쳤어요. 못 살겠다, 제발 정신 좀 차리라고…. 저 사람은 무슨 일이든 아무하고도 상의를 안 해요. 자기가 일을 저지르고 혼자서 내몰려 독촉을 당하지요. 엊저녁에는 하도 답답하여 차라리 제가 술집에라도 다시 나가 돈을 벌겠다고 했더니 저 사람이 머리에 받치고 있던 목침을 제게 내던졌어요. 처음 그렇게 성난 모습을 보았지요. 이전에 기생 노릇으로 더럽고 힘들게 살아왔던 세월이 그리도 좋았냐면서 꼴 보기 싫으니 당장 나가라고 소리를 쳤어요. 저는 그저 엎드려 통곡했답니다. 아마도 안집에서 난리 구경들을 했을 테지만 이제는 정말로 제가 떠나갈 때가 되었다는 생각이 들었어요."

나는 금홍을 달래는 수밖에 없다. 부부는 서로 다투고 싸우는 법이라며, 사람이 만나고 또 서로 부딪치면서 살다가 헤어진다는 게 어디 쉬운 일이냐고. 그리고 금홍을 사랑하노라고 수없이 되풀이하던 그의 말도 전한다.

"남들이 무슨 소리를 하든 상은 아무 상관도 하지 않는다고 했어요. 제수씨 하나만 사랑하면서 살아갈 거라고 내게 털어 놓았거든."

내 말에 금홍은 다시 울음을 터뜨렸다. 그러고는 또 넋두리를 늘어놓는다.

"아즈바니, 저 사람은 나 없이는 하루도 못 살아요. 배천온천에서 처음 만났을 때부터 저 사람의 가슴속이 텅 비어 있다는 것을 눈치챘어요. 너무나 허겁지겁 제게 달려들며 배곯은 어린애가 에미 젖가슴에 매달리듯 떨어지려 하지 않았어요. 아무리 병객으로 시골에 내려와 있어도 경성의 부잣집 도련님이라면서 어쩌면 식구들이 그렇게 나 몰라라 하는지 이상했어요. 아즈바니를 빼놓고는 한 달 보름 동안 아무도 저 사람을 찾아온 이가 없었으니⋯. 혼자 베개를 끌어안고 기침하다가 피를 토해내는 모습이 너무 안쓰럽게 느껴졌어요. 저는 배운 것이 없지만 눈치 하나는 누구보다 빠르지요. 저이를 보호해줄 사람이 필요하다고 생각했어요. 그래서 다가갔지요. 그리고 저 사람이 원하는 대로 따랐어요. 외롭게 힘든 요양 생활을 하는 동안에 좀 곁에서 피붙이마냥 돌봐주어야 하겠다는 생각으로."

나는 울먹이는 금홍을 어떻게 달래야 할지 알 수가 없다. 그저 혼잣말처럼 "고마운 일이지요. 제수씨가 없었다면 상은 그 외로운 유적지의 삶을 견디기 어려웠을 테지요" 하면서 궐련을 꺼내 불을 붙여 그녀에게 권한다. 그녀는 손사래로 사양한다.

"이런 말 하기 좀 부끄럽지만 저 사람이 여자의 몸을 처음 대하는 숫된 총각이었다는 게 부담스러웠던 것도 사실이에요. 저는 괜스레 저 사람한테 미안스럽고 처녀 시절 순정 같은 것이 슬그머니 살아나기도 했어요. 저 사람은 이 헐어 빠진 낡은 몸뚱어리를 날마다 보듬고 사랑하고 귀애했지요. 말씀드리기가 그렇지만, 저이가 날 끌어안을 때마다 나는 진정으로 남정네의 사랑을 받고 있다는 느낌이 들기도 했고, 그것이 저 사람에게 늘 고마웠답니다. 모두가 제게 길거리의 여인으로 기생이라고 희롱하려 들었지만, 그이는 저를 한 사람의 여인네로 인정했고 자기 여자로 만들었어요. 기생 금홍이라는 딱지를 떼어내고 '연심'이라는 제 본래의 이름도 찾아 불러주었고."

나는 금홍의 말이 진정이라는 것을 알았다. 배천온천의 술집에서 처음 보았을 때와는 달리 내 앞에 앉아 울먹이는 금홍은 순정파 소설의 여주인공처럼 소조하고 처연한 모습이다.

"제수씨의 마음을 내가 잘 알아요. 병객이었던 그를 살뜰하게 보살펴준 것만으로도 고맙지요. 하지만 이제 어쩌겠나요? 사람의 연분이라는 것이 그런 것이니 참고 견디는 수밖에."

금홍은 고개를 들고 나를 빤히 건너다보다가 옷고름 끝자락을 잡아 눈물을 찍어내면서 결심을 단단히 한 듯이 이렇게 말했다.

"아즈바니, 저 사람은 시방 다른 세계에서 헤매고 있어요. 제 몸뚱어리가 더 이상 기룹지도 않고 다방의 물장사도 귀찮고…. 그저 허황되게 예술이니 문학이니를 놓고 혼자 머리 싸매고 있지요. 저는 돈 한 푼 생기지 않는 그런 것이 왜 중요한지를 모르겠어요. 그래서 이제는 제가 저 사람 곁을 떠나야 하겠습니다. 저 사람한테 이 금홍이가 더 필요치 않게 되었다는 생각을 혼자서 많이 했어요. 저 사람을 괴롭혀온 병마에서도 웬만하게 벗어난 듯하니 제가 곁에 붙어 있지 않아도 될 거구…."

나는 금홍이 그와 헤어질 결심을 하고 있음을 눈치챘다. 자기 속내를 있는 그대로 내게 드러내어 보여주고 있는 그녀에게 이럴 때일수록 그의 곁에 제수씨가 꼭 필요하다고 겨우 한마디를 거들었을 뿐이다.

"그래도 제수씨가 곁에서 돌보고 지켜준 덕분이지요. 저 친구 끈질긴 구석도 있어요. 요즘 마음 상할 일들이 생겼는데 금방 괜찮아질 겁니다. 이럴수록 제수씨가 곁에 있어야 저 친구가 힘을 내지요."

"저희는 서로 어울리지 않는 절름발이 부부지요. 제가 가야만 저 사람이 제대로 혼자서 일어설 수 있어요. 밤낮 저를 부둥켜안고 제게 기대고 저를 붙들고 제 가슴을 더듬고 사타구니로 파고들기만 하면 거기서 무슨 돈이 나오나요, 밥이 나오나요? 저 사람은 이제 이 금홍이 치마폭에서 벗어날 때가 되었어요. 그리고 세상이 얼마나 야박한지를 제대로 배워야 해요. 그러려면 제가 떠나가야만 합니다. 저하고 붙어 있으면 저러다가 저 사람 그냥 저렇게 죽어버릴 겁니다.”

금홍은 눈물을 닦는다. 그리고 자리에서 일어나 옷매무새를 가다듬고는 내게 다소곳이 머리를 숙인다. 마지막으로 올리는 인사라고 했다. 나는 쓸데없는 소리 하지 말고 집으로 돌아가 그의 심기나 달래주라고 당부한다. 나는 우고당 문턱에 서서 그녀를 배웅했다. 그리고 당연히 금홍이 다시 다방 제비의 마담으로 출입문 안의 의자에 쥘부채를 들고 버티고 앉아 있을 것으로 믿었다. 그러나 내 예상과는 다르게 이야기가 엉뚱하게 흘렀다.

금홍은 다방 제비를 떠났다. 그러고는 종로 바닥에 그 모습을 다시 나타내지 않았다. 그녀는 어둠의 밑바닥에 납죽 엎드려 늘어진 그를 내팽개쳐두고 그 비린내 나는 둘만의 최저 낙원을 벗어났다. 「오감도」의 연재 중단 후 세상의 조소와 비난에 기진해버린 그를 금홍은 더 이상 인내하지 못했다. 그것은 에덴을 등지고 떠나는 이브의 발칙한 도발과는 전혀 거리가 있는 일이었지만, 금홍에게는 그것이 생지옥 같은 경성을 벗어날 수 있는 가장 쉬운 길이었다. 그녀는 어릴 때부터 가난에 찌들었으며 거리의 여인이 되어서는 무지막지한 사내들에 의해 숱하게 시달렸던 천박한 작부에 지나지 않았다. 사실 그녀에게는 사랑이라는 여린 감정 따위는 일찍이 소진된 상태였고 병객인 그에게 특별한 연애의 감정을 느끼게 된 것도 아니었다. 그녀는 남녀 관계에 있어서 진정이라든지 사랑 같은 것과는 전혀 관계없이 돈에 몸을 던졌으며 이미 많은 난봉꾼의 거친 손길로 닳아 있었다. 그런데 온천장에 요양을 온 서울 도련님을 처음 본 순간부터 병의 고통에 휩싸여 혼자서 허우적거리는 모습이 너무도 안타깝게 느껴졌다. 스무 살이 넘도록 숫된 총각으로 살아온 이 불쌍한 사내가 측은했다. 특히 여자를 처음 경험한 사내들이 느끼는 허망함과 상실감을 하필이면 길거리 여자의 몸에서 느끼게 된 이 여린 총각에 대하여 단순한 호감이라고 말할 수 없는 연민과 같은 이상한 감정이 마음속에서 가라앉지 않았다. 이제는 길거리에 나가도 사내들이 눈길조차 주지 않는데 그는 첫날부터 허기진 짐승처럼 갈급하게 덤벼들었다. 그런 그가 불쌍하고 가엾다는 생각이 뜬금없이 들었다. 금홍은 까탈을 부리는 성가신 어린아이를 달래듯이 그녀의 젖가슴에 얼굴을 묻으며 파고드는 그를 받아들였다. 그리고 여자의 육체라는 위험한 함정에 빠져든 이 풋

내기 총각이 다시 허우적거리며 기어 나오지 못하는 것을 지켜보면서 자기 몸의 육감으로 그를 점차 익숙하게 길들여놓았다. 그러나 경성에서 온 이 숫된 총각을 유혹하고자 하는 욕망이 얼마나 헛된 것인가를 알아차리는 데는 긴 시간이 필요하지 않았다. 그녀는 자기 몸을 그대로 내맡기면서도 복잡하고도 미묘한 욕망과 불안에 시달려야 했다. 그러고 두 해가 넘게 이어진 지독한 전쟁과 같은 사랑을 더 이상 늘이는 것이 아무 의미 없음을 알았다. 금홍은 그에게 자신의 순진한 미성숙을 떨쳐버리고 진정한 남자로 일어서기 위한 홀로서기가 필요하다고 생각했다.

나는 혼자서 묻고 혼자서 답을 궁리했다. 그런데 그는 금홍이를 진정으로 사랑한다고 내게 말하지 않았던가? 사랑하니까 아내가 되어 함께 사는 것이라고 했었지. 나는 그의 마음이 절반쯤은 진실임을 의심하지 않는다. 그는 금홍이를 끌어안게 되면서 처음으로 여자의 몸에서 배어 나오는 따스한 느낌에 빠져들었을 테니까. 그는 지금껏 자기만을 사랑해줄 수 있는 동정(童貞)을 꿈꾸었던 셈인데, 형해(形骸)가 되어버린 금홍이의 품 안에서 허망하게 끝나는 육체의 전투만으로는 마음의 타들어가는 갈증과 결핍을 채울 수가 없었을 것이 분명해. 하지만 금홍이와의 관계가 사실대로 드러나 세상에 온전한 부부관계로 둘을 내세우기 어렵게 되었을 때도 금홍이를 떨처버릴 수가 없었던 까닭은 무얼까? 그걸 양반 체통만 따지던 백부에 대한 복수라고 했는데, 그는 그녀의 치마폭을 헤집고 들어가 거기서 뱀처럼 똬리를 틀고 납작 엎드려 있으면서 금홍이가 자기 곁을 아주 떠나버릴 거라는 생각을 전혀 하지 못했어.

금홍과 함께 꾸려가는 제비 다방은 그에게 스스로 만족할 수 있는 최저 낙원이었다. 그 낙원은 때로는 황홀했지만 자기 파멸적 요소로 가득했다. 이곳에는 배천의 여관방과 마찬가지로 죽음을 노래하는 검은 천사들이 머물러 있었다. 그는 이를 아랑곳하지 않고 금홍과 함께 사탄을 유혹하면서 아담과 이브가 된 것처럼 자족했다. 하루하루가 영원하게 느껴졌고 모든 사물이 색색으로 황홀하여 아무것도 기억하지 못할 정도였다. 그가 발표하지 않은 채 묵혀두었던 〈최저 낙원〉이라는 글은 이런 그의 심정을 그대로 보여준다. '소리가 나거라. 바람이 불거라. 흡사하거라. 고향이거라. 정사(情死)거라. 매 저녁의 꿈이거라. 단심(丹心)이거라. 펄펄 끓거라. 백지 위에 납작 업디거라. 그러나 네 끝에는 연화(鉛華)가 있고 너의 속으로는 소독(消毒)이 순회하고 하고 나면 도회의 설경(雪景)같이 지저분한 지문이 어우러져서 싸우고 그냥 있다. 다시 방문을 열랴. 아스랴. 주저치 말랴. 어림없지 말랴. 견디지 말랴. 어디를 건드려야 너는 열리느냐. 어디가 열려야 네 어저께가 들여다보이느냐.' 그들의 최저 낙원에는 '금단(禁斷)의 허방'이 있을 수 없었고 모든 도덕과 관습과 법규 같은 것들이 모조리 세척되는 유백(乳白)의 탄산수만이 흘러넘쳤다. 그는 여기서 금홍을 마음껏 사랑했다.

그는 자기 곁을 떠나지 않는 죽음의 그림자가 사랑과 미움으로 뒤엉켜버린 최저 낙원에서 금홍의 치마폭에 숨어 「오감도」를 썼다. 섣부른 아궁이에서 매운 연기가 거꾸로 흘러나오듯 냉혹한 현실은 그를 훼방 놓고 그를 호령하면서 막아섰다. 그는 앞을 보기 어렵게 몰려오는 연기 속에서 갈팡질팡했다. 그 혼돈과 고통 속에서 금홍의 몸뚱어리만이 그의 유일한 도피처였다.

그의 품 안에서 금홍은 만화경처럼 조금만 건드려도 표정이 바뀌었다. 그의 손길이 그녀의 허리를 스치기만 해도 야릇한 표정으로 덤벼든다. 하지만 그의 말 한마디에 언제나 쥐 죽은 듯이 절대복종이다. 가게에 손님이 없으면 어떻게 돈을 제대로 벌 수 있을지 끝없이 종알대다가도, 그가 팔을 벌리면 언제 그랬냐는 듯이 그의 품으로 안긴다. 볼에 입술을 대면 그 정도로는 만족할 수 없다는 듯이 오히려 그의 입술에 자기 입술을 포개며 진하게 키스를 하고는 웃는다. 그는 이토록 어린애 같은 그녀의 천진난만에 그냥 따라 웃을 수밖에 없다.

그녀와 붙어 있을 때는 세상만사가 낙원이다. 가난에 찌든

어머니를 가여워하지 않아도 되고 하루에 한두 명 머리 깎으러 오는 이발소를 지키며 졸고 있는 이발쟁이 아버지의 비루함을 생각하지 않아도 된다. 동생 남매의 월사금 걱정도 필요가 없다.

금홍은 자기 몸뚱어리 하나만으로 살아온 여인네라서 복잡한 생각을 좋아하지 않는다. 하루 종일 텅 빈 다방에서 시절지난 유행가 타령에 졸다가도 저녁에 떼를 지어 젊은 술꾼들이 가게에 들어와 맥주를 상자째 비우고 가는 날은 행복해 죽겠단다. 금홍은 다방에서 생겨난 크고 작은 일들을 하나도 빼놓지 않고 재미있게 옮겨온다. 그녀는 다방에 찾아오는 손님을 자기 방식대로 단장 지팡이, 중산모, 백구두, 당코바지, 뿔테안경, 키다리, 루바시카라고 이름 붙이고 그들을 모두 기억한다. 오늘은 중산모 아저씨가 보이지 않는다고 하고 백구두 신사가 점심나절에 와서는 저물녘까지 신문장만 넘기다가 나갔다고 말한다. 요새는 당코바지가 보이지 않는데 그를 찾는 전화가 매일 한두 통씩은 온다며 누구 돈을 떼어먹고 하얼빈으로 줄행랑을 놓았나, 하면서 혼자 주절댄다. 금홍은 경성 바닥에 터를 잡고 힘들게 살아가는 사람들의 모습이 신기했다. 다방이라는 허망한 물장사도 이제는 흥미가 떨어졌다. 밤낮으로 방바닥에 뒹구는 그를 지켜보는 것도 어지간히 신물이났다. 그녀는 그의 곁을 떠나기로 결심했다. 떠나는 데 큰 보따리를 챙길 필요는 없었다. 홀홀하게 몸뚱어리만 빠져나가면 그만이니까. 낡은 둥지를 그대로 두고 떠나가는 제비처럼.

그는 잠에서 깨어나면 옆자리가 허전했다. 자기 곁에 누워 있어야 할 금홍이 없다. 동백기름 냄새가 여전히 짙게 절어 있는 남루한 작은 베개만이 그의 머리맡에 남아서 그녀의 부재를 말해준다. 잠결에 그가 손만 들어도 금홍은 그 뜻을 알아차리고 일어나서 차디찬 숭늉 대접을 가져오거나 궐련에 불을 붙여 입에 물려주거나 했다. 서로 얼굴을 맞대고 드러누워 있다가도 팔을 들어 그녀의 몸통을 끌어안아야만 그는 바로 잠이 들 수 있었다. 그런데 이제는 금홍이 벗어 던져버린 버선 짝만이 방구석에 나뒹굴고 있을 뿐이다. 그는 좁은 단칸방에서 그녀가 차지하고 있던 자리가 너무도 크게 비어 있음에 스스로 놀라곤 한다.

한 달이 가까워지는데도 집을 나간 금홍은 아무 소식이 없었다. 그녀는 그토록 자랑스럽게 여기던 다방 제비의 문을 닫아버리고 종로 거리에서 그 모습을 감췄다. 그리고 다시 그의 곁으로 돌아오지 않았다. 그의 곁에 더 이상 머물러 있으면 안 된다는 사실을 알아차린 것만 같았다. 그는 기다림에 어지간히 지쳤다. 이제 그녀가 다시 돌아오지 않을지도 모른다는 생각이 그를 더욱 초조하게 만들었다. 그는 금홍을 기다리다가도 그의 생활 속에 여기저기 짙게 남겨진 그녀의 자취를 하나

씩 지워나가려고 애를 썼다. 돌아오지 않는 여자에 대한 원망
으로 시간을 보낼 수는 없었다. 그는 먼저 방구석에 나뒹굴던
금홍의 버선 짝을 치워버렸고, 금홍이 늘 손에 들고 보던 작은
면경도 서랍 속에 집어넣었다. 금홍이 베고 자던 때 묻은 베개
도 주인집 헛간에 내다 버렸다. 함께 있었을 때는 작은 방 안
의 모든 생활이 금홍의 것이었는데 이렇게 간단히 정리하고
보니 그녀가 떠난 뒤에 허망하게도 그녀의 허물조차 남겨진
것이 없다.

　그가 여전히 두문불출이라는 소식을 구보가 내게 날라왔다.
아내가 도망쳤다고 여기저기 찾아다니더니 이제는 아무것도
먹지 않고 누구도 만나지 않고 있다는 말을 내게 전해주면서
구보는 저러다가 무슨 일이 생기면 어쩌냐고 걱정까지 했다.
나는 허망의 늪에 빠진 그를 현실의 한복판으로 다시 끌어올
릴 방법을 고심했다.

　내가 단칸방으로 찾아갔을 때 그는 자리에 누운 채 나를 볼
면목이 없다고 했다. 나는 그에게 제비 다방의 문을 닫고 새출
발을 하도록 권했다. 모든 게 홀가분해지면 마음대로 글도 쓰
고 그림도 다시 그려보라고 했다. 무언가 돈벌이도 있어야 할
테니 일자리도 같이 찾아보자고 했다. 원한다면 창문사에서
일할 수도 있을 거라고 귀띔했다. 거기서 새로 책도 만들어보
고 표지도 맘대로 그려 멋지게 장정을 꾸며보라고 했다.

그가 자리에서 일어났다.

"형, 고마워. 그런데 그런 중요한 일을 내가 할 수 있을까? 그림에 손도 대지 않은 게 벌써 몇 년째인데."

나는 그에게 용기를 불어넣을 방법을 생각했다.

"네 그림 솜씨는 아무도 따를 수 없어. 예전에 구보를 만나 「소설가 구보씨의 일일」에 그려 넣은 삽화를 모두 자세히 뜯어보았지."

"하융의 삽화를? 그건 그림도 아냐. 백지 위에 손바닥만 한 크기로 먹으로만 그렸으니까."

"신문 지면의 한 단에 끼어 있는 작은 크기지만 나는 그 삽화의 구도에 깜짝 놀랐어. 소설의 첫머리가 어떤 이야기로 시작되는지를 알지 못하더라도, 하융의 삽화를 통해 벌써 이야기의 시작과 그 발단을 이해할 수 있었으니까."

나는 전문적인 미술 용어를 섞어가면서 이렇게 말했다. 첫 번째 삽화는 여러 가지 종류의 이미지를 서로 짜맞춰 하나의 커다란 새로운 이미지를 만들어내는 모자이크 기법을 쓴 것이다. 하지만 성격이 다른 이미지들을 붙여놓고 있다는 점에서 프랑스 초현실주의자들이 '콜라주'라고 명명했던 새로운 화면 구성법을 따르고 있는 것처럼 보이기도 한다. 소설의 시작과 이야기의 발단을 알기 위해 하융은 원고지를 화면의 바탕에 깔아놓고 그 위에 펜을 쥔 오른손을 그린다. 그리고 화폭의 좌측에는 한 여인의 얼굴, 얼굴이라기보다는 머리를 올려 놓는다. 몸뚱어리가 없이 머리 부분만 그려진 여인의 얼굴은 육체적 감각을 인지할 수 없는 상태임을 암시한다. 그리고 화폭의 오른쪽에는 아마도 소설 속 주인공 구보가 들고 나다니게 되는 단장과 신고 다니는 구두가 그려진다. 도시의 고독한 산책자 구보의 가벼운 산보를 상징하는 구두와 단장이 화면에 올려짐으로써 소설 이야기의 전체 방향도 어느 정도는 암시된다. 그런데 중요한 것은 이 삽화의 기법이다. 붓으로 그린 것이 아니라 판화를 만들어 찍어낸 것처럼 정교하게 보였기 때문이다.

나는 천천히 이야기를 이어갔다. 「소설가 구보씨의 일일」에서 경성의 현대를 파헤치기 위해 '고현학'을 들고 나온 구보에게 가장 큰 관심사가 무엇이었을까? 나는 스스로 묻고 스스로 답을 이어간다. 구보는 이 소설에서 도회의 일상에 스며들기 시작한 물신주의적 타락을 큰 문제의 하나로 여겼던 것이 아닌가 생각된다. 돈의 문제와 결부된 이 특별한 빈곤의 경제학은 마르크스를 들먹이지 않더라도 여전히 문제적 요소다. 구보가 말하고자 하는 삶의 행복은 기실 돈의 문제만은 아니다. 구보는 화신상회를 들락거리는 사람들을 보여주고 전차를 타고 도회의 공간을 편하게 이동하는 사람들을 보여주고 남대문역 대합실에 넘쳐나는 사람들의 모습을 보여준다. 거리의 카페에 죽치고 앉아 있는 룸펜들은 실속이 없으면서도 노다지를 꿈꾸며 이미 그들이 소비문화의 달콤함에 젖어 황금광시대의 한복판에 들어서 있음을 보여준다.

"그래. 형 생각이 맞아. 소설 속의 구보는 물질적 행복과 정신적 행복을 구분해 생각했으니."

나는 그의 대꾸에는 응하지 않고 이렇게 말했다.

"그런데 하융은 걸물이야. 그는 경성의 풍속도를 자기만의 시각으로 새롭게 꾸며냈으니. 그는 도회의 일상에서 삶의 파편들을 끌어모아 콜라주 기법으로 자기가 본 세계를 재구성했지."

하융의 삽화는 대상의 해체와 분할, 그리고 파격적인 조합으로 이루어진 모순덩어리 경성이라는 공간의 일상이다. 나는 하융이 그린 「소설가 구보씨의 일일」의 삽화를 한 장의 그림이라고는 생각하지 않는다. 그것은 여러 이미지를 조작하고 해체하고 결합해놓고 있지만 서사의 한 장면을 제시하는 경우가 별로 없다. 그러므로 그의 삽화는 시간성이 제거된 상태에서 이미지가 서로 겹쳐 있고 심지어는 시간과 공간을 달리하여 존재하는 것들을 하나의 순간 속으로 밀쳐 넣기도 한다. 따라서 삽화에 담긴 숱한 서사의 조각들은 독자가 그 구조를 해체하여 재조직하면서 읽어내야만 한다. 이 자잘한 조각을 제대로 퍼즐 끼우듯 맞춰볼 수 있을 때 그의 삽화는 스스로 이야기를 들려준다.

내가 이렇게 말을 마치자, 그는 내 손을 와락 잡았다. 나는 그를 앞에 두고 「소설가 구보씨의 일일」을 통한 소설가 구보와 삽화가 하융의 만남을 어떻게 설명할 수 있을까를 생각했다. 이 둘의 만남은 서사문학으로서의 소설과 서정 세계로서의 시적 감성이 신문의 지면에서 이야기와 삽화라는 서로 다른 방법을 통해 경쟁하며 그 구체적 형상성을 획득하게 되는 과정을 극적으로 보여준다. 구보에게는 사소한 일상을 따라가는 과정 자체를 하나의 이야기로 만들어내는 서사의 능력이 있었다면, 하융은 대상으로서의 사물의 형상과 그 특질을 해체하여 그 지배적 인상을 포착하는 능력을 보여준다. 그는 사물의 형태와 윤곽과 그 중량감 등을 통해 그 내부구조까지 분해할 수 있는 특유의 인식능력을 갖고 있다. 하융의 삽화 가운데에는 이야기를 보여주는 한 폭의 그림을 그린 경우보다는 이야기 속에 등장하는 특징적인 사물의 구조나 그 입체적 형상을 제시하는 경우가 많다. 이것은 결코 구보의 이야기를 뒤따라가는 것이 아니다. 구보의 '이야기하기'와는 서로 다른 방식의 '보여주기'를 실험하고 있기 때문이다.

"「오감도」의 시인과 「소설가 구보씨의 일일」에 초현실주의적인 삽화를 그려 넣은 화가 하융은 같은 사람인데도 너무나 뚜렷한 예술적 개성을 각각 나누어 갖고 있다는 게 놀랍지. 이런 작품이 주는 충격이 없다면 조선 문학의 새로운 세계를 향한 실험은 그 긴박감과 추동력을 잃게 될지도 모를 일이야."

내 말이 이런 식으로 이어지자, 그는 눈을 감은 채 듣고 있다가 천천히 입을 열었다.

"형, 내가 그린 삽화는 소설 속의 장면에서 요구되는 시각적 리얼리티와는 전혀 다른 방향으로 대상을 세밀하게 구조화하거나 추상화하고 있는 게 맞아. 이러한 접근법을 통해 왜곡된 근대화의 과정을 겪어가는 경성의 문화사적 이면을 한 장면씩 그려보고 싶었어."

그는 삽화가 신문 한 단 크기로 줄어든 걸 안타까워했다. 소설가 구보가 그려낸 소설 속의 장면들에는 행복을 꿈꾸는 사람들이 있고 사랑을 좇으며 삶의 권태에 빠져든 모습이 함께 드러난다. 식민지 근대의 모순은 탐욕스러운 자본주의의 탈을 쓰고 있는 일본 제국주의의 지배에서 비롯된 것이지만, 하융은 그것이 미치는 영향의 가장 깊숙한 구석을 파헤치고 싶었다. 하지만 자신의 뜻대로 그림이 만들어지지 못했다고 그는 자책했다. 물론 이 삽화에 관심을 표시해준 사람이 아무도 없었다.

"그렇지 않아. 이 삽화들은 인간의 내면 의식과 사물의 구조와 기능의 상호 관계를 은유적으로 표현하고 있어. 그러기에 작은 화면에도 불구하고 환상적 리얼리즘의 가능성까지 보여준다고 생각해."

　나는 하융의 가면을 쓴 그가 모더니즘의 미학을 미술적으로 구현하고 있다고 추켜세웠다. 그리고 하융의 가면 속에 구보와 맞서고자 하는 그의 맨얼굴이 감춰져 있다고 말해주었다. 그는 아무 말도 하지 않고 나를 뚫어지게 건너다보았다.

　"이제는 내가 권하는 대로 따라봐. 다시 시작하자구. 네가 다시 결심만 선다면 얼마든지 가능해. 나는 네가 다시 일어나 새롭게 출발하는 모습을 보고 싶어. 그리고 너를 위해서 하고 싶은 일이 따로 있어. 네가 허락만 한다면."

　"무슨 일인데? 내 허락이 뭐가 필요해?"

　"네 초상화를 하나 그려보고 싶어. 네가 새롭게 출발하는 걸 축하하기 위해. 「오감도」의 시인 이상과 화가 하융의 얼굴을 하나로 합쳐놓아야겠어."

　"뭐? 내 초상화를?" 하면서 그는 다소 멋쩍은 표정을 지었다. 하지만 곧바로 "조선의 로트레크, 화가 서산이 그리는 초상화라니…" 하고는 머리를 쓸어올렸다. 그가 그렇게 진지한 모습을 보여준 것은 오랜만이었다.

　그가 예의 그 까치머리에 코가 닳은 허연 백구두 뒤축을 꺾어 신고 우고당으로 나를 찾아왔다. 나는 2층 작업실 의자에 그를 앉혀두고 그곳에서 그의 초상을 그리겠다고 했다. 그리고 다른 이야기는 일절 다시 묻지도 않았다. 캔버스 위에 그림의 전체 구도가 잡혔다. 물감을 섞고 있는 나를 향해 그는 "오래간만에 페인트 물감 냄새에 젖어보네. 형에게 늘 신세만 지고… 정말 고마워"라고 했다. 나는 그의 눈치를 살피다가 금홍이 경성을 떠나면서 우고당을 찾아왔었다는 말을 사실대로 전했다. 그는 가만히 눈을 감은 채 아무 대꾸도 하지 않았다. 나는 금홍을 진정으로 사랑한다면 이번에는 그녀가 하는 대로 내버려두라고 했다. 배천온천에서 장난처럼 시작한 일이지만 금홍을 사랑한다는 그의 말을 나는 진심이라고 생각했기 때문에 한 번도 말리지 않았다고도 덧붙였다. 나는 그에게 처음으로 금홍에 대한 내 생각을 분명하게 밝혔다. 이미 떠나간 여자를 찾아다니는 것은 비루하고 구차한 일이다, 더 이상 금홍이를 찾지 마라, 그녀가 가고 싶은 곳으로 가도록 놔줘라, 그것이 금홍이를 사랑하는 길이며 자기 자신을 위한 길이기도 하다는 점도 거듭 힘주어 말했다.

그는 캔버스에 어둠을 덧칠하기 시작한 나의 붓끝을 한참 동안 아무 말 없이 바라다보다가 천천히 입을 열었다.

"형이 한 말이 맞아. 나는 이제 연심이를 놓아줘야 할까 봐. 지금 생각해보면 연심이는 연심이대로 삶이 있을 텐데 나는 그녀를 내 안에만 묶어두려고 했던 것 같아. 아니, 내가 연심이에게 너무 깊이 빠졌던 거지."

나는 맥없이 늘어놓는 그의 넋두리를 그림붓을 든 채 놓치지 않았다. 그리고 이렇게 거들었다.

"그래, 오늘 내게 한번 다 털어놔 봐. 그동안 너와 금홍이 두 사람을 나는 그저 멀리서 지켜보고만 있었어. 네게는 너만의 여자를 사랑하는 방식이 있을 테니 서로 잘 알아서 할 것으로 생각하고… 그러고는 아무 말도 하지 않았어. 우리는 말하지 않아도 통하는 구석이 많았으니까. 그런데 이제 보니 그럴수록 대화가 필요하다는 생각이 들어."

이렇게 말하면서 그를 건너다보았다. 그는 자못 비장한 어조로 입을 뗐다.

"형이 배천온천을 다녀간 후 나는 여관방에 누워 연심이를 놓치지 않으려고 붙잡았어. 내 죽음을 재촉하면서 뒤따라와 붙어 있는 얼굴 없는 검은 천사들이 너무나 두려웠거든. 나는 속에서부터 망가지고 있는 내 육신의 고통을 잠시라도 잊어보려고 연심이에게 달려들었지. 연심이가 내 수호천사라도 되는 것처럼. 나는 밤마다 그녀에게 매달려 제발 살려달라고 속으로 빌었어. 연심이가 내게 마음을 열어주었을 때 나는 비로소 살아 있음의 의미를 깨달았어. 연심이 덕분에 나는 병에 대한 두려움도 잊고 죽음의 공포에서 조금씩 벗어났지. 그것밖에는 아무것도 더 원하는 것이 없었어. 그저 연심이가 내 곁에 붙어 있으면 되었으니까."

나는 그의 말에 금홍이가 말을 잘 따라주었느냐고 물었다. 그는 긴 한숨을 몰아쉬었다.

"기생 금홍이와는 달리 연심이는 속이 깊은 여자였고 늘 나를 감동시켰어. 한밤중 늦은 술자리를 파한 후에도 내가 좋아하는 육전을 냄비에 담아 들고 내 방을 찾아왔어. 내가 죽었는지 살아 있는지 확인한다고. 이른 봄 찬 기운이 몸에 들어오는 것을 막아야 한다면서 제 몸에 걸치던 스웨터를 뜯어낸 털실로 목도리를 떠서는 내 목에 감아주기도 했지. 내 마음 한구석에는 기생 금홍이에 대한 부담스러운 느낌이 없었던 것은 아니지만, 하루라도 연심이를 보지 못하면 불안감을 떨칠 수가 없었어. 그렇게 달포를 붙어 지내면서 연심이에게 정이 들었고 사랑이 커졌지. 당초에 예정했던 기간을 한 주일 가까이나 더 미루면서 나는 경성으로 올라오지 않고 배천온천 여관 방에 누워 있었어. 연심이와 헤어지기 싫었거든. 하지만 백부 소상(小祥) 때문에 경성으로 돌아와야 했어. 배천온천을 떠나온 후 나는 하루도 마음 편하게 가족들과 지낼 수 없었어. 다시 죽음의 공포가 밀려왔고 검은 천사들이 우리 집 울타리까지 넘나들기 시작했으니까."

그의 창백한 뺨 위로 눈물이 흘러내렸다.

"그렇게 힘들었는데 왜 나한테 그런 이야기를 하지 않았어?"

내 물음에 그는 그만 고개를 떨구었다.

"형 생각을 많이 했지. 금홍이를 불러올리기 직전 형이 새로 이사한 다동 집 앞에까지 두어 번 찾아갔었는데 내 모습이 너무 초라하고 구차하게 느껴졌어. 더구나 형한테는 왜 그런지 부끄러웠거든. 연심이를 사랑하고 있다는 말을 쑥스러워서 도저히 꺼낼 수가 없더라구."

"나한테 부끄러울 것이 뭐가 있어?"

나의 묻는 말에 그는 답하지 않고 이렇게 말꼬리를 바꿨다.

"일을 크게 저지르고 보자고 아무도 만나지 않고 다방 제비의 문을 여는 일에만 매달렸어. 연심이 없이는 더 이상 살아남기 어렵겠다는 생각에 그녀를 불러올렸고. 집안 식구들이 난리를 치고 야단들이었지만 나는 내 부모 앞에서 구차한 변명도 하지 않았네. 연심이는 나만 믿고 따라온 거야. 낯선 경성에서 살아가기 힘들었을 텐데 다방 생활에 점차 재미를 붙이자, 배천온천에서와는 달리 도회지 삶에 물이 들기 시작하면서 내게 바라는 것들이 많아졌어. 제법 멋스러운 남정네 역할을 해주면서 내가 돈도 많이 벌어오기를 바랐으니. 근데 형, 내가 무슨 돈 버는 재주가 있어야 말이지."

그는 나를 빤히 쳐다보고는 그저 미안하고 고맙다는 말을 연신 꺼냈다.

"우리 사이에 무슨 고마워할 일이 있나? 너는 '김해경'을 버리고 '이상'이라는 이름으로 살겠다고 내게 말했잖아? '이상'

이라는 이름으로 그림을 그렸고, 이제 「오감도」의 시인이 되었으니 너는 내게 약속을 지켰다고 생각해."

　내 말을 듣고 그는 "형, 고마워. 연심이에 대한 나의 사랑은 진심이야. 이걸 형만은 이해해줄 거라 믿어" 하면서 눈물을 닦았다. 그러고는 "우리 부부는 맞는 게 하나도 없는데 잠자리에서만은 이상하게도 하나가 되었지"라고 말하면서 자기가 요구하는 대로 연심이 무조건 따라와주기만을 바랐다고 실토했다.

　"이 숙맥 같은 여자는 남자의 요구를 모두 받아 그대로 따라야만 한다고 생각하는 노예근성, 아니 배천온천 술집 '금홍'이라는 기생의 태를 끝내 버리지 못했어. 나는 그런 연심이에게 짜증을 부리기도 했지만 나를 믿고 따르는 연심이를 미워할 수가 없었어. 그 작은 여인네의 몸에 스스로 나를 가두고 밖으로 나오고 싶은 생각이 별로 없었지. 사실 나는 연심이를 끌어안고 내 가슴속의 허기와 욕망을 채우는 데에만 급급했던 거 같아. 거칠게 그녀의 몸을 더듬으면서 나는 연심이 품안에서 그대로 죽어도 좋다는 생각을 많이 했거든."

　그는 한숨을 몰아쉬면서 말을 이어갔다.

　"지나간 두 해를 돌이켜보면 나는 남편으로서 아내인 연심이를 위해 해준 것이 아무것도 없어. 연심이가 원하는 걸 하나도 들어준 적이 없었거든. 들어줄 수가 없는 게 대부분이었으니까. 나 같은 가난뱅이, 폐병쟁이, 게으름뱅이, 고집쟁이가 여자를 위해 해줄 수 있는 건 매일 알몸을 서로 비비는 일뿐이었어. 그렇게 내가 붙잡고 기댈 수 있도록 내 곁에 있어준 것만으로도 나는 연심이에게 고맙지."

그가 몇 차례 가볍게 기침을 하더니 말을 끊고 창문 너머를 바라보았다.

나는 그의 헝클어진 마음을 다잡아야 한다는 생각이 들었다. 그래서 금홍을 잊어야 한다고 다시 당부했다.

"이제 금홍이 이야기는 하지 마. 말하지 않으면 자연히 생각도 끊기고 생각이 끊기면 저절로 잊히게 마련이지. 너는 「오감도」와 같은 시를 쓴 천재적 상상력을 가진 시인이잖아? 네가 만드는 문학으로 모든 이에게 네 이름이 오래 기억될 거야."

내 말을 듣고 그는 고개를 돌려 나를 보고 물었다.

"천재 시인? 내가?"

나는 그를 뚫어지게 쳐다보며 차분하게 말했다.

"너는 조선의 보들레르를 자처했는데, 나는 네가 보들레르가 아니라면 랭보가 되어도 좋고 말라르메가 될 수도 있다고 생각해. 하지만 이미 「오감도」의 시인 이상으로 아무도 모르는 사이에 저들과 어깨를 겨누고 나란히 서 있게 되었어. 자, 이제 다시 시작할까? 입에 파이프를 물려야겠어. 더 이상 쓸데없는 말을 하지 못하게. 시인은 자기 시를 통해서만 독자와 만나야 해.”

　나는 캔버스 앞으로 다가섰다. 그리고 그를 다시 의자에 앉
도록 했다.

　내가 그의 얼굴을 그리면서 끝까지 고심했던 부분은 그가 그
토록 부담스러워했던 수염도 아니고 초라한 빈상(貧相)의 얼
굴도 아니었다. 얼굴의 길이만큼이나 길게 그려놓은 상아(象
牙) 파이프, 바로 그것이다. 이 상아 파이프는 내가 「오감도」의
시인에게 그려준 우정의 선물이다. 조선의 모던보이를 자청
하던 청년들에게는 백금 줄을 늘어뜨린 회중시계와 함께 상
아 파이프를 드는 것이 하나의 로망이었다. 나는 장난스럽게
그의 입에 상아 파이프를 물렸다. 이 그림에서 상아 파이프는
불균형이지만 바로 그 불균형이 이 그림의 전체적 구도를 망
치지 않는다. 오히려 굳어진 표정을 살아 움직이게 한다. 나는
시인인 그의 입에 상아 파이프를 물림으로써, 그의 헛된 한숨
을 멈추게 하고 싶었다. 그리고 다시 다부지게 새로운 삶을 출
발할 것을 권하고 싶었다.

7

제비 다방이 문을 닫았다.

종로 네거리에 문을 열었던 다방 제비. 그곳에는 까닭 모를 퇴폐와 불안이 깃들어 있었지만 경성이라는 공간이 지니는 도회적 감각과 자연스럽게 어울렸다. 제비 다방은 잠시 들러 친구를 만나고 차를 마시면서 한담을 나누기에 알맞은 장소였다. 물론 그 자체가 좀 허망하게도 청중 없는 무대 같은 곳이어서 유한과 여흥이라는 단순한 의미로 규정할 수 없는 특이한 문화적 공간성을 안고 있었다. 우선 종로 네거리라는 위치가 사람들을 끌어모았다. 당시에 일종의 문화적 특권층처럼 행세하는 예술인들은 그들의 글을 발표하기 위해 드나드는 신문사나 잡지사와 가까운 제비 다방을 찾았다. 그림을 그리거나 글을 쓰는 사람들은 대부분 예술이라는 이름으로 사회 현실과는 일정한 거리를 둔 채 일상의 질서에서 벗어나 있었다. 그들에게 제비 다방이라는 새로운 공간은 스스로 원했든 원하지 않았든 숨을 쉬고 자유롭게 자기 예술을 이야기할 수 있는 무대가 되어주었다. 자기 모순적 아이러니와 문명에 대한 비판의식을 동반하고 있던 새로운 모더니즘의 예술적 경향은 바로 이들이 지니고 있던 도시적 감성에서부터 피어나기 시작했다. 한마디로 제비 다방은 스스로 새로움을 만들어내고 세간의 관심사를 들쑤시며 퍼뜨리는 풍문의 자연발생적 중심지였다. 그는 제비 다방 덕분에 구인회 그룹의 상허와 지용 그리고 구보와 기림을 만났고 스스로 그 일원이 되었다. 「오감도」를 발표하고 하융이라는 화가의 가면을 쓴 채로 소설가 구보와 함께 경성을 만보했던 것도 제비 다방이 있었기에 가능했다.

나는 그의 삶에서 금홍과의 만남과 사랑과 이별이 거의 치명적인 상처였다고 생각할 때마다 그가 스스로 최저 낙원을 자처했던 제비라는 공간을 떠올린다. 봄날의 흥취와 젊음이라는 용기가 그의 표현대로 배천온천이라는 먼 유적지에서 섣부른 장난기로 발동하여 금홍을 희롱했던 것은 부인할 수 없는 사실이다. 하지만 그는 아무도 원망하지 않고 혼자서 제비 다방을 꾸몄다. 그가 만들어낸 최저 낙원 제비 다방에는 언제나 죽음의 천사들이 따라와 웅크리고 있었지만, 그는 금홍을 끌어안고 거기서 함께 허우적대며 사랑했다. 남녀 간의 일이란 이해할 수 없는 구석이 너무 많다. 그것이 사랑이라는 이름을 달고 있는 한 언제나 비극으로 끝날 수 있음을 누가 생각이나 하겠는가? 사랑이 시작될 때는 누구에게도 그 끝이 보이지 않는 법. 끝을 뻔히 알 수 있다면 누가 그 위험한 투기에 자신을 전부 던지려 하겠는가?

나는 모든 괴로움을 속으로 삭여야 하는 그의 모습을 멀리서 지켜보며 참으로 안쓰러웠다. 금홍에게, 아니 연심이라는 여인에게서 그는 무엇을 추구했을까? 이제 다시 이렇게 묻는 것은 참으로 어리석은 일이다. 그가 내게 말했듯이 서서히 다가오는 죽음의 그림자가 두려워 금홍에게 매달렸다고 했다. 그리고 금홍의 육체를 애걸하고 그녀의 몸속에 자기를 감추면서 그는 그녀를 사랑하고 있다고 선언했다. 그는 뒤늦게 사랑을 알아버렸고 그 사랑으로 자기 내면에 짙게 드리운 결핍의 공허를 메워나갔다. 그 사랑은 그 공허의 깊이만큼 절실했다. 그런데 그의 사랑에 너무도 많은 사람들이 끼어들고 싶어 했다. 이러쿵저러쿵 시비를 만들었지만, 그는 금홍을 운명처럼 사랑할 수밖에 없었다. 금홍에게도 그를 따라 함께 뒹굴었던 세월이 불행한 삶의 계승만은 아니었다. 그녀도 여인으로서의 순정을 숨기지 않았으니까.

그 무렵 나는 용준, 종우, 진섭, 마동 등과 자주 어울렸다. 동경에서 백만양화회(白蠻洋畵會)를 처음 만들었을 때만 해도 모두가 의욕이 넘쳤다. 그러나 우리 사회가 여전히 생활 속에서 예술을 요구하기에는 메마르고 척박했다. 우리는 '환쟁이'를 자처했지만, 우리가 그리는 그림을 제대로 알아보고 이를 인정하려는 사람은 많지 않았다. 용준은 백만양화회의 조직에 참여한 다음 해에 동경미술학교를 졸업했는데 진섭, 마동 등이 모두 동경미술학교에서 미술을 공부하고 있었다. 그때 나는 태평양미술연구소에 재학 중이었다. 용준은 우리 모임을 대표하여 동아일보에 「백만양화회를 만들고」라는 글을 실었다. 그는 '가장 위대한 예술은 의식적 이성의 비교적 산물이 아니요, 잠재의식적 정서의 절대적 산물'이라고 규정하면서 백만양화회는 '열정의 고흐, 다색의 피카소, 백만(白蠻)의 무리들은 이들 선구자의 족적을 밟아 다시 기원전의 사막을 밟으려 한다'라고 선언했다. 그는 프롤레타리아 미술의 이념 지향을 배격하고 서구 현대미술의 새로운 경향인 후기 인상주의, 야수파, 입체파, 초현실주의, 추상파 등을 자유롭게 따를 것을 천명했다. 하지만 이 모임에 참가한 사람들이 모두 학생 신분이었기 때문에 넘치는 의욕에도 불구하고 뚜렷한 활동을 보여주진 못했다.

다섯 해에 걸쳐 있는 긴 유학 생활 동안 내 미술에도 많은 변화가 생겼다. 나는 동경에서 세 군데 학교를 옮겨 다녔다. 가와바타 미술학교는 정규 대학은 아니었지만 일본 정부가 그 학력을 공식적으로 인정해주었다. 거기서 나는 그림 그리기에만 매달렸다. 일본 생활에 어느 정도 익숙해진 후 니혼대학에 정식으로 입학하여 미학 이론과 미술사를 공부했다. 모두가 서구 미술의 역사였고 서양의 미학 이론이 중심이었다.

나는 다시 태평양미술연구소로 옮겨 그림에만 집중했다. 사실 내가 미술 공부를 하면서 마음속에 담아두고 있었던 것은 야나기 무네요시[柳宗悦]의 '무심(無心)의 미'라는 특이한 개념이었다. 작가의 자의식을 철저히 배제하고 기능성과 반복된 행위를 통해 자연스럽게 만들어진 아름다움을 그는 '무심의 미'라고 했으며 이것이야말로 서양의 미의식과 구별되는 동양사상이 기반을 이루는 동양적 아름다움의 본질이라고 했다. 그러나 정작 내가 미술 공부를 위해 정착한 태평양미술연구소와 같은 곳은 철저하게 서구의 표현주의 미술에 기울어져 있었다. 서구적인 것과 동양적인 것의 새로운 조화를 꿈꾼다는 것 자체가 이상할 정도로 그림을 배우고자 하는 사람은 누구나 파리를 꿈꾸면서 반 고흐를 이야기하고 모네와 마티스와 브라크를 떠올리며 피카소에 흥미를 보였다. 나는 이러한 일본 화단의 분위기에 처음에는 짜증스러움을 느끼면서도 거기에 휩쓸릴 수밖에 없었다. 특히 표현주의 운동의 막바지 단계를 불란서에서 배우고 귀국한 사토미 가쓰조[里見勝藏]의 '야수파'에 자연스럽게 매료되었고 대상을 특이하게 왜곡시킴으로써 얻어지는 그로테스크한 미적 취미에 재미를 붙였다. 이과회 전시에 입선한 후로 나는 제전(帝展) 같은 관료주의적 형태의 전시와는 거리를 두게 되었다.

동료들이 모두 귀국한 후에 나는 경성에서 새로운 모임을 제대로 꾸려보고 싶었다. 우리 미술이 발전하기 위해서는 그림을 그리는 크고 작은 모임이 많아져야 한다는 것이 내 생각이었다. 문단에는 지용의 시문학 동인이 있었고, 구인회를 중심으로 시, 소설, 비평이 함께하는 모임까지 생겼는데 미술계는 여전히 활동 무대가 좁았다. 동경 시절 백만양화회와 그 구성원이 크게 다르지 않았지만, 간신히 만들어낸 목일회(牧日會)라는 작은 모임을 두고 우리는 모임의 취지나 목적을 외부에 알리지 않았다. 서로 마음이 통해 가진 생각이 다를 바가 없었다. 20세기에 들어서면서 새롭게 변화하고 있는 서구 미술의 다양한 경향과 방법을 우리 미술의 전통과 접목해 조선적인 미술 양식을 찾아보자는 뜻이었다.

우리들이 외부에 우리의 생각을 알려 문제가 된 것은 목일회 회원 모두가 조선미술전람회에 작품 출품을 거부한 일이었다. 우리는 미술을 통해 객관적이고 이성적 시각의 서구적 아카데미즘 대신 주관적이고 감성적인 '동양의 정신'을 표현하고 싶었다. 그런데 이러한 우리의 태도가 관전(官展)인 조선미술전람회에 반대하는 재야단체의 등장으로 인식되면서 관심의 대상이 되었다. 우리의 미술적 태도는 일본 유학을 통해 학습한 입체파, 야수파, 표현주의, 상징주의 등 작가의 주관을 강조하는 표현주의적 경향에 깊이 빠져들어 있었다. 그러나

나 자신도 우리의 전통 회화에서 찾아낸 조형적 요소를 활용해 보다 강렬한 인상을 심어줄 수 있는 선을 찾아내고자 했고 비입체적 형태에도 관심을 기울였다.

목일회의 첫 전시회는 화신화랑에서 열렸다. 목일회 전시에 나는 내가 아끼는 그림 〈나부(裸婦)〉를 내걸었다. 종우가 그 곁에 〈부인상(婦人像)〉을 붙여놓았기에 우리 둘의 그림이 단연 관람객의 호기심을 끌었다. 평단에서 이 두 작품을 중심으로 여러 반응이 나왔다. 나는 여자의 육체를 매끄럽게 그리지 않았다. 눈에 보이는 대로 그리는 것은 그림이 아니다. 일본에서 늘 귀가 따갑게 들었던 가르침이었다. 나는 눈에 보이는 대로가 아니라 내가 그 대상을 보았을 때 마음속에서 일어나는 반응을 화폭에 옮기고 싶었다. 차라리 나를 그리고 싶었다. 〈나부〉는 내 시각을 왜곡하고 내 심경을 뒤흔들고 내 느낌을 위장하기 위한 것이었다. 그러므로 〈나부〉의 얼굴은 표정이 일그러졌고 그의 허리통은 늙은 작부의 몸통처럼 늘어졌다. 그런 식의 내 접근법을 사람들은 야수파라고 했지만 나는 일절 대꾸하지 않았다.

제비 다방의 간판을 내린 후 그는 금홍과 함께 지냈던 셋방도 뺐다. 그리고 거기 흩어져 있던 책과 노트와 옷가지들을 신당리의 친가로 옮겼다. 당분간 부모님을 모시고 지내겠다는 결심이었다. 집 떠난 지 스무 해가 넘어서야 상처투성이로 가족들 앞에 다시 서게 되는 것을 그는 너무도 부끄러워했다. 고공 졸업 후 총독부 기사가 되었을 때 온 집안이 경사가 났다면서 좋아했던 일이 불과 오 년밖에 되지 않았는데 그는 탕아가 되어 돌아가는 기분이었다. 그를 낳아준 어머니는 저고리 고름으로 눈물만 찍었고 오른손 손가락이 두 개나 없는 아버지는 엽초만 연신 말아 불을 댕겼다. 동생 남매는 그의 눈치를 살피느라고 그가 앉아 있는 방 안으로 들어서지도 못했다. 이 무렵의 자신을 두고 그는 이렇게 적었다.

나는 팔짱을 끼고 오랫동안 잊어버렸던 우두 자국을 만져보았습니다. 우리 어머니도 우리 아버지도 다 얽으셨습니다. 그분들은 다 마음이 착하십니다. 우리 아버지는 손톱이 일곱밖에 없습니다. 궁내부활판소(宮內部活版所)에 다니실 적에 손가락 셋을 두 번에 잘리셨습니다. 우리 어머니는 생일도 이름도 모르십니다. 맨 처음부터 친정이 없는 까닭입니다. 나는 외갓집 있는 사람이 퍽 부럽습니다. 그러나 우리 아버지는 장모 있는 사람을 부러워하시지는 않습니다. 나는 그분들께 돈을 가져다 드린 일도 없고 엿을 사다 드린 일도 없고 또 한 번도 절을 해본 일도 없습니다. 그분들이 내게 경제화(經濟靴)를 사주시면 나는 그것을 신고 그분들이 모르는 골목길로만 다녀서 다 해뜨려버렸습니다. 그분들이 월사금을 주시면 나는 그분들이 못 알아보시는 글자만을 골라서 배웠습니다. 그랬건만 한 번도 나를 사설하신 일이 없습니다. 좃 떨어져서 나갔다가 이십삼 년 만에 돌아와보았더니 여전히 가난하게들 사십니다. 어머니는 내 대님과 허리띠를 접어 주셨습니다. 아버지는 내 모자와 양복저고리를 걸기 위한 못을 박으셨습니다. 동생도 다 자랐고 막내 누이도 새악씨 꼴이 단단히 박혔습니다. 그렇건만 나는 돈을 벌 줄 모릅니다. 어떻게 하면 돈을 버나요. 못 법니다. 못 법니다.

동무도 없어졌습니다. 내게는 어른도 없습니다. 버릇도 없습니다. 뚝심도 없습니다. 손이 내 뺨을 만집니다. 남의 손같이 차디차구나. '무슨 생각을 그렇게 하시나요. 이렇게 야위었는데.' 모체가 망하려 드는 기색을 알아차렸나 봅니다. 여늬 위문이 끊이지 않습디다. 그러면 무얼 하나. 속절없지. 내 마음은 버얼써 내 마음 최후의 재산이던 기사(記事)들까지도 몰래 다 내다 버렸습니다. 약 한 봉지와 물 한 보시기가 남아 있습니다. 어느 날이고 밤 깊이 너희들이 잠든 틈을 타서 살짝 망하리라, 그 생각이 하나 적혀 있을 뿐입니다. 우리 어머니 아버지께는 고하지 않고 우리 친구들께는 전화 걸지 않고, 기아(棄兒)하듯이 망하렵니다.

수필「슬픈 이야기」를 보면 그가 처했던 정황을 충분히 이해할 수 있다. 탕아처럼 집으로 돌아간다는 이 문제의 아들이 수습해야 할 일들이 적지 않게 쌓여 있었다. 우선 다방 제비를 빨리 문 닫는 일이 급했다. 그런데 그는 제비 다방의 처리를 크게 걱정하지는 않았다. 그저 문을 닫고 휴업 간판을 내걸면 되는 간단한 일이라고 했다. 집문서 문제는 작은 큰어머니가 큰집 대지를 분할해 팔아넘긴 돈으로 해결하면서 그것으로 모든 관계가 끝났다고 선언까지 해버렸다. 그뒤 큰집과는 아예 남남이 되었지만, 여전히 몇 달이나 밀린 가게의 월세와 여기저기 얻어다 쓴 물건 값이 그대로 큰 빚이 되었다. 그는 혼자서 자신이 벌여놓은 일들을 정리했다. 사람들의 왕래가 많은 길가의 허름한 가게를 세내어 카페처럼 술집처럼 간판을 걸고는 거기 웃돈을 얹어 팔아넘겼다. '스루[鶴]' '무기[麥]' '69'와 같은 술집과 카페는 그가 잠시 열었던 가게였다. 나는 그가 주변을 정리하는 모습을 멀리서 지켜보면서 돈벌이에는 젬병이라던 그의 계산속에 놀라지 않을 수 없었다. 옭죄던 빚더미에서 풀려난 후 그는 가난한 식구들을 위해 돈벌이가 필요하다고 했다. 뿐만 아니라 무언가 마음 붙일 수 있는 일을 하고 싶다고 했다.

그는 마음속에 남아 있던 금홍의 그림자를 지워내는 일을 먼저 시작했다. 이제 그에게 필요한 것은 여자가 아니다. 그는 혈투와도 같은 글쓰기를 통해 금홍에 대한 자기감정을 비워나갔다. 그리고 자신의 손끝과 입술에 이미 익어 있던 금홍의 육체에 대한 감각을 조금씩 털어냈다. 가슴속에 남아 있는 금홍을 쫓아내고 나니 머릿속에 가득 차 있던 금홍에 대한 사랑과 미움과 원망과 탄식도 차츰 지워지기 시작했다. 그는 금홍에 대한 사랑을 마음 극진하게 다시 그려보기도 하고 금홍에 대한 미움과 원망도 함께 절절하게 노래하기도 했다. 금홍과 동행했던 삶이 결국 헛된 꿈이었음을 솔직하게 밝히는 것도 필요했다. 그래서 금홍을 만나고 서로 사랑하고 함께 부대끼면서 살아온 과정을 이야기로 만들어 모두 토해냈다.

제비 다방 간판을 내린 후 거의 일 년에 걸쳐 그는 깊은 슬픔의 수렁에서 조금씩 빠져나왔다. 나는 그가 금홍이라는 여인을 사랑한다고 한 말이 진정이었을까 하고 혼자 묻다가 「·소·영·위·제·(·素·榮·爲·題·)」를 보면서 그 회한과 비탄의 깊이에 놀랐다. 금홍과의 만남, 사랑 그리고 이별… 이 숨막히는 순간들을 제대로 이해하기 위해서는 이 시를 꼭 읽어볼 필요가 있다. 여인과의 사랑과 그 배반, 갈등과 결별의 과정을 비통하게 그려낸 이 시는 아무도 주목하지 않았으니까. 이 시를 발표한 1934년 초가을은 「오감도」가 강제로 연재 중단된 후 그가 절망에 빠져들었던 시기이며 제비 다방의 운영도 어려움을 겪기 시작한 때다. 이 무렵부터 금홍과의 갈등이 서서히 드러난다. 그리고 그녀의 출분이 시작된다. 시적 화자인 '나'는 그 상대가 되는 여인을 '너'라고 지칭하고 있으며, 시적 진술 내용도 '너'를 향한 '나'의 말을 그대로 옮기듯이 적어놓는다. 여기서 '너'는 사랑의 대상이었음을 쉽게 알 수 있다. 그러나 그 사랑이 순탄하지는 않다. 아니, 순탄하지 않은 것이 아니라 숨이 막힐 정도로 답답하다. 사랑한다는 것, 그리고 그 사랑의 믿음을 잃어버린다는 것— 이 심정의 파탄과 그 고통을 억제하며 내뱉은 말은 단 한 번의 호흡도 용납하지 않고 길게 한 개의 문장으로 이어진다.

1

달빛속에있는네얼굴앞에서내얼굴은한장얇은피부가되
어너를칭찬하는내말씀이발음하지아니하고미닫이를간
지르는한숨처럼동백꽃밭내음새지니고있는네머리털속
으로기어들면서모심드키내설움을하나하나심어가네나

2

진흙밭헤매일적에네구두뒤축이눌러놓은자국에비내려
가득괴었으니이는온갖네거짓말네농담에한없이고단한
이설움을곡으로울기전에따에놓아하늘에부어놓는내억
울한술잔네발자국이진흙밭을헤매이며혜뜨려놓음이냐

3

달빛이내등에묻은거적자국에앉으면내그림자에는실고

추같은피가아물거리고대신혈관에는달빛에놀래인냉수
가방울방울젖기로니너는내벽돌을씹어삼킨원통하게배
고파이지러진헝겊깊심장을들여다보면서어항이라하느냐

「·소·영·위·제·」의 텍스트는 3연으로 구분된다. 통사적
으로 각 연이 한 개의 문장으로 이루어져 있으며, 그 문장의
길이를 똑같이 맞춰놓고 있다. 각 연이 모두 24음절의 4행으
로 배열된 '96'음절로 짜맞춰진 것은 그대로 넘길 수 있는 일
이 아니다. 이것을 우연히 이루어진 일이라고 할 수 있을까?
아주 세심하게 그리고 절묘하게 그 길이를 맞추고 의도적으
로 글자 수를 따지지 않고서는 이런 일이 가능할 수 없다. 아
흔여섯 개의 글자, 그 글자를 띄어쓰기 없이 조합하여 끊이지
않게 이어진 말, 그리고 그것이 연출하는 내면의 풍경— 여기
서 '96'이라는 숫자는 범상하지 않다. 이 숫자가 지시하는 기
호적 의미는 타이포그래피적 공간 안에서만 작동한다. 96개
의 글자가 만들어낸 시적 공간은 시인의 내면에 숨겨진 갈등
을 기호적으로 엮어낸다. 그리고 이 공간 속에서 빚어내는 이
야기가 심적 갈등과 비련의 눈물의 등가물이 된다. 그러므로
이 시를 일상적인 텍스트로만 읽어나가는 사람들에게는 이
새롭게 꾸민 절묘한 시적 공간이 눈에 띄지 않는다. 여기서 먼
저 물어야 할 것은 '96'이라는 특이한 글자 수가 무엇을 말하

기 위한 것인가, 하는 질문이다. 이 숫자의 의미는 남녀 간의
섹스 체위를 기호적으로 형상화한 것으로 널리 알려진 '69'를
통해서만 설명이 가능하다. '96'이라는 글자는 '69'와는 반대
의 형상을 보여준다. 그가 한때 내걸었던 카페의 간판도 '69'
였기에 사람들은 '69'라는 숫자가 '성적 교합의 남녀 체위'를
상징한다고 수근거렸다. 그런데 '96'은 오히려 글자의 모양
그대로 남녀가 서로 등을 돌린 상태를 보여준다.

「·소·영·위·제·」는 이 작품의 텍스트를 구성하고 있는 글
자 수 '96'이 기호화하고 있는 그대로 남녀간 '결별'의 단초를
보여주는 갈등의 의미를 서정적으로 표출한다. 그리고 제목
에 표시된 '소영(素榮)'이라는 말의 의미를 글자 그대로 따져
보더라도 이것이 '헛된 사랑을 위한 시'임을 알 수 있다. 이 시
에서 그려내고 있는 시적 정황을 보면, 달빛 아래 시적 화자인
'나'와 그 대상이 되는 '너'의 형상이 드러난다. '너'의 아름다
운 모습은 '동백꽃밭 내음새 지니고 있는 네 머리털'이라는
대목에서 감각의 극치를 보여준다. 그러나 '나'는 그 아름다
움을 칭찬하는 말을 한마디도 하지 못한다. '나'에게는 그 사
랑만큼 시름이 커진다. 첫 구절에서 '달빛에 비치는 너의 얼
굴'의 희고 차가움이 '얇은 한 장의 피부가 된 나의 얼굴'을 통
해 암시되는 부끄러움의 심정에 대응한다. '너'에 대하여 칭
찬하는 말 대신에 '나'의 말 속에 한숨이 서려 있다. 이 한숨은

'나'와 '너' 중간에 놓인 미닫이를 사이에 둔 바로 그 거리감에서 비롯된다. 그러면서도 동백기름 곱게 바르고 있는 '너'의 머리칼 하나하나를 마음속으로 헤치면서 마치 논에 모를 심듯이 그렇게 숱한 설움을 그 머리칼만큼 심어놓는다. '나'의 설움이 그렇게 쌓이고 쌓였음을 어찌하랴. 2연에서는 '너'의 방탕한 행동(진흙밭을 헤매는)과 거짓말과 헛소리에 지쳐버린 '나'의 서러움을 노래한다. 배반의 사랑을 앞에 둔 사내의 설움이라는 것. 그것은 '너'의 발자국에 고이는 빗물이 되고, 서러움을 곡으로 울기 전에 땅에 놓아 하늘에 부어놓는 '나'의 억울한 술잔이 된다. 이 시는 3연에서 '나'의 열정이 식어버렸음을 고백하는 것으로 끝난다. 사랑을 잃어버린 '나'의 초라한 형상이 여기서 섬세한 감각으로 묘사된다. 앞에서 언급한 '96'이라는 숫자의 형상을 그대로 말해주듯 달빛을 향해 서 있는 '너'와는 달리 '나'는 달빛을 등지고 있다. '거적 자욱'이라는 말이 암시하는 초라한 뒷모습이라든지, '실고추 같은 피'라든지 '달빛에 놀래인 냉수' 등의 표현이 인상적이다. 살갗에 어리는 가느단 혈관, 그리고 차디찬 이슬방울이 그 혈관에 방울지고 있음을 말하고 있는 것은 '나'의 열정이 이미 식었음을 암시한다. 이러한 '나'의 심사를 전혀 이해하지 못하고 있는 '너'의 모습은 이 작품의 마지막 대목에서 '이지러진 헝겊 심장을 들여다보면서 어항이라 하느냐'라는 물음을 통해 더욱 분명하게 드러난다. 이 시에 그려진 시적 정서를 시인의 자의식과 연결해보는 것은 전혀 어색하지 않다. 사랑하고 미워하면서 불신과 갈등을 겪게 되는 헛된 사랑에 대한 사내의 회한이 담겨 있기 때문이다. 그러나 서로 등을 돌려야 하는 고통의 의미를 사내는 속으로 참아야 한다. 이렇게 참아야 하는 고통과 서러움의 시가 아니고서는 그 숨 막히는 사연을 제대로 담아낼 수가 없다. 과연 여자의 사랑이란 무엇인가? 이 천고의 의문을 놓고 그는 끝없이 고뇌하며 금홍과의 결별을 받아들인 셈이다.

'사랑과 갈등과 결별'이라는 통속적이기도 한 주제는 「지비(紙碑)」라는 시를 통해서도 그 비애와 환멸의 정서가 다시 한번 정리된다. 이 시에는 '어디 갔는지 모르는 안해'라는 부제가 붙어 있다. 여기서 '지비'는 '종이로 만든 비(碑)'라는 뜻이다. 이 말은 사실 우리말 사전에는 올라 있지 않은데, 일본어에서는 '세상에 알려지지 않은 삶이나 업적을 적은 글'이라는 뜻으로 쓰인다. 일본말에서 따온 것일 수도 있고, 이상 자신이 '석비(石碑)'라는 말을 패러디하여 새롭게 만들어낸 말일지도 모르겠다. 어떤 사실을 오래 기념하기 위해서는 돌에 글을 새겨 세우는 법. 이것이 바로 천년의 사연을 전해주는 '비석'이다. 그런데 이것을 종이로 만들어놓는다? 종이로 만든 비석이 어찌 오래 견딜 수 있겠는가? 어떤 일을 기념하기 위해 종이에 글을 기록하여 비석처럼 세워놓을 수는 없다. 그러므로 '지비'라는 말은 그 자체가 하나의 반어(反語)다. 오래 마음속에 간직할 필요가 없는 일, 돌이켜 기념할 수도 없는 한낱 헛된 일을 기록한 것에 불과하기 때문이다.

지비 1

안해는 아침이면 외출한다. 그날에 해당한 한 남자를 속이려 가는 것이다. 순서야 바뀌어도 하루에 한 남자 이상은 대우하지 않는다고 안해는 말한다. 오늘이야말로 정말 돌아오지 않으려나 보다 하고 내가 완전히 절망하고 나면 화장은 있고 인상은 없는 얼굴로 안해는 형용처럼 간단히 돌아온다. 나는 물어보면 안해는 모두 솔직히 이야기한다. 나는 안해의 일기에 만일 안해가 나를 속이려 들었을 때 함직한 속기를 남편 된 자격 밖에서 민첩하게 대서(代書)한다.

지비 2

안해는 정말 조류였던가 보다. 안해가 그렇게 수척하고 거벼워졌는데도 날으지 못한 것은 그 손가락에 낑기웠던 반지 때문이다. 오후에는 늘 분을 바를 때 벽 한 겹 걸러서 나는 조롱(鳥籠)을 느낀다. 얼마 안 가서 없어질 때까지 그 파르스레한 주둥이로 한 번도 쌀알을 쪼으려 들지 않았다. 또 가끔 미닫이를 열고 창공을 쳐다보면서도 고운 목소리로 지저귀려 들지 않았다. 안해는 날을 줄과 죽을 줄이나 알았지 지상에 발자국을 남기지 않았다. 비밀한 발을 늘 버선 신고 남에게 안 보이다가 어느 날 정말 안해는 없어졌다. 그제야 처음 방 안에 조분(鳥糞) 내음새가 풍기고 날개 퍼덕이던 상처가 도배 위에 은근하다. 헤뜨러진 깃 부스러기를 쓸어 모으면서 나는 세상에도 이상스러운 것을 얻었다. 산탄 아아 안해는 조류이면서 염체 닫과 같은 쇠를 삼켰더라. 그리고 주저앉았었더라. 산탄은 녹슬었고 솜털 내음새도 나고 천근 무게더라. 아아

지비 3
이 방에는 문패가 없다. 개는 이번에는 저쪽을 향하여 짖는다. 조소와 같이 안해의 벗어놓은 버선이 나 같은 공복을 표정하면서 곧 걸어갈 것 같다. 나는 이 방을 첩첩이 닫치고 출타한다. 그제야 개는 이쪽을 향하여 마지막으로 슬프게 짖는다.

  이 시는 '나'와 '아내'의 부조화와 그 결별의 과정에서 느끼게 된 괴로움을 담담하게 서술하고 있다. 1연은 아내의 잦은 외출과 그것을 지켜보는 '나'의 심정을 그린다. 아내는 자신이 유부녀라는 사실을 숨긴 채 다른 남자와 만나고 있다. 나는 그것을 알면서도 아내의 거짓된 행동을 지켜볼 뿐이다. 그리

고 오히려 아내가 외출한 후 귀가가 늦어지는 경우 혹시 아내가 아주 돌아오지 않으면 어쩌나 초조한 마음으로 기다린다. 아내는 짙은 화장 아래 본래의 얼굴 모습을 모두 감추고 집에 돌아온다. 아내는 늦은 귀가에도 불구하고 화장에 가려진 모습대로 아무런 거리낌도 드러내지 않는다. '나'는 아내가 들려주는 말 가운데 혹시 자신의 일기에만 몰래 기록하고 '나'에게는 속이려 드는 내용이 있는지를 의심하면서 마음속에 그것들을 하나씩 새겨둘 뿐이다. 2연은 아내의 가출을 새장에서 탈출한 한 마리의 새로 비유하고 있다. 아내가 마치 조롱 속에 갇힌 한 마리 새처럼 날아가지 못한 것은 아내의 손가락에 끼워진 '반지' 때문이다. 여기서 '반지'는 '결혼 또는 약혼'이라는 사회적 제도의 굴레를 상징한다. 아내는 한동안 집에서 식사하지 않고 집을 나가기 전 얼마 동안 '나'에게 아무 말도 하지 않는다. 그러다가 아무 말도 남기지 않고 집을 나가버린다. 아내가 방에 벗어놓은 '버선'은 아내의 가출을 상징한다. '나'는 아내가 떠난 후에야 그녀가 집을 나가면서 남겨놓은 체취와 흔적을 느낀다. 그리고 아내가 몹시도 고통스럽게 지냈다는 사실을 알아차린다. 아내는 가정이라는 테두리 안에서 일상에 닻을 내리고 살아보고자 했지만 결국은 모든 것을 버리고 떠난 것이다.

3연은 아내가 떠나버린 후 텅 빈 방 안을 그려놓는다. 이 방은 '나'와 아내가 함께 지내온 삶의 공간이다. 그러나 이제는 문패가 없는 것처럼 그 주인이 없다. 그리고 집을 나가버린 아내에 대한 나쁜 소문들이 나돌기 시작한다. '나'는 결국 아내와의 모든 생활을 청산할 수밖에 없게 된다. '이쪽을 향하여 짖는 개'는 '나'를 탓하고 흉보고 측은하게 여기고 동정하는 사람들의 말을 뜻하는 것이라고 할 수 있다.

「지비」에서 시상을 이끌어가는 핵심적인 모티프는 '아내의 가출' 또는 '떠나버린 여인'이다. 이 모티프는 만남의 과정보다 훨씬 문제적이다. 그 이유는 그가 여러 가지 형태로 이 모티프의 변형을 실험하면서 자기 사랑과 그 갈등 문제를 그려내고 있기 때문이다.「지비」에서 아내는 날개를 달고 새장 바깥의 세상으로 날아가버린다. 날개옷을 입는 순간 나무꾼 곁을 떠나는 선녀처럼 가정이라는 울타리 안에서 새장에 갇혀 있던 아내는 끊임없이 탈출을 꿈꾸어왔다. 이를 두고 아내로서 역할을 저버린 부도덕한 행동으로 치부한다면 지나치게 단순한 사회 윤리적 기준에 매달리는 것이 된다. 남녀의 사랑과 이별이란 그 이유가 무엇이든지 간에 언제나 고통스럽고 괴로운 일일 수밖에 없다. 그리고 그것이 허구가 아니라 실제의 경험사라면 어떠했겠는가?

소설 「봉별기」는 경험적 현실 속에서 한때 자신의 아내가 되어 동거했던 여인 금홍을 그가 머릿속에서 지워버리고 있음을 보여준다. 이 소설에서 '나'라는 주인공과 함께 금홍이 그대로 등장한다. 이 소설은 두 사람이 겪은 사랑과 미움, 갈등과 불화, 원망과 체념 그리고 비애의 이별 등을 간결하게 서술하고 있다. 그러므로 누가 뭐래도 그의 개인사적 영역에 속하는 금홍과의 사랑과 이별이 소설적 무대에 그대로 올려지고 있음을 부인할 수가 없다. 경성에서 병을 안고 배천으로 내려온 숫된 총각 '나'와 거리의 여인 금홍은 운명적으로 가까워진다. '나'는 온천장을 떠나 서울로 다시 돌아온 후에 금홍을 불러올린다. 그리고 함께 붙어살게 된다. 그러나 두 사람의 생활은 서로 조화를 이루지 못한다. 금홍은 몇 차례의 출분을 거듭하다가 결국은 집을 나간다. 그리고 이들은 서로 헤어진다. 이것이 「봉별기」의 줄거리다. 스물셋의 나이에 결핵을 앓다가 요양을 위해 온천장에 갔던 청년— 그곳 술집에서 '금홍'이라는 여인과 만나게 된 '나'라는 주인공이 이상 자신임은 누구나 잘 알고 있는 사실이다. 이러한 사적 체험을 소설적으로 객관화하는 방식은 그 경험 자체가 자기 내면에서 완벽하게 거리를 유지할 수 있게 된 경우에만 서사적 리얼리티를 획득한다. 「봉별기」는 비교적 간결하게 '나'와 금홍의 관계가 발전 변화하는 과정을 서사화한다. 이 소설의 이야기에 등장하는 '나'와 '금홍'의 관계는 현실 속에서 이루어진 두 남녀의 관계와 거의 그대로 일치한다. 그리고 부분적으로 희화화(戱畵

化)된 여주인공 금홍의 행동을 통해 실제 인물 금홍의 성격이 암시되고 있다. 그런데 이 소설에서 '나'는 결코 아내의 일탈과 부정을 원망하거나 증오하지 않는다. 모든 이야기는 절제된 감정으로 간략하게 서술되고 있을 뿐이다. 이 소설이 회고적 진술 방식을 통해 서사 내적인 모든 행동과 사건을 이야기하고 있다는 것은 주목할 필요가 있다. 서사에서 회고적 진술방식은 언제나 서술자의 자기 내면에 대한 섬세한 분석을 가능하게 한다. 회고적 진술을 통해 이미 지나버린 일들을 현재 상황 속으로 끌어들여 다시 논의할 수 있기 때문이다.

그런데 이 소설에서 회고적 진술은 자기분석을 대담하게 생략한 채 만남과 헤어짐의 과정을 간결하게 서술한다. 자신의 과거 행적을 한 여인과의 관계를 통해 보여주고 있는 것임에도 불구하고 서술적 주체이기도 한 '나'는 철저하게 자기 내면을 감춘다. 그리고 어떤 감정적 굴곡도 드러내지 않고 담담하게 그 정황을 간략히 그려낸다. 그러므로 소설 「봉별기」는 고백체로 발전하지 않는다. 간결한 문장, 서술적 주체의 감정에 대한 절제, 담담하게 서술되는 사건 등은 모두 서사적 상황과의 거리두기를 위해 적절하게 고안된다. 인간의 인연으로 만났다가 서로 헤어지게 되는 여인과의 삶에 묻어나는 고통과 회한을 진솔하게 서술하고 있을 뿐이다. 이러한 서사적 전략이 소설 「봉별기」의 이야기를 사랑의 실패라는 고통스러운 체험에 대한 자기 고백으로 읽지 않아도 되도록 유도하는 것이 아닌가 생각된다.

이처럼 금홍이라는 여인은 그가 남긴 시와 소설 속에서 떠나가버린 사랑이라는 특이한 모티프로 변용되어 나타난다. 이것은 남성과 그 속박에서 벗어나고자 하는 여성적 본능을 암시하기도 하지만, 부조화의 관계 속에서 파탄에 이르는 남녀 관계로 발전하기도 한다. 그러므로 그가 사랑한 여인 금홍에 대해서는 어떤 하나의 기준으로 설명하기가 불가능하다. 금홍과의 사랑은 그의 삶에서는 치명적이었던 것이 사실이다. 배천온천의 기생 금홍에게 경성 총각인 상은 그녀를 거쳐 간 많은 사내 가운데 하나였을 가능성이 크다. 그러나 도회의 숫된 청년에게는 순정한 욕망의 대상으로서 금홍이 첫 여성이었음은 부인할 수 없는 사실이다. 그러므로 이 두 사람의 만남은 운명적인 것이 될 수밖에 없다. 여기서 '운명적'이라는 말은 피할 수 없는 필연적인 굴레를 뜻하는 게 아니라, 그 시초와 결말이 당연히 그렇게 짜여질 수밖에 없음을 뜻하는 말이다. 거리의 여인 금홍의 실체를 놓고 본다면, 그와 금홍의 관계는 그녀가 스스로 원하든 원하지 않든 간에 그 파탄을 예비하고 있었다. 그런 의미에서 금홍이라는 여성은 하나의 '팜므파탈'에 해당한다. 배천온천의 술집 기생에 불과하던 이 여인이 한 젊은 시인을 자신의 품 안에서 벗어날 수 없게 만든 특이한 매력은 과연 무엇이었을까? 금홍이라는 여인은 천재적인 상상력과 예술적 열정을 키우며 살아온 젊은 시인의 이지와 감성을 모두 압도하는 강인한 성격의 소유자였던가? 이 숫된 청년이 사랑이라는 이름으로 매달린 금홍에게 그의 결핍을 채워줄 수 있는 넉넉한 모성의 공간이라도 있었던 것인가? 나는 여전히 이런 질문에 혼자서 시달린다.

8

그가 창문사에 나와서 책 만드는 일을 돕겠다고 했다.

창문사는 전문 인쇄소라서 일감을 주문받아 기계를 돌리고 인쇄물을 납품한 후 돈을 받는 아주 단순한 사업이지만 아버지의 넓은 지면(知面)과 수완으로 인쇄공장은 언제나 일이 넘쳤다. 창문사에서 인쇄하여 판매하는 책은 성서와 찬송가뿐이었고 별도의 편집부가 없었다. 주로 부청(府廳)의 관급 인쇄물을 도맡아 하고 있어서 일본 사람들과의 인맥 관리를 위해 아버지는 인쇄소 사무실보다 구락부에 나가는 일이 더 많았다. 나는 아버지를 찾아가 친구의 사정을 이야기하고 사무실에 책상 하나를 마련해야겠다고 말씀드렸다. 아버지는 인쇄소 일에 아무 관심도 없던 내가 처음으로 나서는 것을 보고는 아주 선선히 그러라고 허락했다.

창문사에 나와서 일해보지 않겠느냐는 내 말을 눈을 감은 채 듣고 있던 그는 한 달 기한을 달라고 했다. 주변 정리가 끝나면 바로 창문사로 나가겠다고. 문을 닫은 제비 다방의 뒷일을 처리하고 친구가 일하는 평안도 성천(成川) 등지로 여행을 다녀오겠단다. 나는 그에게 휴식이 필요하다고 생각했다. 기분 전환을 위해 지방을 한 바퀴 돌아보는 것도 좋을 것 같아서 그의 뜻을 받아들였다. 다만 배천엔 들르지 않겠다고 약속할 수 있겠냐고 물었다. 그는 잠시 나를 바라보다가 "형, 걱정 마. 열심히 지워가는 중이야. 연심이의 몸뚱어리에서 느꼈던 훗 훗함을 샅샅이 기억하는 내 손끝이 가끔은 원망스럽지만, 마음은 이미 차디차게 닫혔네"라고 대답했다.

성천 여행을 보름 만에 마치고 돌아온 그는 창문사의 사무실로 나를 찾아왔다. 그의 얼굴이 약간 그을린 채 활기가 돌았다.

"어서 와. 언제쯤 나타날지 궁금했는데."

나는 반가움에 그의 손을 잡았다.

"이거. 성천 기행 보고서야."

그가 내게 내민 건 '성천 기행 중의 몇 절'이라는 부제를 붙인 「산촌여정(山村餘情)」의 원고였다.

"왜 내게 이 원고를?"

"성천의 여관방에서 쓴 원고야. 내가 그냥 놀고먹지는 않았다는 걸 형에게 보고하는 거야. 형이 이걸 빨리 발표할 수 있는 곳이 없는지 알아봐줘."

그는 고공의 동기생이었던 용석을 성천에서 만났다. 섬유과를 졸업한 용석은 평안남도 도청 산업기사로 취직해 성천으로 발령을 받았다. 대부분이 산간 지역인 성천은 양잠업도 성하여 성천 명주가 전국적으로 유명했다. 용석은 그곳에서 일하면서 주민들에게 양잠 기술과 명주 직조 방식 등을 지도했다. 뽕을 따는 아가씨와 누에를 치고 명주를 짜는 아낙네가 용석의 주변에 모여든 산촌의 학생인 셈이었다. 경성이라는 도회에서만 자란 그에게는 성천과 같은 산골 체험 자체가 이색적인 것이었고 모든 것이 낯설었다.

향기로운 MJB의 미각을 잊어버린 지도 이십여 일이나 됩니다. 이곳에는 신문도 잘 아니 오고 체신부는 이따금 '하도롱' 빛 소식을 가져옵니다. 거기는 누에고치와 옥수수의 사연이 적혀 있습니다. 마을 사람들은 멀리 떨어져 사는 일가 때문에 수심이 생겼나 봅니다. 나도 도회에 남기고 온 일이 걱정됩니다.
건너편 팔봉산에는 노루와 멧도야지가 있답니다. 그리고 기우제 지내던 개골창까지 내려와서 가재를 잡아먹는 곰을 본 사람도 있습니다. 동물원에서밖에 볼 수 없는 짐승, 산에 있는 짐승들을 이런 산에다 내어놓아준 것만 같은 착각을 자꾸만 느낍니다. 밤이 되면, 달도 없는 그믐 칠야(漆夜)에 팔봉산도 사람이 침소로 들어가듯이 어둠 속으로 아주 없어져버립니다.
그러나 공기는 수정처럼 맑아서 별빛만으로라도 넉넉히, 좋아하는 누가복음도 읽을 수 있을 것 같습니다. 그리고 또 참 별이 도회에서보다 갑절이나 더 많이 나옵니다. 하도 조용한 것이 처음으로 별들의 운행하는 기척이 들리는 것도 같습니다.

나는 선 자리에서 원고지 두어 장을 넘겨보았다. 그는 원시적인 자연 속에서 보게 된 토속적인 풍물을 흥미롭게 관찰하면서 그 특징을 자신의 몸에 익은 도시적 감각을 바탕으로 묘사한다. 석유 등잔에서 나는 냄새를 '도회지의 석간'에서 맡을 수 있는 냄새라고 표현한 것처럼 눈에 익은 도회의 사물을 보조관념으로 자주 동원한다. 그 결과 이색적인 감각과 묘사가 돋보이는 문장을 만들어내고 있다. 고갱의 원시주의를 연상하게 하는 그의 글은 성천이라는 공간을 강렬한 도시적 감각으로 입체화한다. 문밖에서 들리는 베짱이 소리를 도시 한복판을 달리는 전차의 여차장이 차표 찍는 소리 같다고 하고, 새빨간 고추잠자리가 공중을 날아다니는 모습을 병균처럼 움직인다고 묘사한다. 그는 산골의 자연과 토속적 풍물에 대한 원시적 체험을 그려내기 위해 경성의 르네상스 응접실에서 들리는 선풍기 소리를 산골의 적막 속으로 끌어들이고, 산골 사람들의 원시적 아름다움을 박하보다도 훈훈한 리그레 추잉껌의 향기와 하도롱 빛 살결과 코코아 빛깔의 입술 등과 같은 도시적 감각을 통해 재현한다. 나는 그의 솜씨를 찬탄하고 이 글을 『매신』에 보내기로 했다.
창문사의 모든 직원과 함께 나는 그의 입사를 환영했다. 그는 쑥스러워하면서도 열심히 해보자는 공장장의 말에 깍듯이 인사했고 인쇄소가 아니라 출판사 창문사로 만들겠다는 포부까지 밝혔다. 창문사 직원들 가운데 고공까지 나온 그가 최고의 학벌을 자랑했지만, 그는 식자부와 문선부의 직원들과 곧잘 어울렸다. 그리고 자신의 일거리를 스스로 만들고 찾으면서 창문사의 분위기를 몸에 익혔다.

나는 한번 자리에 앉으면 일어설 줄 모르고 일에 집중하는 그에게 새로운 출판에 대해 상의했다. 그리고 그가 속해 있는 구인회 회원 가운데 원고를 골라 책을 만들어보자고 권했다. 지용의 시집이나 상허와 구보의 소설 출판이 가능한지 한번 알아보자고 했는데, 그는 기림이 잡지에 발표한 후 일본으로 떠나면서 그대로 남겨둔 장시 「기상도」를 천거했다. 그가 말하는 「기상도」를 반대할 이유가 없었다. 시집이라면 첫 출판물로서는 큰 모험은 되지 않을 것 같았다. 면수도 얼마 되지 않고 책을 몇백 권 만들어도 제작에 큰 부담이 되지 않았다. 알고 보니 지용은 바로 얼마 전에 시집을 엮는 바람에 남은 원고가 없었고, 상허도 소설집을 낼 만큼 작품을 가지고 있지 않았다. 기림은 많은 작품을 발표했는데도 일본 유학을 서두르면서 한 권의 시집도 출간하지 못한 상태였다. 그의 첫 시집으로 장시 「기상도」를 창문사에서 만들겠노라고 하자, 기림은 연재했던 잡지 원고를 모두 그대로 상에게 넘겼다. 교정지가 두 차례나 경성과 일본 센다이를 우편으로 오가는 동안 어지 간히 지친 기림은 책의 표지에 관해서는 모두 상의 판단에 따르겠다고 일임했다.

기림의 장시 「기상도」는 그가 창문사에서 정성을 다해 만든 첫 작품이었다. 그는 몇 번이나 판을 갈아엎었고 표지의 장정도 수없이 고쳤다. 책이 나오길 기다리던 나는 "기림이 그렇게 까탈스러운 시인인가?"라고 묻기도 했다.

"기림은 소탈한 함경도 사내인데 나 자신이 좀 까탈스러운 편집자 행세를 해보고 있어."

그는 처음 만드는 책이니 정성을 다하고 싶어 했다. 그리고 시의 성격에 맞춰 좀 더 파격적이면서 모던한 장정을 꾸미고 싶다고 했다. 더구나 시인이 멀리 일본에 나가 있으니 더욱 조심하는 듯했다. 드디어 책의 견본이 나왔다.

"시집 『기상도』…. 이 작은 책을 가지고 네가 반년이 넘도록 씨름했지?"

"기림은 책이 나오길 기다리다 그만 지쳐버린 것 같아. 형이 이 원고를 받아들이지 않았다면 아마도 이 책은 아직 세상의 빛을 보지 못하고 있었을 텐데. 나는 잡지에 연재하고 있을 때부터 열심히 이 시를 읽으면서 그 시적 발상에 놀랐어. 태풍의 거대한 힘으로 모순된 현대 문명을 쓸어버린다는 것. 형도 그 독자였다는 사실은 몰랐네."

나는 그가 흥분해 이야기하는 것을 말리지 않았다. 그는 단행본으로 만든 『기상도』의 견본을 들고서는 우리 시단에 두 개의 이정표를 세워놓게 되었다고 떠들어댔다. 하나는 자신이 쓴 연작시 「오감도」이고 또 하나는 기림의 장시 「기상도」라면서 흥분했다. 보들레르의 「악의 꽃」을 「오감도」에 견주었던 그는 「기상도」를 엘리엇의 장시 「황무지」와 어깨를 겨루는 대작이라고 추켜세웠다. 나는 이런 식의 허풍이 그럴듯한 수사법이라는 것을 알고 있으면서도 그를 나무라지는 않았다. 「기상도」를 두고 서구 문명의 역사를 신화적 패러디를 통해 역동적으로 그려낸 「황무지」까지 끌어들일 필요가 없는 일이었지만 그는 스스로 자기 판단을 신념처럼 내세웠다.

그가 힘들여 편집한 『기상도』는 1936년 초여름에 나왔다. 46판으로 본문 28면의 작은 시집이었다. 그는 이 책에 서문이나 후기 등을 붙이지 않는 것이 좋겠다고 고집했다. 독자들에게 불필요한 선입견을 심어줄 수 있다는 것이 그 이유였다.

"형, 아무리 보아도 「기상도」는 대단한 걸작이야. 엘리엇은 「황무지」에서 서구 문명을 신화적으로 재해석했는데 기림은 「기상도」에서 암울한 동양의 역사적 현실을 그려냈어."

"그래? 「기상도」가 그런 내용이었나?"

나의 반응이 시원치 않다고 생각했는지 그는 다시 이렇게 자세히 설명을 붙였다.

"이 시에서 기림은 태풍이 발생하여 그것이 이동하는 경로를 예상해두고, 그 태풍이 육지로 상륙하여 도시를 휩쓰는 장면을 시적 상상력을 동원해 구체적으로 형상화했어. 이 상상 속의 그림은 사실 '기상도'라는 가상의 지도 위에서만 가능한 것이지만, 굴욕을 참고 지내온 식민지 조선의 시인만이 가질 수 있는 일종의 비판적 역사의식의 투영이라고 할 만해."

「기상도」의 시적 텍스트를 보면, 태풍이 발생하기 직전부터 태풍의 발생과 이동, 대륙으로의 진출과 그 소멸에 이르는 짧은 기간이 긴박한 상황 변화를 드러내는 시간적 배경으로 설정된다. 그리고 태풍의 발생에서 그 소멸에 이르는 이동 경로를 통해 공간적 배경의 변화를 보여주면서 거대한 자연의 위력과 그 작동의 범위를 실감 있게 그려내고 있다. 이 시는 시적 발단에서부터 동양의 초기 근대화 과정이 서구의 식민지 지배와 겹치면서 야기된 정치·사회·문화적 모순에 초점을 맞춘다. 그리고 서구 제국의 힘으로 문명화된 중국 남부 해안의 도시 공간이 자연스럽게 시적 배경으로 설정된다. 태풍이 휩쓸고 지나가는 길목으로 설정한 중국의 해안 도시는 홍콩과 마카오 일대로 짐작된다. 이곳은 서구 제국의 동양 지배를 상징하는 거점이며, 근대 자본주의 체제가 중국 대륙에 최초로 자리 잡은 동양 속의 '작은 유럽'으로 성장해온 지역이다. 지정학적 현실을 놓고 본다면 식민지 지배의 역사와 그 정치·사회적 요소가 여전히 갈등하고 있는 곳이기도 하다. 이 특이한 시적 공간은 가상의 일기도 위에서 재현된 일종의 '심상지리'의 속성을 지니고 있다. 이 시는 급변하는 세계 정치 질서 속에서 서구 제국의 동양 지배를 상징하는 도시 공간을 태풍이라는 거대한 자연의 힘으로 어지럽게 휩쓸어버리는 극적 장면을 연출한다. 이 시에서 식민지로 전락한 동양을 바라보는 시인 자신의 태도를 반제국주의적 관점에서 논의해야 하는 이유가 여기 있다.

「기상도」의 후반부는 태풍이 휩쓸며 파괴한 제국주의 문명의 초라한 자취를 그려내면서 그 폐허의 터전 위에 태양의 생명력을 통해 새로운 세계의 질서가 회복될 수 있음을 노래하고 있다. 태풍은 도시를 휩쓸고 지나간 후에 내륙으로 올라가며 그 위력을 잃게 된다. 밤이 지나고 태양이 떠오르자 태풍은 스스로 소멸한다. 작은 바람결이 대지를 싸고돌면서 태풍은 그 일생을 마감한다. 세찬 바람과 엄청난 비를 함께 몰고 온 태풍으로 파괴된 도시 공간은 어둠 속에 갇혀버렸지만 그 어둠을 살라버릴 수 있는 것은 인간의 힘이 아니다. 파괴의 공포와 암흑의 밤이 지나고 다시 아침이 되면 태양이 떠오른다. 그리고 거기서 새로운 자연의 질서가 회복되기 시작한다. 이 위대한 자연의 힘은 재생의 의지이면서 동시에 건강한 새 생명의 탄생을 의미한다. 태양이 솟아오르는 사이에 태풍은 자신이 들고 있던 채찍을 꺾어버리고 끝없는 들판 언덕 위에서 망아지처럼 뛰는 훈풍으로 변한다. 물론 태풍은 언제든지 다시 살아날 수 있다. 대지의 지열을 마시고 다시 불사조처럼 일어날 수 있으며, 태양의 빛처럼 스스로 피어나는 법칙에 인도되어 끝없이 달릴 수 있다. 이 시의 결말에서 확인할 수 있는 것처럼 시인이 꿈꾸고 있는 밝은 '태양'의 힘은 대자연의 원초적 생명력과 그 질서라는 거대한 원리 위에서 작동한다. 이것은 제국주의의 횡포와 억압에 대응하고자 하는 시인의 의지를 상징한다. 제국주의 탈을 쓰고 있는 냉혹한 자본주의 체제와 그 정치 질서에 대한 시인의 비판의식을 '기상도'라는 상상의 그림 위에 펼쳐 보인 셈이다. 이는 식민지 지배 현실을 우회적으로 비판하고 있는 모더니스트의 발상과 기획이라는 점에서 그 의미를 소홀히 다룰 수 없는 일이다.

"형도 아마 알아보았을 거야. 「기상도」에는 거대한 힘으로 문명을 파괴하는 태풍이 그 중심 소재로 등장하는데, 그 역동적 이미지가 불러일으키는 감응력이 굉장해. 엘리엇의 「황무지」와 비견할 만하다고 생각되는데."

그는 시집을 들고 기림이 복잡다단하고 굴곡이 많은 현대 문명에 적합한 시의 형태를 찾았다면서, 장시 「기상도」는 역사와 현실에 대한 극적인 패러디를 성공적으로 이루어냈다고 했다. 서구 제국주의의 동양 침략과 그 지배의 현장을 시적 배경으로 채택한 「기상도」의 거대한 구상을 그는 진작부터 알아차리고 있었다. 교정을 보면서 어떻게 그런 구석까지 살폈느냐고 했더니, 자기는 편집자이기 이전에 「오감도」의 시인이라고 뼈기기도 했다. 나는 내심 그 날카로운 시안(詩眼)에 감탄했다.

『기상도』의 표지는 검정 바탕이 전체적으로 너무 어두워서 나는 처음부터 반대였다. 우리 아버지는 그 친구가 알아서 하게 내버려두라면서, 표지 장정에서 제자(題字)가 너무 작아 잘 보이지 않는다는 것만 지적했다. 그 말을 전해 들은 그는 글자가 커지면 도안의 성격이 죽는다고 자기 고집대로 밀어붙였다. 그가 수없이 반복하여 그렸던 이 시집의 표지는 검은색 바탕에 두 개의 흰색 세로 기둥을 은박으로 세운 단순한 형태로 결정했다. 극단적인 흑백의 대조를 강하게 드러내고 있는 것이 당시의 다른 시집과 확연하게 구별되는 파격적인 장정 효과를 노린 것이라고 그가 설명했다. 좌측 하단부에 한자로 '金起林 著 長詩 氣象圖'라는 제자가 작은 백색으로 인쇄됐다. 상이 기림에게 보낸 편지에는 초판 1000부를 인쇄한다고 했지만 실제로는 500부를 찍었다.

그가 시집 『기상도』를 만들면서 함께 공을 들였던 것은 구인회의 기관지를 펴내는 일이었다. 「오감도」의 연재 중단 후 좌절하고 있던 그를 다시 문단으로 끌어낸 것은 구인회 동인들이었다. 그의 도전에 우군이 필요하다고 말했던 구보는 상

김기림의 『기상도』

허와 지용을 졸라 그를 구인회에 가입할 수 있도록 했다. 그는 구인회 동인이 된 후에 구인회가 주최한 문학강연회에 연사로 나가면서 조금씩 힘을 되찾았다. 그리고 우리 예술계를 대표하는 종합 문예지를 하나 만들자면서 나를 졸랐다. 나는 자신이 없었다. 아버지도 일을 크게 벌이는 걸 원하지 않았다. 그래서 우리 둘이 선택한 것이 그가 새로 회원이 된 구인회의 기관지 같은 것을 조그맣게 하나 만들어보는 일이었다. 구인회라면 조선 문단을 대표하는 시인과 소설가가 늘어서 있으니, 동인지 같은 작은 잡지 형태로 만들면 독자도 따라올 거라고 생각했다.

구인회는 그 결성 단계에서부터 당대 문단의 관심사로 대두된 바 있다. 기성 문인들이 모여 만든 작은 단체였지만 특히 당대 문단을 주도했던 계급문학 운동의 정치성에 대해 무관심으로 일관했고, 그 구성원들 각자가 지닌 자신의 문학적 역량에 따라 자연스럽게 모임 자체의 성격이 규정되었다. 상허나 지용 등은 애초부터 이념적 색채를 드러낸 문단 조직에 관심이 없었다. 그들은 하나의 사교적 모임 정도로 여겼을 뿐이었다. 실제로 구인회는 구성원들 사이에 이들의 결속력을 가능하게 하는 학연이나 지연도 없었다. 특정의 이념적 성향을 공통적으로 지니고 있지 않으면서 그야말로 자유로운 사교적 예술인의 모임을 자처했다. 비평가 백철은 구인회의 등장을 놓고 당대 현실의 불안과 암담한 분위기에서 새로운 도피처를 구하고자 하는 문학인들의 도피 행각으로 치부했다. 그는 구인회의 구성원들을 현실로부터 도피하는 데에만 급급한 '황혼의 사도(師徒)'들이라고 규정했으며 현실적으로 존재할 아무런 의미가 없는 조직이므로 자연 소멸될 거라고 진단했다. 다만 객관적 정세의 불안으로 보아 이들이 추구하는 자유주의적 색채가 일정 부분 의미 있는 요소가 될 가능성이 있다고 평가했다. 실제로 구인회는 조직 자체의 이념적 속성보다는 이에 가담하고 있는 문인들의 개인주의적 성향으로 인해 그 구성원들을 결속시키면서 조직을 강화할 만한 구심점을 갖지 못한 것이 사실이었다.

그는 구인회가 그 문단적 위상을 분명하게 드러내기 위해 동인지가 필요하다고 상허와 지용을 졸랐고, 구보를 설득했다. '시와 소설'이라는 이름을 내걸고 1936년 3월에 세상에 나온 구인회의 동인지는 그 자체가 상 자신의 야심 찬 기획으로 이루어졌다. 이 새로운 동인지는 판매 가격이 10전에 불과하고 전체 50면을 넘지 않는 '소잡지'에 해당한다. 다만 이 잡지는 제한된 발행 부수와 기획 자체의 비상업성과 동인지로서의 성격이 강하여 대중적 성공을 거두지 못한 채 창간호에서 더 이상 지속되지 못했다. 『시와 소설』의 창간에는 박팔양, 김상용, 정지용, 이태준, 김기림, 박태원, 이상, 김유정, 김환태 등이 직접 참여했다. 시의 경우 지용의 「유선애상(流線哀傷)」, 상의 「가외가전(街外街傳)」, 기림의 「제야(除夜)」, 상용의 「눈 오는 아침」, 백석의 「탕약(湯藥)」 등을 실었고, 소설의 경우 구보의 「방란장(芳蘭莊) 주인」, 유정의 「두꺼비」 등이 수록되었다. 팔양과 환태의 작품이 빠져 있는 대신에 구인회의 정식 회원이 아닌 백석의 시 두 편을 수록한 점이 특기할 만하다.

『시와 소설』은 구인회의 기관지였지만 이 잡지의 어디에서도 구인회의 문학적 경향이나 주장, 계획을 하나의 목소리로 내세우지 않고 있다. 나는 새로운 동인지가 추구하는 목표가 무엇인지 물었지만, 그는 대답 대신에 나를 한동안 바라보다가 한마디 던졌다. "자유라고 할까? 각자 자기가 쓰고 싶은 글을 쓰는…." 나는 그 말을 듣고 그냥 웃을 수밖에 없었다. 그는 "형, 걱정 마. 우리 독서계를 놀라게 할 문제작을 모을 테니"라고 하면서 혼자 다짐했다. 그의 예고대로 창간호에는 발표 당시부터 난해문학(難解文學)이라는 화제를 불러일으킨 그의 「가외가전」이라는 시가 실려 있고, 지용의 「유선애상」과 함께 구보의 소설 「방란장 주인」도 끼어 있다. 이 작품들은 구인회가 지향했던 문학 정신과 그 기법적 실험을 유감없이 보여주고 있어서 그 해석과 평가가 서로 다른 논란의 대상이 되었다.

그의 시 「가외가전」은 제목인 '가외가전'이라는 말 자체부터 그 의미를 제대로 이해할 수 없다. 더구나 작품 속에서 그려내고 있는 시적 정황 자체가 매우 특이한 우의성을 지니고 있기 때문에 시적 의미의 심층에 접근하기도 어렵다. 여기서 '가외가'는 '길거리이지만 길거리가 아닌 길거리'라는 뜻으로 풀이된다. '가(街)'는 사람이나 차가 다니는 길거리를 말한다. 그런데 '가외가'는 길거리 바깥의 길이거나 길거리가 아닌 길이다. 길이지만 사람과 차가 다니는 길이 아닌 길을 말하는 것으로 볼 수도 있다. 이 작품은 이 같은 모호한 제목을 내걸고 '길이 아닌 길에 대한 이야기'를 시적으로 풀어낸다. 이 시의 모든 진술 내용에는 묘사 대상 자체를 지칭하는 말이 생략되어 있다. 게다가 시적 대상 자체도 바뀌고 있으며 각 연의 연결에서 드러나는 의미의 단절과 비약이 전체 시의 맥락을 따지기 어렵게 만들고 있다. 이 특이한 생략법의 수사적 표현으로 인하여 시적 의미 자체가 모호하게 진술됨으로써 그 의미의 난해성 속으로 독자를 끌어들인다.

이 시의 전반부는 사람 숨길의 입구에 해당하는 구강(입안)을 주로 묘사하고 있다. 입술 부분은 바깥으로 뚫려 있지만 안쪽은 목구멍으로 연결된다. 입안에서 윗부분은 입천장으로 둘러싸여 있고 아래쪽은 혀가 있으며 위아래로 둥근 활 모양의 턱뼈에는 치아가 나와 있다. 입안의 내부는 점막으로 덮여 있는데 많은 침샘이 분포되어 있어서 침이 흘러나온다.

휜조때문에마멸되는몸이다.모두소년이라고들그리는데노야인
기색이많다.혹형에씻기워서산반알처럼자격너머로튀어오르기
쉽다.그러니까육교위에서또하나의편안한대륙을내려다보고근
근히산다.동갑네가시시거리며떼를지어답교한다.그렇지않아
도육교는또월광으로충분히천칭처럼제무게에끄덱인다.타인의
그림자는위선넓다.미미한그림자들이얼떨김에모조리앉아버린
다.앵도가진다.종자도연멸한다.정탐도흐지부지―있어야옳을
박수가어쩨서없느냐.아마아버지를반역한가싶다.묵묵히―기
도를봉쇄한체하고말을하면사투리다.아니―이무언이휜조의사
투리리라.쏟으려는노릇―날카로운신단이싱싱한육교그중심한
구석을진단하듯어루만지기만한다.나날이썩으면서가리키는지
향으로기적히골목이뚫렸다.썩는것들이낙차나며골목으로몰린
다.골목안에는치사스러워보이는문이있다.문안에는금니가있
다.금니안에는추잡한혀가달린폐환이있다.오―오―.들어가면
나오지못하는타입깊이가장부를닮는다.그위로짝바뀐구두가비
철거린다.어느균이어느아랫배를앓게하는것이다.질다.

앞에 인용한 전반부를 보면 모든 시적 진술에서 주체(주어)
가 생략되어 있다. 그러므로 무엇을 서술하고 있는지, 무엇이
묘사되고 있는지 표면적으로 드러나지 않는다. 시적 대상을
지배적 인상에 대한 단편적 묘사만으로 언급하거나 생략과

비유를 활용하여 서술하고 있기 때문이다. 작품 속에서 진술하고 있는 시적 대상이 무엇인가를 숨기면서 고도의 상징과 비유를 통해 그 정체를 확인하도록 독자를 유도한다. 실제로 첫 문장을 보면, 주어가 생략된 채 '훤조 때문에 마멸되는 몸이다'라는 서술부만 제시되어 있다. 여기서 '훤조'라는 말은 '지껄이고 떠들다'라는 뜻이며, '마멸'은 '닳아지다'라는 뜻이다. 이 첫 문장에서 생략된 주어가 무엇인지를 알아내기 위해서는 '훤조'와 '마멸'이라는 두 개의 단어가 암시하고 있는 생략된 주어의 기능과 형태를 주목해야만 한다. 우선 '훤조'라는 단어가 '말하기'와 관련된다는 점에서 착안해 그 대상을 사람의 입과 연관하여 생각해볼 수 있다. 특히 '마멸'이라는 단어가 암시하는 바에 따라 그 범위를 압축해본다면, 자연스럽게 유추해낼 수 있는 것이 바로 입안에 있는 '이빨'이다. 여기서 문장의 주어를 '이빨'이라고 써넣고 보면 문맥이 자연스럽게 이어진다. 이처럼 시의 서두에서 입안의 이빨을 묘사의 대상으로 삼고 있다는 것은 뒤에 이어지는 시적 묘사에서도 확인할 수 있다.

이 시의 텍스트에서 중반부는 혀뿌리에서 인두 부분에 이르는 목구멍을 묘사한다. 이 부분은 특이하게도 음식물이 넘어가는 식도의 기능과 호흡을 할 수 있는 기도의 기능을 동시에 수행한다. 그리고 후반부의 내용은 직접 눈으로 확인하기 어려운 호흡기관의 중심에 해당하는 폐부를 묘사의 대상으로 삼고 있다. 여기서 '방대한 방'이란 바로 폐부를 비유적으로 표현한 말이다. 온몸을 순환한 혈액이 폐부에 와서 새로운 산소를 공급받고 탄산가스를 내보낸다. 이 방 안으로 날아들어 왔다고 하는 '비둘기만 한 까마귀 한 마리'는 '오염된 공기'를 암시하는 비유적인 표현인데, 실제로는 담배를 피울 때 들이켜는 연기가 아닌가 싶다. 뒤에 '궐련에 피가 묻고'라는 대목이 나오는 것으로 보아 이를 짐작할 수 있다.

「가외가전」은 병이라는 육체적 고통을 통해 이루어진 정신의 자기 투여 과정을 형상화하고 있다. 여기서 이 시의 제목이 뜻하고 있는 '가외가전'의 의미가 '길 바깥의 길'이라는 사실을 다시 생각해볼 필요가 있다. 이 시가 그려내고 있는 입에서부터 폐부까지는 외부의 공기가 사람의 몸 안으로 들어왔다가 다시 나가는 길이다. 이를 '숨길'이라고 한다. 인간의 육체가 외부와 서로 통하는 가장 중요한 '숨길'은 폐부에 이르면 그 자취가 사라진다. 이상은 이 특이한 구조와 기능을 가지고 있는 숨길에 주목한다. 숨길이 막히면 인간은 생명을 유지하지 못한다. 이상 자신은 폐결핵을 앓고 있는 환자였기 때문에 이 길의 기능이 제대로 작동하지 못하는 상태였다. 그러므로 병든 자신의 육체에 대한 집착이 이 시에서 볼 수 있는 특이한 공상을 만들어냈을 것이라는 점은 납득할 수 있지만 씁쓸하다. 이 시의 제목을 「가외가전」이라고 붙인 이유도 여기서 그 추론이 가능하다. 숨길은 인간의 육체 내부를 향하고 있기 때문에 길이지만 사람이나 자동차가 다닐 수 없다. 인간의 육체 내부와 통하는 '길 바깥의 길'인 것이다.

"이 시는 부분적으로 도미에의 '가르강튀아'를 연상케 하는데?"

내가 이 시를 처음 읽은 후 이렇게 물었을 때 그는 놀란 표정을 지었지만, 부인도 시인도 하지 않았다. 지용의 「유선애상」도 그 시적 방법이 아주 특이하다. 다양한 비유적 표현으로 이루어져 있는 고도의 함축성을 이해하지 못하면 시적 진술의 내용을 파악하기 어렵다. 시의 복잡한 비유 구조와 묘사 방식이 시적 대상에 대한 접근조차 쉽게 허용하지 않는다. 이 시의 시적 대상은 자전거다. 화자는 자전거 타는 방법을 익힌 후 자전거를 타고 춘천 길로 한번 나들이를 나간다. 시의 마지막 연에서 시적 화자는 자전거를 풀밭에 눕힌다. 표본 채집을 위해 바늘로 찔러놓은 나비처럼 자전거가 죽은 듯이 풀밭에 눕혀져 있다. 자전거가 나비처럼 죽었다! '피아노'처럼 연습했던 자전거, '오리'처럼 뒤뚱거리면서 타기 시작한 자전거, 춘천 가는 길을 '거북처럼' 힘들게 달린 자전거가 바늘에 찔려 죽은 나비가 되어 풀밭에 눕혀져 있는 것이다. 죽은 나비가 된 자전거라는 이 놀라운 비유는 정지용만이 지니는 상상력의 소산이다. 이 대목에서 '나비'는 시적 대상인 자전거의 전체적인 모습을 그대로 보여주는 보조 개념으로 활용된다. 풀밭의 자전거가 죽은 나비의 형상과 흡사하다. 자전거의 두 바퀴와 손잡이의 형상이 나비의 두 날개와 더듬이를 연상하게 한다. 여기에 더하여 주목해야 할 것은 자전거가 지닌 도구적·기능적 속성이다. 자전거는 달릴 때만 유선형을 이룬다. 그러므로 자전거는 언제나 바퀴를 돌리면서 땅 위로 굴러다녀야 한다. 자전거가 땅 위를 달리지 못하고 풀 위에 눕혀지면, 자전거로서의 가치와 기능을 잃는다. 그것은 마치 바늘에 찔려 죽은 나비와 같다고 할 수 있다. '유선애상'이라는 이 시의 제목이 바로 이 같은 자전거의 숙명을 암시한다. 길 위로 달릴 때만 자신의 존재 의미와 기능적 가치를 드러낼 수 있다는 것은 얼마나 힘들고 고된 운명인가? 어쩌면 이것은 '유선형'이라는 형상적 특질로 규정되었던 현대적 문명의 속도와 움직임 자체가 안고 있는 슬픈 운명일지도 모른다.

단편소설 「방란장 주인」은 구보가 추구하고자 했던 새로운 모더니즘의 서사 미학을 실험적 형식을 통해 보여준다. 소설 속의 이야기 자체가 작가 자신의 경험적 일상을 기반으로 하는 '사적(私的) 요소'로 채워져 있으며, 한 개의 문장으로 이야기를 담아내는 특이한 서술 구조를 드러낸다. 부제로 표시하고 있듯이 소설 「성군(星群)」과는 2부작의 성격을 유지하고 있다. 이 소설은 전체 내용이 아주 길고 복잡한 복문 구조의 한 개 문장으로 끝난다. 상은 이 소설의 원고를 들고는 내게 "이 거 굉장한 실험인데. 구보가 소설의 내용을 한 문장으로 만든 단문소설(單文小說)을 만들었다고 자랑하던데" 하면서 혼자 웃었다. '단문소설'이란 소설 속에서 그려내고 있는 이야기를 한 개의 문장으로 표현하고 있다는 말이다. 이러한 표현 방식은 조선의 근대소설에서는 찾아보기 어려운 사례에 해당한다. 이상이 자신의 시에서 행의 구분을 하지 않고 전체 텍스트를 한 개의 긴 문장으로 이어 쓴 것이 있지만 소설에서 이러한 방식을 취한 작품은 「방란장 주인」의 경우가 유일한 듯하다.

그가 혼자서 온갖 정성을 들인 『시와 소설』은 창간호가 나온 후에 더 이상 지속되지 못했다. 구인회 자체의 동인 활동도 이 잡지의 창간 이후 실질적으로 중단되었다. 하지만 그는 구인회라는 문단 조직을 통해 교유의 폭을 넓혔다. 나는 그가 창문사에서 일하면서 생활의 안정을 찾고 자신의 문학적 글쓰기에도 활력을 되찾았다는 사실이 고마울 뿐이었다. 그는 스스로 자기를 부끄러워하고 자기 사랑의 허망을 자책하면서도 치열하게 글쓰기에 매달렸다. 「오감도」의 연재 중단을 통해 느껴야 했던 뼈저린 좌절감에서 점차 벗어나면서 그는 자기만의 규칙 속에 리얼리티를 종속시키는 새로운 방법으로 소설을 쓰기 시작했다. 그의 소설적 글쓰기는 내면의식의 세계를 거울로 비춰보는 일종의 자기 응시였다. 이 모순의 나르시시즘을 통해 그는 되풀이하여 자신을 위장했다. 이 시기에 그는 자신의 문학적 재능을 과시하게 된 대표적인 소설「지주회시(鼅鼄會豕)」,「날개」,「동해(童骸)」등을 발표한다. 그가 이 무렵에 쓴 글들이 마지막 정신적 거처가 되었다는 사실을 생각한다면, 그의 문학은 구인회 시대를 통해 절정의 상태에 도달했음을 알 수 있다.

이 시기에 쓴「날개」는 모더니즘 소설의 대표적인 정전으로 손꼽힌다. 그는 이 소설의 원고를 내게 가장 먼저 보여주었다. 그는 『기상도』의 제작을 끝내고 총판에 책을 배포하는 일에 바빴다. 나는 그가 너무 회사 일에만 매달려 있는 것이 걱정되었다. 퇴근 시간이 지났는데도 책상 앞에 앉아 있던 그를 일으켜 세웠다.

"왜 일찍 퇴근하지 않고?"

그는 "퇴근?" 하면서 벽에 걸린 시계를 한번 쳐다보더니 책상 위에 펼쳐놓은 신간 『기상도』를 가리켰다. 신문과 잡지사에는 직접 자기가 책을 보내기로 했다는 것이다. 기림은 여름방학에 맞춰 일본에서 돌아오면 개인적으로 책을 기증할 사람들에게는 직접 서명해 보내겠다고 연락해왔다. 그는 묻지도 않은 일인데 "이 책을 좀 많이 팔아야 하는데…" 하면서 머리카락을 손으로 쓸어 넘겼다.

나는 그에게 "별일 없으면 낙원회관에 가서 맥주나 한잔할까?" 하고 물었다. 그동안 고생한 것을 위로하고도 싶었다. 그는 "오늘은 회사 일이 많아 좀 늦게 퇴근하려고 했는데…" 하면서 누런 가죽가방을 들고 나를 따라나섰다. 우선 대창옥으로 가서 먼저 국밥이라도 한술을 뜨자고 하니까 그는 그럼 낙원회관까지 갈 일이 아니지, 하고 내 곁에 섰다.

우리는 대창옥의 넓은 홀 중 한쪽 구석에 자리를 잡았다. 그가 옆자리의 의자 위에 가방을 올려놓는 것을 보고 내가 물었다.

"가방 속에 뭐가 들었길래 그리 불룩한 거야?"

"오늘은 가방 속의 원고를 제대로 꺼내보지도 못했어."

그가 가방을 열어 내게 보여주었다.

"무슨 원고? 또 회사에 무슨 일거리가 남았나?"

"아니야. 내가 쓰고 있는 원고야. 회사 일이 아니고."

우리는 식사를 마치고 그 자리에 주저앉았다. 시원한 맥주 두어 병을 주문하고 나니 낙원회관까지 갈 필요가 없어졌다. 나는 그가 쓰고 있는 원고가 궁금했다. 그는 뜻밖에도 소설 쓰기에 매달려 있다고 했다. 연초에 두 군데서 청탁을 받아둔 것인데, 겨우 「지주회시」 한 편을 발표했고, 다른 하나는 제대로 마무리하기 힘들어 원고지를 싸 들고 다닌다고 했다. 사실 나는 그의 소설 「지주회시」를 제대로 읽지 못했다. 그는 "우리 주변에서 흔히 볼 수 있는 탐식자(貪食者) 돼지들의 세계를 그려본 것이 「지주회시」야. 그런데 평단의 반응이 별로 없어. 독자들도 신통치 않게 여기는 것 같아" 하면서 맥주 한 컵을 그대로 들이켰다. 내가 지난달의 잡지 『중앙』을 꼭 찾아 읽어보겠다고 했더니 그는 엉뚱하게도 가방 속의 원고지 뭉치를 꺼냈다.

"형, 이 원고 좀 한번 읽어줘. 이번 주말까지 잡지사에 넘겨야 하는데, 결말 부분이 마음에 들지 않아서 붙들고 있는 중이야. 「오감도」를 발표하면서 독자들로부터 받았던 비난을 생각하면 이 소설에 대해서는 어떤 반응일지 궁금하고 사실은 조금 겁이 나기도 해."

"내가 뭘 안다고? 나는 그저 평범한 독자일 뿐인데."

"그래도 형의 생각을 먼저 듣고 싶어. 별문제 없다면 그대로 잡지사로 보내면 되거든."

그날 밤 나는 집에 돌아와 서재에 올려둔 잡지 『중앙』을 꺼냈다. 그리고 그의 소설 「지주회시」를 펼쳤다. 이 작품은 그 제목부터 알아듣기 쉽지 않다. 여기서 '지(蜘)'와 '주(蛛)'는 모두 '거미'를 뜻하는 한자다. '회시(會豕)'에서의 '회(會)'는 '만나다'라는 뜻을 가진다. '시(豕)'는 '돼지'라는 뜻으로 해석되는 7획의 부수자(部首字)다. '시' 부에 해당하는 글자들은 모두 '돼지'와 관련되어 있다. 따라서 '시'라는 글자는 비록 한 글자이지만 그 의미 안에 '돼지들'이라는 복수의 뜻을 담고 있다. 이렇게 읽고 보면 '지주회시'라는 말은 '거미 두 마리가 돼지들을 만나다'라는 뜻으로 풀이된다. 「지주회시」의 서사는 '거미 두 마리가 돼지들을 만나다'라는 이 해괴한 제목의 의미를 해체하는 과정을 보여준다. 먼저 '거미' 두 마리의 존재를 알아내야 하고, 이 두 마리의 거미가 만나게 되는 '돼지들'의 정체를 밝혀야 한다. '거미'가 어떻게 '돼지들'과 만날 수 있는가? '거미'가 '돼지들'까지 잡아먹을 수 있겠는가? 소설 「지주회시」의 서사는 '그'와 아내를 중심으로 하는 거미의 세계와 '오'를 중심으로 하는 돼지들의 세계를 교묘하게 겹쳐서 보여준다. 개체로서의 삶에 자족하면서 자기 자신을 갉아먹고 살아가는 이 거미 부부는 약자에 대한 착취 구조를 근거로 하는 뚱보 돼지들의 세계를 감당할 수 없다. 그러므로 이 작품에서 일반적인 가치 규범이나 보편적 윤리의식을 찾아내려는 시도는 당치 않다. 이 작품에 그려진 주인공과 아내와의 관계, 돈을 둘러싼 친구와 주인공의 내면적 갈등, 돈으로 모든 일을 해결하려 드는 뚱보 전무나 R 회관의 뚱보 주인의 모습에서 가정과 사회의 퇴폐와 병리에 대한 작가의 조롱을 읽어내는 것만으로도 족하다. 이 작품에서 주인공이 전무의 위자료 20원을 가지고 술을 마시러 간다는 결말은 이상 소설이 보여주는 역설적 언어의 극치에 해당한다. '거미는 나밖에 없구나'라고 하면서, 아내가 몸을 다치고 얻은 돈을 다시 탕진해버리고자 하는 그의 일탈 행위는, 퇴폐와 병리의 극단에 몸을 던짐으로써 그 추악함의 본질을 드러내는 역설이 아니고 무엇이겠는가. 이 역설의 언어가 결국 근대사회에서의 자본주의적 착취 구조의 연결고리를 풍자적으로 그려내는 데까지 이른다고 말한다면 지나친 것인가? 인간의 개인적 유대 의식의 상실과 그 물신화의 현상을 이처럼 잔혹하게 그려낸 소설을 어디에서도 찾아볼 수 없다.

나는 「지주회시」를 읽고 나서 곧바로 그가 넘겨준 원고 뭉치를 꺼냈다. 원고지 첫 장에 '날개'라는 제목이 적혀 있었다. 소설 「날개」의 이야기는 '나'라는 주인공이 혼자 지내고 있는 골방 안에서 시작된다. 이 방은 하나의 작은 자기 세계에 해당하지만, 주인공이 외부 세계와 단절되고 타자와의 관계로부터 고립되어 있음을 의미한다. 현실 세계와 단절된 폐쇄적인 공간이기 때문에 주인공은 바깥세상을 궁금해할 필요도 없고 세상 사람들이 추구하는 행복이라는 것에도 관심이 없다. 자기 몸에 적당하게 맞는 작은 골방에서 빈둥거리며 삶의 안일함을 보장해주는 이 절대적인 공간에 만족할 뿐이다. 이 소설의 서사 구조는 닫혀 있던 자기 삶의 틀로부터 탈출하려는 주인공의 욕망을 반복적 행위의 패턴으로 구체화하여 보여준다. 그 첫 단계가 자기 골방에서 '아내의 방'으로 나오는 일이며, 뒤로 '아내의 방'을 거쳐 바깥세상에 발을 내딛게 되는 과정이 그려진다. 작품의 서두에는 '나의 방'에 갇혀 있던 주인공의 무기력한 삶이 '박제'로 상징되어 그려진 바 있다. 그러나 결말에서 주인공은 한낮 거리에서 아예 하늘로의 비상을 꿈꾼다. 이 탈출의 의지가 '날개'로 상징된다. "날개야 다시 돋아라. 날자. 날자. 날자. 한 번만 더 날자꾸나"라는 절규가 그것이다. 그런데 이 탈출의 의지는 미래로의 적극적 투기라기보다는 결코 행동화될 수 없는, 자의식 속에서만 드러나는 간절한 내적 원망의 표백에 더 가깝다. 물론 외출과 귀가라는 반복적인 행위의 패턴을 통해 구현되는 탈출의 욕망과 그 좌절의 과정은 모두 자아의 내면의식의 복잡한 갈등 과정으로 채색되어 있다. 그는 아마도 이 결말 부분을 백화점 옥상 꼭대기에서 허공으로 몸을 던지도록 하는 극단적 장면으로 연출할 것인지, 그대로 다시 내려와 거리를 헤매도록 할 것인지를 두고 고심하는 듯하다.

하지만 나는 이 소설의 서사 구조에서 핵심을 이루는 '방'과 '바깥세상'이라는 공간의 의미가 주체의 존재를 규정하는 데 어떻게 작용하는가를 확인하는 일이 중요하다고 생각한다. 이 작품에서 방이라는 닫힌 공간의 폐쇄성과 도회의 거리라는 열린 공간의 개방성은 서사 구조 내에서도 상반된 성격을 드러낸다. 방에서 바깥세상으로의 공간 이동은 존재론적으로 불안전한 개인의 자아 인식 과정과 대응한다. 방 안에서 주인공은 스스로 자신이 살아 있음을 내부로부터 확신하고 있는 경우가 별로 없다. 그리고 가장 기본적인 경험적 요건으로서 시간의 불연속성이 자주 나타난다. 이 작품의 이야기에서 시간은 어떤 서사의 연속성을 인지하기 어렵게 분리되어 있다. 앞의 경험과 뒤의 경험이 서로 연관되어 있다기보다는 별개의 것으로 떨어져 있는 듯한 느낌으로 시간이 인지되고 있기 때문이다. 그러나 그 방 안을 벗어나기 시작하면서 주인공은 이 같은 시간적 경험의 분열 상태로부터 어느 정도 자유로워지고 있다. 물론 주인공은 자신의 온전함 자체에 대한 자신감을 잃어버리고 있어서 자기 행동과 사고 자체를 끊임없이 반복해 다시 돌아본다. 그 결과로 자아의 생생한 자발성을 획득하기보다는 자기 존재의 정체성을 위협하는 현실적 공간에서 벗어나는 길을 선택한다.

「날개」의 이야기에서 내가 특히 주목했던 것은 현대인이 요구하는 쾌락의 삶이라는 것을 돈과 섹스로 규정하고 있는 점이다. 주인공과 매춘부 역할을 하는 아내가 함께 보여주는 모든 행위는 도덕적 분노를 일으키기보다는 강렬하고도 특이한 어색함 속에서 낯선 호기심을 자극한다. 이 소설에서 그려낸 남녀 관계는 기형적인 부부 관계이며 변태적인 섹스 관계를 말해주는 것으로 이해할 수 있다. 이야기 속의 부부가 보여주는 유별난 행태는 한편으로는 도덕적 반감을 느끼게 하면서도 다른 한편으로는 더욱 은밀하게 독자들을 충동질한다. 이 복잡한 반응은 이 소설이 인간의 내밀한 욕망에 대해 감각적인 자극을 가하고 있음을 말해주는 것이다. 실제로 이 소설의 주인공이 아내를 통해 돈의 의미와 섹스의 감각성을 깨닫게 되는 과정은 노골적이면서도 은밀하다. 돈이라는 것이 표상하는 교환가치는 현대사회의 다양한 관계망을 형성하게 하는 힘이지만 그것을 단순화하면 인간의 욕망을 그대로 보여준다. 그리고 그것은 섹스와 등가 관계를 형성한다. 이러한 인식은 결국 돈으로 표상되는 경제생활이 섹스의 문제를 새롭게 변화시키는 기본적 순환 구조를 구축하게 됨을 암시한다. 소설 속의 주인공은 이제 혼자서 자족할 수 있는 좁은 골방으로부터 탈출을 꿈꾼다. 그러나 이 꿈은 결코 실현될 수가 없다. 이미 현대사회는 돈과 섹스로 넘쳐나고 거기서부터 모든 변화와 충동이 가능해지기 때문이다.

하지만 나는 바로 이 문제가 마음에 걸렸다. 기생 금홍과의 동거생활 자체가 또 다른 불편한 스캔들이 되어 세인의 입방아에 오를 수도 있다는 것이 문제였다. 「날개」의 이야기를 독자가 마음 편하게 읽어나갈 것을 기대하기는 어렵다. 그의 사생활을 소문으로 알고 있는 독자는 대부분 소설 속의 아내를 금홍으로 바꿔놓고 볼 것이고 주인공을 작가 자신으로 읽을 것이 뻔한 일이었다. 이런 내 생각을 전해들은 그는 "형이 내 마음을 그대로 읽고 있었네. 나도 그 점이 걱정이었거든. 더 이상 불필요한 논란 속에 빠져들기는 싫어. 사람들의 손가락질이 무서워졌어" 하면서 내게 원고지 몇 장을 내보였다. "이런 글까지 써서 붙이는 것이 좋을지는 모르겠어. 그러나 분명하게 내 태도를 밝히는 것이 중요하다고 생각했지. 이 작품은 순전히 꾸며낸 이야기임을 강조해둘 필요가 있으니까" 하면서 그는 여전히 걱정스러운 표정을 지었다. 그가 내게 넘겨준 원고지 위에는 다음과 같은 내용이 적혀 있었다.

「박제(剝製)가 되어 버린 천재(天才)」를 아시오? 나는 유쾌하오. 이런 때 연애까지가 유쾌하오.

육신이 흐느적흐느적하도록 피로했을 때만 정신이 은화(銀貨)처럼 맑소. 니코틴이 내 회(蛔)ㅅ배 앓는 뱃속으로 숨이면 머릿속에 의례히 백지(白紙)가 준비되는 법이오. 그 위에다 나는 위트와 패러독스를 바둑 포석처럼 늘어놓소. 가공할 상식의 병이오.

나는 또 여인과 생활을 설계하오. 연애 기법에마저 서먹서먹해진 지성의 극치를 흘깃 좀 들여다본 일이 있는, 말하자면 일종의 정신분일자(精神奔逸者) 말이오. 이런 여인의 반―그것은 온갖 것의 반이오―만을 영수(領受)하는 생활을 설계한다는 말이오. 그런 생활 속에 한 발만 들여놓고 흡사 두 개의 태양처럼 마주 쳐다보면서 낄낄거리는 것이오. 나는 아마 어지간히 인생의 제행(諸行)이 싱거워서 견딜 수가 없게끔 되고 그만둔 모양이오. 굿바이. (후략)

그는 이 글을 소설의 서두에 붙이겠다는 계획이다. 그러나 이 글에 설정된 대화적 상황은 그리 단순하지 않다. 이 글에 등장하는 '나'는 작가 자신을 위장한다. 그러므로 「날개」의 서사를 주도하고 있는 작중 화자 '나'와도 그 목소리를 일정 부분 공유하고 있다. 경험적 자아로서의 '나'와 위장된 작가로서의 '나', 그리고 서사적 자아로서의 '나'가 함께 작용하고 있다는 말이다. 그런데 이보다 더 중요한 것은 이 짤막한 글이 상정하고 있는 대화적 공간의 극적인 구성이다. 이 글 속에는 '나'와 함께 '나'의 말을 듣고 있는 가상적인 독자(또는 상대자)의 존재가 설정되어 있다. 그리고 이 글의 진술 내용 자체도 '나'의 말로만 채워져 있지 않다. '나'의 진술 내용을 듣고 있던 가상의 독자가 '나'를 향해 던지는 충고의 말도 함께 싣고 있다. 그러므로 '나'는 가상의 독자에게 말을 건네고, 그 가상의 독자는 다시 '나'를 향하여 '그대'라고 호칭하며 답한다. 이 극적인 진술 방식을 통해 작가와 독자 사이에 소통이 이루어질 수 있는 새로운 대화적 공간을 열어놓으면서 그는 「날개」라는 작품의 허구적 특성을 강조한다. 이 글에서 작가 자신은 '나'라는 화자로 등장하여 가상의 독자를 향해 자신이 새롭게 설계하고 있는 소설의 내용을 설명해준다. 위트와 패러독스를 바둑판처럼 포석하는 새로운 소설은 그 내용이 '여인과의 생활'을 다루는 것이다. 바로 소설 「날개」의 소재 내용에 해당한다. '나'의 소설 구상에 대해 듣고 있던 가상의 독자가 어조를 바꾸어 '나'(그대)에게 충고한다. 작가인 '나'에게 '자신을 위조하는 일'을 할 만하다고 말하면서도 러시아의 도스토옙스키라든지 프랑스의 빅토르 위고와 같은 작가로 대변되는 19세기 소설의 방법과 정신을 넘어서야 하고 디테일의 과잉에도 주의해야 한다는 점을 주문한다. '나'는 디테일의 과잉을 경계한 독자의 말에 대해 감정과 포즈의 문제를 거론하면서 말을 끝낸다. 여기서 감정과 포즈란 내면의식과 그 표현 방법을 의미한다고 할 수 있다. 이 점에 있어서만은 사실 작가로서 그를 따를 자가 없다. 소설의 새로운 설계를 여인과의 생활로 한정한다는 데에서 문제가 되는 게 여성의 존재와 그 삶에 대한 소설적 인식이다. 이 문제를 거론하면서 작가인 '나'는 '여왕봉(女王蜂)'이라는 상징물을 내놓고 이를 다시 '미망인'으로 환치한다. 이 둘 사이에 내재하고 있는 존재의 모순을 이해하는 길, 그것이 바로 소설 「날개」의 세계다.

나는 조선 문학이 도시적 풍경을 문학적 배경으로 삼아 개인의 내면의식을 새롭게 추구할 수 있게 된 건 「날개」와 같은 소설이 등장함으로써 가능해진 일이라고 생각한다. 그리고 이 소설의 문제의식이 「오감도」가 던져준 충격 이상으로 커다란 문학사적 의미를 지니게 될 것이라고 믿는다. 돋보기를 꺼내 들고 내면의 의식 작용을 좇아가는 이 소설의 이야기는 그 자체가 주인공의 의식의 흐름에 얹혀 있다. 대화가 없는 이 소설에서 드러나는 것은 현실의 어두운 구석이 아니라 개인의 숨겨진 의식의 내면이다. 물론 두드러지게 드러나는 외부 세계에 대한 무감각에도 불구하고 「날개」는 가장 치열한 자유에의 동경이면서 탈출에 대한 욕망을 보여준다. 그러나 그 탈출은 가능하지 않다. 자유를 지향하는 의식의 충동을 치밀하게 구성해놓고 있는 속에서도 보이지 않는 현실의 제약과 억제가 작동한다. 그 긴장 덕분에 「날개」는 개인적 사념의 표백이라기보다는 하나의 이야기로 쉽게 읽힐 수 있다.

9

그가 결혼을 결심했다.

그건 누구도 상상조차 하지 못한 일이다. 자기 곁을 떠나버린 금홍을 두고 일 년 넘게 혼자 시달렸던 그가 아닌가? 그 아픔을 털어내고 새장가를 가게 되다니… 더구나 그 상대가 동림이라니… 그를 가장 가까이에서 지켜보았던 나도 일이 그렇게 쉽게 이루어지는 게 믿어지지 않았다 .

그의 결혼은 너무 갑작스럽게 내려진 결정이어서 모두를 놀라게 했다. 도무지 상상조차 되지 않던 그 일은 아버지가 나를 인쇄소 사장실로 불러들이면서 시작된 것이나 마찬가지였다. 그 무렵 나는 신통치 않은 골동 가게를 그만두느냐 그대로 유지하느냐로 고심하던 중이었다. 아버지는 처음부터 돈벌이로 생각한 골동 가게가 아니지 않느냐면서 어차피 화실 하나는 있어야 화가 노릇을 할 수 있을 테니 몇 푼 안 되는 가게 월세를 생각하지 말라고 했다. 나는 아버지의 말씀을 그대로 받아들일 수밖에 없었다. 내가 밖으로 나가려 하자 아버지가 나를 불러 세웠다.

"잠깐 여기 좀 앉아라. 상의할 일이 생겼다."

나는 무슨 일인지 궁금했다. 아버지는 작은 목소리로 물었다.

"저 밖의 사무실에 있는 김 군 말이야. 어렸을 때부터 친구
라고 했잖아?"

나는 걱정이 앞섰다.

"소학교 때부터 같이 학교 다닌 아주 똑똑한 친구예요. 근데
무슨 일이라도 생겼나요?"

"아냐. 걱정할 일은 아니야. 저 녀석 창문사에서 몇 사람 역
할을 혼자 해내고 있어. 너무 착실한 일꾼이지. 그래서 말인
데, 저 녀석하고 우리 임이를 맺어주면 어떨까? 네 새어머니
는 매일 임이 걱정이야. 빨리 시집보내야 하는데 친정어머니
가 그걸 끌어안고 있다면서. 신랑감을 하나 좀 구해내라고 내
게 숙제를 냈어."

나는 아버지의 뜻밖의 제안에 할 말을 잊었다. 제비 다방에
서 기생 출신 금홍과 이 년이 넘게 동거했던 사실을 그대로 밝
힌다면 아버지는 크게 실망할 게 뻔했다. 내가 주춤거리면서
대답을 피하자, 아버지가 이렇게 말했다.

"내가 저 녀석 뒷조사도 좀 했다. 고공 수석 졸업인데 집안
이 빈한한 것이 흠결이지. 다방을 차리고 동거하던 여인네와
헤어진 뒤로는 특별히 사귀는 사람이 없다는 것도 알았어. 요

즘 세상에 첩실까지 거느리고 사는 사람도 많은데 한때 동거하다가 헤어졌으면 여전히 독신이지. 네 새어머니는 왜 그런 사연이 있는 사람을 신랑감으로 천거하느냐고 반대하지만 문제될 게 없다. 네가 저 녀석 의향을 좀 떠봐. 임이와 네 새어머니는 내가 책임질 테니."

나는 아무 대답도 하지 못했다. 이제 겨우 어둡고 아픈 세월을 넘기고 새로운 일에 재미를 붙이면서 일상을 되찾아가는 중인데 내가 또 그의 삶에 끼어드는 것이 내키지 않았다. 금홍과의 만남과 파탄을 지켜보았기 때문에 나는 그가 겪었던 사랑과 고뇌와 시름과 아픔을 너무도 생생하게 알고 있었다. 그러니 내가 다시 또 그런 일에 나서기가 부담스러울 수밖에 없었다. 내가 아버지와의 면담을 마치고 나오자, 그가 나를 바깥으로 끌었다.

"형, 사장님께서 무슨 심각한 이야기를 하시는 것 같던데. 회사에 무슨 일이 생겼나?"

그는 눈치가 빨랐다. 하지만 나는 아무 일도 없다고 대답했다. 그는 『기상도』를 어떻게 생각하시는지 사장님 평가를 들어봤느냐고 물었고, 『시와 소설』이 생각보다 덜 팔리는 것에 대한 걱정도 했다. 나는 이 기회를 놓치면 다시 이런 이야기를 꺼내기가 쉽지 않을 거라 생각하면서 그에게 퇴근 준비를 하자고 했다. 그는 책상 위에 늘어놓은 교정지와 원고들을 챙겨놓고는 나를 따라 나왔다. 나는 저녁 식사를 할까, 차를 마실까를 물었다. 그는 두 가지 모두를 택했다. 기왕이면 분위기 좋은 후루사토에 가서 저녁을 사라고 했다. 식사 후에 차도 마시면 된다면서.

그는 계란덮밥으로, 나는 돈가스로 식사를 마치고 홍차를 주문했다. 그리고 나는 그의 표정을 살피면서 이렇게 입을 열었다.

"동경 가겠다고 난리더니 요즘은 조용해졌네. 이제 포기한 건가?"

"꿈을 포기하는 사람이 어디 있어? 나는 경성의 촌놈이라서 사대문 안을 벗어나본 적이 없어. 관부연락선을 타고 현해탄을 건너 내지로 한번 가보는 것이 꿈이지. 그런데 노잣돈이 있어야 거기를 가지. 형이 내게 좀 투자해. 나 이상이 동경을 여행하고 돌아오면 창문사는 지금보다 훨씬 번창할 거야. 사장님께 말씀 좀 드려줘."

"그래? 내 말을 잘 들으면 가능할 것도 같은데. 물론 그게 그리 쉬운 일은 아니지만. 네가 마음먹기에 달렸지."

"무슨 이야긴데 그렇게 뜸 들이는 거야? 어서 자세히 말해봐. 동경으로 가는 수가 생긴다면 무얼 못할까?"

"혹시 장가갈 생각은 없나?"

"형, 동경 가는 이야기를 하다 왜 장가드는 일이 나와? 내가 지금 장가들 형편인가? 연심이와 어렵게 헤어진 것이 일 년도 채 안 되는데 무슨 장가를 생각하겠어? 그러지 말고, 동경으로 갈 도리만 가르쳐줘."

그는 정색하면서 손을 가로저었다. 나는 그의 표정은 개의치 않고 조금 더 구체적으로 이야기를 꺼냈다.

"네가 장가를 들면 동경에 갈 수도 있을 것 같은데. 얼마나 좋아? 색시와 동경행이라."

내가 이런 식으로 운을 떼면서 다가가자, 그는 더 이상 말을 하지 않았다. 그리고 깊은 한숨만 내쉬었다.

"지나가면 잊을 수 있을 거라고 생각했는데, 그리 쉽지 않네. 연심이는 이제 내 생각 안 하겠지? 근데 난 내 첫사랑을 잊을 수가 없어. 내 몸 구석구석이 모두 아프게 연심이를 기억하나 봐. 뭐, 다 부질없는 일이지. 떠나간 여자를 생각하는 건 미친 짓이라고 형이 말했잖아?"

나는 그 순간을 놓치지 않고 바로 본론부터 말해버렸다.

"그럼 결혼해라. 좋은 규수가 있는데."

"형도 참, 내 형편을 뻔히 알면서."

"아니야. 농담으로 하는 말이 아니야. 이건 우리 아버지의 의견이야."

"사장님이 왜 나 같은 말단 직원한테까지 신경을 쓰셔?"

나는 더 이상 말을 감추거나 늘일 필요가 없었다.

"우리 새 이모 동림이 본 적 있지? 그 오라비 욱이를 잘 알잖아."

"동림이? 갑자기 왜? 형하고 같이 전에 본 적은 있지만 내가 혼자서 만난 적은 없지. 욱이야 카페 일을 하니까 구보와도 함께 잘 어울려 지내는데."

"동림이 이모하고 한번 사귀어보겠나?"

그는 입을 다물지 못했다. 그리고 손을 가로저으면서 가당치 않은 이야기를 꺼내지도 말라고 했다. 나는 우리 아버지가 동림이 신랑감으로 너를 적극 추천하고 계시다는 말도 전했고 새어머니도 이 일을 알고 있다고 했다. 서로 부담을 느낄 필요 없이 한번 자연스럽게 만나볼 수 있도록 자리를 마련해도 되는지 물었다. 그는 사람 만나는 일이야 못 할 게 없다면서도, 시골 기생과 동거하다가 파탄이 난 형편인데 어떻게 동림을 넘보겠느냐고 했다. 나는 우리 집안 어른들이 그런 지난 일은 문제 삼지 않는다고 했으니 걱정할 것 없다고 그를 달래면서 동림이와 잘되면 동경으로 함께 갈 수도 있을 거라고 말해두었다.

동림은 조선의 젊은 사내라면 누구나 좋아할 멋쟁이였다. 얼굴만 따진다면 굉장한 미모라고 할 수는 없지만 서구적 여성미에 동양적 아름다움을 지닌 용모에다 섬세한 지성까지 갖춘 신여성이다. 아버지가 재혼하면서 우리 집에 들어온 새어머니에게 배가 다른 친정 동생 남매가 있었다. 그중에 동림이 막내였다. 경기여고보를 다닐 때부터 그녀가 뛰어난 재능을 지닌 수재라고 새어머니가 자주 자랑했다. 이화여전의 여학생이 되자 아버지도 새어머니의 자랑을 당연하게 받아들였고 가끔 동림을 불러 용돈도 얼마씩 건네주는 눈치였다. 동림의 오빠 욱이는 이런 사적인 인연이 아닌, 좁은 경성 바닥에서 우연하게도 가까워진 경우였다. 그는 순석 등과 카페 일을 하면서 나와도 자주 어울렸고 상과도 친했다.

나는 곧바로 다음 단계의 작업에 나섰다. 우리 그룹의 미술전에 그를 초대했다. 그리고 그 자리에 동림과 오빠 욱이도 같이 나오도록 했다. 전시회를 돌아본 후 우리 넷은 낙원동의 작은 술집으로 자리를 옮겼다. 나는 맥주 한 잔을 마신 뒤에 다른 약속이 있다면서 욱이와 함께 자리를 떴다. 그가 동림과 단둘이 이야기할 수 있도록 배려한 것이다. 그 뒤로 둘 사이가 어떻게 발전했는지 궁금했지만, 그에게 묻지 않았다. 내가 할 일은 거기까지였다. 둘 사이에 내가 더 나서야 할 일은 없었고, 그의 삶에 끼어들어 이런저런 일에 자꾸 엮이는 것도 부담되었다. 아버지는 내 역할에 대단히 만족해했다. 나이가 찬 젊은이들이니 이제는 둘이 알아서 할 일이라면서 좀 두고 지켜보자고 했다.

두어 달이 지난 후 동림이 우리 집 저녁 식사 자리에 함께했다. 동림은 우리 식구들이 모두 모인 자리에 낀 것을 좀 꺼리는 눈치였지만, 아버지는 뭘 내외할 일도 아니고 한집안 식구 같은데, 하면서 편하게 앉도록 했다. 그 자리에서 동림은 그와 결혼하기로 결정했다는 소식을 전했다. 새어머니는 시무룩한 표정으로 아무 말도 하지 않았다. 동림은 혼례를 올릴 장소로는 번잡을 피해 정릉의 홍천사로 잡았다고 했다. 그리고 집안 식구끼리만 모이는 작은 잔치를 하자는 것이 자기네 두 사람의 뜻임을 밝혔다. 아버지는 기분 좋은 목소리로 웃으면서 말했다.

"그거 잘되었다. 두 집안이 하나로 합쳐지는 게 결혼이니 식구끼리 좀 더 친하면 좋지. 그 신랑 될 녀석은 요즘 젊은이들과 다르게 참으로 신실해. 어찌나 일을 잘하는지 십 년이 넘게 근무한 인쇄소 고참들이 모두 다 칭찬한다니까. 환모 애비가 일꾼 하나를 잘 데려왔어. 우리 인쇄소가 그럴듯하게 출판사를 하나 가질 수 있을 것 같아. 그 녀석이라면 출판사도 도맡아 운영할 수 있겠지. 고공 수석에 안목이 넓고 높으니까. 처제도 좋다니 잘되었네. 두 사람 뜻을 맞춰 잘 살아봐요."

동림은 고개를 숙이고 아버지의 말씀을 듣고만 있었다.

식사를 마치자, 우리 애들이 오늘 밤엔 할아버지 댁에서 자고 가겠다고 떼를 부렸다. 새어머니의 눈치가 좀 보였지만 나는 건넌방에서 하룻밤을 보내기로 했다. 아버지는 집 안이 다

환해졌다면서 손주들을 무릎에 앉혔다.

　나는 동림이 가는 길을 배웅하기로 했다. 동림은 그녀의 어머니와 송현골에서 살고 있었다. 여기서 천천히 걸어도 한 삼십 분이면 충분한 거리였다. 그리고 해가 길어서 밖이 여전히 훤했다.

　"놀랐지? 그 사람이 이 일은 서산한테 가장 먼저 알려야 할 거라고 했어."

　나는 이모라는 말을 입에 올리지는 못했지만, 열 살이나 터울이 아래인 동림에게 반말을 할 수는 없었다.

　"그 친구는 내게 한마디도 안 했어요. 잘된 일이에요. 축하해요. 상은 좋은 친구니까. 우리 시대를 가장 앞서가는 예지력과 뛰어난 시적 감수성과 실험정신을 갖춘 시인이지요. 물론 돈벌이는 젬병이라는 것을 아셔야 해요. 그 친구가 그 날카로운 아방가르드적 지성만 내세우지 않는다면 예술 속에서 두 사람이 서로 잘 어울릴 거라고 생각해요."

　"나도 일이 이렇게 빨리 결정되리라고는 생각을 못 했어. 그 사람은 통 자기 의견을 내세우는 법이 없고 그냥 내가 하자는 대로 따르겠대. 좀 답답하게 느껴지기도 하지만 그동안 여러 차례 만나면서 서로 이야기하는 동안 둘 사이에 통하는 게 있다는 생각이 들었어. 유머 감각이 뛰어난 말 재주꾼인데 서구 예술사를 꿰뚫고 있어서 놀랐지. 경성 고공 수석 졸업이라는 오빠의 말을 듣고서야 이해가 되었는데, 나는 똑똑한 남자를 좋아하나 봐."

동림은 그에게 깊은 호감을 표했다. 나는 마음속으로 둘이 잘되기만 바랐다. 동림은 이지적이고 개성이 강해서 남편이 된 그에게 무조건 복종할 여성은 아니었다. 자기 행동에 스스로 책임지려고 하는 의식도 뚜렷했다. 그녀가 상과의 결혼을 허락한 것은 일종의 자존심 싸움과도 같은 것이었다. 동림이 내게 들려준 데이트 이야기를 듣고 나는 조선의 엘리트와 신여성의 연애가 흥미로웠다. 처음 단둘이서 만났을 때 마포 강변을 걸었단다. 평소에 말수가 적어 보이던 그가 이런저런 이야기를 늘어놓으면서 오빠인 욱이를 만났던 이야기를 필요 없이 많이 했다. 그러다가 갑자기 돌아서더니 저 강물로 뛰어들어 함께 자살하자고 했다는 것이다. 데이트를 즐기는 도중에 상대 여성을 향해 동반자살을 권유하는 것은 도저히 납득할 수 없는 행동이었다. 하지만 동림은 그의 말을 프러포즈를 위장한 하나의 역설적 표현으로 받아들였다. 동림은 그 말 그대로 받으면서 같이 죽는 것도 좋다고 했다. 그러곤 먼저 구두를 강가에 벗어놓고 강물로 그를 끌어 함께 들어가려 했다. 그런데 이번에는 그가 오히려 물에 들어가지 않으려고 버티면서 동림의 팔뚝을 잡고 그녀를 잡아당겼다. 그리고 가쁜 숨을 돌리더니 함께 동경으로 떠나자고 했다. 그 말도 이 어처구니

없는 사내의 사랑 고백처럼 들렸다. 동림은 대답하지 않고 그대로 헤어졌다. 그 뒤 둘이서 다시 만나기로 한 약속 장소가 후루사토였다. 동림은 미장원에 들러 긴 생머리를 단발로 싹둑 잘라버리고 짧은 스커트 차림으로 나타났다. 그는 새롭게 바뀐 동림의 모습을 보고는 엉뚱하게도 "아하, 저하고 동경으로 함께 떠날 각오를 하셨군요. 저의 서툰 프러포즈를 받아주신 것으로 알겠습니다" 하면서 혼자 유쾌하게 웃었다. 둘은 이 싱거운 힘겨루기를 끝낸 뒤에 누가 누구를 이겼는지 알지 못한 채 급속하게 가까워졌다.

두 사람은 혼례를 올린 뒤 동소문동 근처에 셋방을 얻어 살림을 차렸다. 신혼살림이라기보다는 소꿉장난 같은 새살림이었다. 동림은 가정에 들어앉아 남편을 수발하고 밥 짓고 빨래하는 주부가 되기에는 너무 사치스러운 여자였다. 그는 아무래도 좋았다. 동림을 끌어안고 방구석에서 뒹구는 것만으로도 모든 것이 만족이었다. 그는 또다시 이 작은 신혼 방을 자신만을 위한 최저 낙원으로 만들고자 했다. 밝은 태양을 등진 채 음지를 찾아 웅크리고 살아온 그에게 어울리지 않을 정도로 동림은 해맑고 명랑했다. 그는 자신을 억누르고 있는 어둠과 음울을 동림에게 그대로 전염시키려 했지만, 그녀는 이를 받아들이지 않았다. 동림은 밖으로 나가고 싶어 했다. 맑은 하늘과 빛나는 태양을 호흡하면서 세상으로 나가서 당당하게 두 사람의 행복한 모습을 다른 사람들에게 자랑하고 싶어 했다. 전문학교의 동기들과 만나 식사도 하고, 문우들과도 커피를 마시고, 오빠인 욱이의 주변에 있는 모든 사람에게도 자신들의 행복한 신혼생활을 보여주고 싶어 했다. 그러나 그는 도무지 밖으로 나가려 하지 않았다. 처음에는 동림도 그의 그런 태도에 보조를 맞췄다. 아침에 눈을 떠도 그대로 이불 속에 누워 그의 가슴으로 파고들었다. 그리고 서로 얼굴을 맞대고 부둥켜안고 뒹굴었다. 하지만 그런 식으로 이어지는 어둠의 향연은 오래갈 수 없었다. 동림은 때때로 그를 밀치고 그 권태로움에서 벗어나려 했고 밝은 태양이 비치는 바깥으로 나가려 들었다.

그는 자기가 만들어놓은 어둠의 최저 낙원을 벗어나려는 동림을 언제나 곁에 묶어두기를 원했다. 그러고는 엉뚱하게도 아기를 가지고 싶다고 했다. 그것은 뜻밖의 요구였다. 그는 아이를 낳아 온 마음을 다해 사랑으로 키우고 싶다고 했다. 자기처럼 사랑받지 못하고 구석으로 내몰려 어둠에서 자라난 불행한 삶에 복수하기 위해서라고 했다. 동림은 그런 복수심으로 어떻게 아이를 만드냐면서 웃어넘겼다. 아이는 그렇게 마음먹은 대로 생기는 것이 아니라고 했지만, 그는 말을 듣지 않았다. 물론 동림도 사랑하는 사람과의 사이에 아이를 낳고 사랑으로 키워내고 싶은 욕망이 없는 것은 아니었다. 동경에 다녀온 후도 늦지 않으니 조금만 기다려보자며 그의 마음을 달래려 했다. 하지만 그는 사랑하는 사람의 아이를 갖는 데 왜 시간을 따지냐고 했다. 오히려 자기 아이를 갖는 것이 싫으냐고 덤벼들면서 그녀를 윽박질렀다. 진정 자기를 사랑하고 있는 거냐고 따지기도 했다. 이런 식의 말싸움으로 이어지는 두 사람의 갈등은 쉽게 풀리지 않았다.

"그이는 정말로 여자를 사랑할 줄 모르는 사내야. 아내에 대한 배려나 친애함도 없어. 도무지 누군가를 어떻게 사랑해야 하는지 모르면서 자기 자신에 대한 강한 집착에만 빠져 있지."

나는 동림의 말이 맞을지도 모른다고 생각했다. 자기 안에 갇혀 있던 그를 떳떳하게 바깥으로 끌어내어 그의 문학을 조롱했던 독자들과 대면할 수 있도록 만든다는 것은 쉬운 일이 아니었다. 그는 자기애에 매달려 있으면서도 한편으로는 지독한 자기혐오에 빠져 있었다.

"나 같은 여자가 그이 곁에 필요한 존재가 아닐지도 모른다는 생각이 들었을 때, 자존심이 상하긴 했지만, 그이가 삼 년이나 동거했다는 금홍이라는 여인네가 생각났어. 그 여자와 헤어진 후에 그렇게 애타게 그녀를 생각하는 글을 여기저기 써댔잖아. 내게는 사랑이니 행복이니 떠들다가도 자살이니 복수니 하는 말만 늘어놓았으니… 그 이중성을 내가 어떻게 판단해야 할지 모르겠어."

이번에는 그가 바깥으로 나돌았다. 술에 취해 곤죽이 되어 들어오는 날도 생겼다. 도대체 뭐가 문제인지 이야기 좀 하자고 졸라대도 그는 아무 문제가 없다면서 더 이상 대꾸하지 않았다. 동림이 그의 가슴속으로 파고들어도 그는 헐떡거리면서 덤벼들지 않았다. 그녀는 조금씩 지치기 시작했다. 그는 새색시인 동림을 거들떠보지도 않고 집 안에 들어서면 앉은뱅이책상 위에 원고지를 펼쳐두고 앉아 뭔가를 열심히 썼다. 동림은 그가 문학의 세계에 깊이 빠져들고 있다고 생각했고 그것이 그의 할 일임을 알았기에 글쓰기에 방해가 되지 않도록 조심했다. 하지만 그가 뚜렷한 목표도 없이 혼자서 동경행을 고집했을 때는 너무도 기가 막혔다. 그녀는 떠나든지 말든지 마음대로 하라고 소리를 질렀다.

여름이 가고 아침저녁으로 제법 서늘한 바람이 느껴지기 시작했다. 그가 동경행을 서둘렀다. 나는 시국이 수상한데 동경길이 무모하다고 걱정했다. 꼭 동경으로 가려는 이유가 뭔지를 물었을 때 그는 가난한 예술가를 위해 동경으로 가는 노잣돈이나 부조하라면서 답을 피했다. 그는 온통 빈털터리가 되어버린 자신을 이런 식의 공포(空砲)로 위장하지 않을 수 없다면서 자기 주변의 모든 친구가 동경 유학 출신이라고 했다. 나는 더 이상 말리지 않았다. 걱정되는 것은 동림이었다. 둘은 혼례를 올린 지 석 달도 지나지 않은 신혼부부였다.

나는 그의 고집스러운 행동을 그녀가 쉽게 받아들일지 마음에 걸렸다. 그는 도항증을 받기 전부터 만나는 사람마다 동경으로 가게 되었다고 자랑했다. 집안 식구들에게는 전기 기술을 전문적으로 공부하기 위해 동경으로 떠난다고 했고, 우리 아버지에게는 최신식 인쇄술을 반년 정도 공부하겠다고 거짓말을 했다. 구보와 유정에게는 동경에 가서 외국어 공부에 매달려 5개 국어에 능통해져 돌아올 거라는 엉뚱한 포부를 밝히기도 했다. 그의 허풍을 웬만한 친구들은 웃으면서 그냥 받아넘겼지만 나는 그에게 속 깊은 곳에 숨겨둔 어떤 비밀이 있다고 생각했다.

그는 구인회의 기관지 『시와 소설』을 만드는 일에 혼자서 몰두했다가 창간호를 내고는 힘이 빠져버렸다. 이미 문단의 중진이 되어 각자의 위치를 분명하게 자리 잡은 상허, 지용, 구보 등은 이 작은 잡지에 크게 신경을 쓰는 것 같지 않았다. 더구나 기림은 다시 일본 유학을 떠났다. 상은 창문사의 간판이 필요하다면서 『시와 소설』을 월간지처럼 만들고 싶어 했다. 나는 독자들의 호응을 살피면서 다음 호를 준비하자고 했지만, 그는 구인회의 새로운 회원이 된 환태와 유정 등을 열심히 채근하는 것 같았다. 그러나 고료 없는 원고를 모으는 건 쉽지 않은 일이었다. 창문사에 밀려드는 인쇄물의 교료 작업은 언제나 그의 일이었다. 그는 교정지를 가방 가득 담아 들고 다니면서 동림을 만났고 결혼식도 올리고 신혼살림을 차렸다. 그리고 바쁜 틈에도 그는 마지막 정리라도 하듯이 여기저기 잡지와 신문에 많은 글을 발표했다. 다섯 편으로 이어진 연작시 「역단」을 발표했고 동경으로 떠나기 직전에는 조선일보에 「위독」으로 묶인 열두 편의 연작시를 연재했다. 이 두 편의 연작시는 사실 「오감도」의 완결을 말해주는 것이었다. 단편소설도 몇 편을 이 무렵을 전후하여 잇달아 발표했다. 매일신보에는 '조춘점묘(早春點描)'라는 제목으로 산문까지 연재했고, 동경으로 떠나는 순간까지 「추등잡필(秋燈雜筆)」이라는 산문 연재를 계속했다.

그의 생애에서 가장 빛나는 시절은 그렇게 길지 않았다. 그는 무언가에 쫓기듯이 동경행을 서둘렀다. 경성을 떠나기 사흘 전 그는 간신히 얻어낸 도항증을 내게 보여주면서 드디어 경성을 떠나게 되었다고 했다. 창문사에 출근하여 책상을 정리한 그는 인쇄소의 동료들에게 다녀오겠다고 말하고 아버지에게도 하직 인사를 드렸다. 나는 그의 동경행을 환송하는 뜻으로 저녁을 같이하기로 했다. 은행나무 잎이 노랗게 가을을 물들이는 10월 하순의 경성 날씨가 제법 서늘했다. 사실 나는 그가 동경행을 그렇게 서두르는 까닭이 무엇인지 궁금했다. 그가 좋아하는 후루사토의 계란덮밥 생각이 나서 장곡천정으로 이끌었다. 그는 뭔가 걱정에 싸인 것 같았다.

"신혼 재미가 한창일 텐데 동경행이라니."

나는 그의 눈치를 살피면서 농담처럼 동림이 신랑 밥상은 제대로 차려주는지 물었다. 그는 의외로 담담하게 말했다.

"아내가 나를 너무 깍듯이 대하는 것이 오히려 부담이지. 아주 간단하게 아침상도 차리고… 여전히 꿈 많은 소녀처럼 보여. 내가 속으로 매우 조심하게 되니 아내 눈치를 살피는 경우가 많지."

"동경 가는 준비는 다 되었나? 색시를 혼자 두고 가도 되나?"

"동경에 가면 '삼사문학' 패거리가 마중 나오기로 했으니 준비는 다 되었어. 형은 동림이 걱정이지? 물론 동림이도 곧 데려갈 거야. 내 거처가 정해지고 나면…."

"네 부모님도 걱정이 많으시겠지?"

"걱정은 되시겠지만 아들의 새로운 출발이니 모두 기뻐하셨어. 동림이 함께 간다는 것에 더욱 안심하시는 눈치였지. 아우가 마침 지난여름에 취직해서 집안 걱정은 이제 내가 하지 않아도 돼."

"건강 상태는 좀 어떤가?"

"괜찮아. 이렇게 좋아졌잖아?"

그는 머리를 쓸어올리면서 내게 자기 얼굴을 들어 보였다.

"그래. 다행이야. 무슨 일이 생기면 내게 먼저 연락해. 우리는 둘만의 비밀이 많잖아."

"비밀? 그렇지. 형 덕분에 나는 마음으로 부자가 된 기분이야. 비밀이 없다면 얼마나 서로 마음이 허전하겠어?"

그러고 나서 그는 뜻밖에 금홍의 이야기를 꺼냈다. 자기는 금홍과의 사이에 아무 비밀이 없었다고 했다. 그녀가 노름꾼에 술주정뱅이 남편을 떨치고 집을 나와 배천온천 술집의 기생 금홍이가 되었다는 것은 벌써 다 아는 사실이다. 딸 하나를 낳은 후에 더 이상 아이를 가질 수 없게 되었다는 것도 금홍은 순순히 털어놓았다. 그도 금홍에게 밝히지 못할 일이 없었다. 집안 이야기도 다 했고, 결혼한 적이 없으며 금홍이 첫 여자라는 것까지 스스로 고백했다. 그렇게 두 사람은 아무런 거리낄 것 없이 있는 그대로 자신의 속까지 비춰 보였다. 그런데 동림은 금홍과 달랐다. 동림은 매우 이지적인 신여성이어서 그의 뜻을 일방적으로 따르지는 않았다. 전문학교에서 영문학을 공부한 지성파답게 그녀는 그의 불합리한 견해나 무의지적 행동을 반드시 아내로서 지적하고 넘어갔다. 그런 동림의 태도가 처음에는 다부지고 분명해서 그는 속으로 겁을 먹으면서도 수긍했다. 그러나 그녀가 가끔 그의 의견을 정면으로 반박하고 덤벼들 때는 슬그머니 어떤 대결 의식까지도 생겨났다. 그러니 둘의 대화가 언쟁으로 발전하는 경우가 늘어났다. 말싸움에 휘말리지 않으려면 할 말을 먼저 끝내고 그 자리를 빨리 피하는 방식을 택할 수밖에 없었다. 신혼 초에 생기는 이런 식의 대결을 사람들은 사랑싸움이라고 하지만, 그는 자신이 별로 떳떳하지 못한 과거를 지닌 남자라는 자격지심에 빠져들고 있음을 알았다. 그는 엉뚱하게도 동림의 과거는 어떠했는지 그녀의 지나간 연애사가 궁금해지기 시작했다.

"형, 나는 가끔 동림이가 정말로 나를 사랑하는지 궁금하곤 했어. 금홍이는 내 말을 모두 그대로 따랐지. 서로 몸을 부둥켜안고 있으면 우리 둘은 아무것도 생각할 필요가 없었어. 내가 원하는 대로 금홍이를 가질 수 있었으니까. 아침나절 늦도록 내가 자리에서 일어날 생각도 안 하고 금홍이를 끌어안고 있으면 금홍이도 내 손을 뿌리치지 않고 함께 붙어 있었지. 우리 둘 모두 가게 문을 열 생각도 하지 않으니 그런 날은 아침부터 수근이가 혼자서 장사 못 한다고 난리를 쳤었어. 그런데 동림이는 내 뜻대로 다루기가 힘들어. 자기가 원할 때만 나를 받아들이지. 그렇지 않으면 단호하게 나를 떠밀고 등을 돌려서 나는 가끔 이 여자가 정말 내 아내가 맞는지 의심스럽다니까. 우리는 그래서 맨날 싸우게 돼. 이 싸움에 휴전이 필요해. 우리 둘은 누구도 항복할 뜻이 없으니…."

나는 그 말에 그만 웃음이 터졌다.

"너도 참… 대단한 사랑싸움이네. 나 같으면 처음부터 무조건 색시가 하자는 대로 따랐을 텐데. 너는 고집이 있으니 그러기가 쉽지 않은 모양이야. 자기에게 숨길 패가 하나도 없으면 무조건 항복해야지. 너의 문학은 20세기를 가장 앞서가는데, 머릿속의 도덕적·윤리적 감각은 여전히 네가 가장 싫어하고 미워하는 19세기를 벗어나지 못하고 있어. 너는 연애사에서만은 색시에게 숨길 수 있는 비밀이 하나도 없지 않아? 금홍이와 동거하다가 파탄이 나서 서로 헤어진 것은 온 천하가 다 아는 사실이니까. 두 사람의 대결은 이미 끝난 거나 마찬가지야. 그런 싸움에서 너는 이길 수가 없어. 무조건 투항해.”

이번에는 내 말에 그도 따라 웃었다. 그리고 자못 진지한 표정으로 말을 바꿨다. 그는 「오감도」에 대한 냉정한 비판에 한동안 풀이 죽어 지내다가 동경으로 떠나는 마당에 남겨진 작품 몇 편을 다시 정리하여 발표하고 있는데, 독자의 따가운 시선이 두렵고 겁이 나서 빨리 경성을 벗어나고 싶다는 것이다. 나는 그를 말리지 않았다. 속으로 걱정하면서도 그런 내색을 전혀 드러내지 않았다. 동경에 가서도 건강 잘 챙기라고 당부했고 돌아오면 창문사에서 든든한 문예지 하나를 같이 만들자고 미리 약속했다. 그는 기존의 소설가나 시인과는 닮지 않은 점으로 크게 주목받았지만, 그것 때문에 또한 모두로부터 외면당했다. 그는 대중의 무관심과 가혹한 비난 때문에 외톨이가 될 수밖에 없었다. 시골같이 좁아터진 경성 바닥에서는 종로 네거리에 발가벗은 채로 서 있는 듯한 모멸감을 감추기 어렵다면서 낯선 동경에 가서 충전도 하고 새로운 문명의 바람도 쐬고 오겠다는 다짐도 했다. 하지만 그가 자기 스스로 충전하겠다며 떠나는 동경행은 경성으로부터 도망치는 일에 불과했다. 동경에서도 그는 혼자가 될 수밖에 없었다. 달리 어쩔 수가 없었을 테니까.

그가 간신히 얻은 여행 허가와 도항증(渡航證)을 들고 동경으로 떠나던 날, 그를 보내고 풀이 죽어 있던 동림이 창문사에 들렀다. 나는 동림을 만나고서야 항복 선언도 휴전 협정도 없이 그가 동경으로 도망치듯 떠나버렸다는 것을 알았다. 동림은 그가 동경으로 혼자 떠나버린 것을 못내 안타까워했다. 그리고 그를 원망하고 있었다.

"그이는 여자를 사랑할 줄 몰라. 여자로부터 사랑받으려고만 했지. 그러더니 저렇게 혼자서 떠나버리네…."

"그게 무슨 말이죠?"

"우리 사이에 있었던 일을 모두 다 서산한테 말할 수는 없지만… 결혼식을 올리기 전부터 그이가 원한 것은 내 몸이었지, 내 마음을 얻으려고 하지 않았어."

나는 동림이 한 말이 무엇을 뜻하는 것인지 알 수가 없었다. 속으로 어디서부터 문제가 생긴 것인지를 따져보았다. 그리고 이렇게 물었다.

"무슨 일이 있었나요? 말은 잘하지만, 그는 제대로 된 연애를 해본 경험이 없긴 하지. 시대를 앞서가는 신여성에게 그가 겁을 먹을 수도 있었을 건데.”

“겁을 먹다니? 오히려 나를 무시하려 들었어. 아내가 된 나를 믿으려 하지 않았고 한 사람의 여성으로 존중하지도 않았지. 그저 잠자리를 같이하고 몸을 섞는 일에만 골몰했어. 참으로 딱한 사람….”

나는 동림이 뭘 말하려다가 멈추고 있는지 더 이상 궁금하지 않았다. 그는 자신이 금홍에게 덤벼들었던 그대로 동림에게 다가갔던 모양이다. 자존감이 강하고 콧대가 높다고 소문난 동림이 그런 식으로 덤벼드는 그를 용납하지 않았을 것은 뻔하다.

“내가 그의 손을 뿌리치고 돌아누우면 그이는 왜 자기를 사랑하지 않느냐고 투정이지. 그러고는 내 과거 첫사랑 이야기를 해달라는 거야.”

갓 결혼한 신부에게 과거의 연애사를 밝히라는 그런 어처구니없는 채근에 동림은 너무 기가 막혔다. 아무 대답도 하지 않고 흘겨보는 그녀를 향해 연애 얘기가 얼마나 재미있냐면서 달려들었다. 동림이 결혼 전에 누구를 어떻게 만났었는지 궁금하다고 했다. 동림은 그를 좀 약 올리려고 오빠 친구를 만나 사귄 적이 있다고 꾸며댔더니 이번에는 누가 소개했고 왜 어떻게 헤어졌느냐고 추궁했다. 그녀는 그런 일들이 뭐가 그리 재밌냐고 따졌다. 둘의 언성도 자연 높아졌다. 싸움은 그런 식으로 시작되었다. 말꼬리를 잡아 흔들다가 서로 삐져서 입을 꾹 다물고 며칠을 보내기도 했다. 이런 사소한 말싸움이 감정을 상하게 하니 신혼생활에 재미가 붙을 틈이 없었다.

"그런 집착을 보였군. 병으로 약해진 탓이었나?"

"아니야. 나는 그이가 환자라는 생각을 해본 적이 없어. 그이는 몸이 좀 야위긴 했지만 기침도 별로 하지 않았고 결핵을 앓는 사람이라는 느낌이 전혀 들지 않을 정도로 건강했어."

"그러고 보니 상이 창문사에서 일하는 동안에도 건강 문제는 없었던 것 같네요."

동림은 그가 참으로 진지하고 신중한 성격이었다는 것을 인정하면서도, 자기한테 함부로 덤벼드는 것을 견디기 힘들었다고 했다. 그는 문학의 세계에서 가장 앞서가는 아방가르드였다. 「오감도」의 시인이었고 「날개」를 쓴 작가였으니. 그런데 참으로 이해할 수 없는 것은 그의 머릿속 한구석에 19세기의 낡은 도덕관이 박혀 있었다. 여자를 한 인간으로 존중하지도 않았고 아내인 동림의 말을 도무지 믿으려 하지 않았다. 입으로는 그렇게 사랑이라는 말을 달고 살면서도 그는 언제나 의심의 눈초리로 동림을 훑고 있었다. 동경으로 떠나면서도 사실은 제대로 된 계획이 없었다. 계획이 없었다기보다는 그녀와 함께 동경에서 해야 할 일과 하고 싶은 일 등을 전혀 상의하지 않았다. 식구들한테는 동경에 거처가 정해지면 그녀를 데려간다고 말했지만, 동림한테는 동경의 삶에 관한 구체적인 계획에 관해 제대로 상의한 적이 없었다. 그러고는 혼자서 도망치듯 경성을 떠났다. 나는 그의 동경행이 순탄하지 않으리라는 걸 짐작하고 있으면서도 그런 말을 동림에게는 하지 않았다. 그리고 곧 동경으로 그를 따라갈 준비나 잘해두라고 말했다. 그가 동경에 정착한 후 동림을 데려가겠다고 했던 약속을 나는 믿고 싶었다.

10

그는 혼자서 동경으로 떠났다.

만주에서 시작된 전쟁이 일단락되는 줄 알았는데 여전히 시국은 어수선했다. 현해탄 높은 파도를 넘어 조선 반도로 밀려들어온 문명이라는 괴물을 놓고 내지 일본을 꿈꾸었던 젊은이는 수도 헤아리기 어려울 정도로 많다. 이광수가 문학의 춘원 시대를 열었던 곳이 동경이요, 임화가 무산계급에는 국가가 없다는 신념을 키웠던 곳도 동경이다. 동양 문명의 중심지가 된 제국의 수도 동경은 지배자의 심장에 해당한다. 동경은 서로 다른 공간에 자리하면서도 동일한 시간의 질서 아래 식민지 조선을 옥죄는 제국의 힘의 중심지다. 조선의 젊은 시인이 현해탄을 건너면 동경에서는 언제나 차가운 일본인들의 눈초리가 그를 기다릴 것이었다.

내 유학 경험으로 미뤄본다면 내지인들은 누가 먼저 유럽에서 새로운 무언가를 찾아오는지에 엄청난 관심을 기울였다. 그래서 신문이나 잡지 기사에는 늘 '최초'라는 수식어가 많이 붙어 다녔다. 아마도 눈치 빠른 그는 이런 행태를 금방 알아차릴 것이다. 나는 그가 새로운 '이상'의 이름으로 자기 문학을 다잡아나가려는 단계에서 또다시 더 큰 절망에 빠져들지 않기를 바랄 뿐이었다. 대일본 제국이 자랑하는 동양 문명의 꽃이 무엇을 의미하는지 스스로 터득하지 않고서는 그 허상에서 벗어나기가 쉽지 않을 테니까.

그에게 동경이란 무엇인가? 그의 동경행은 경성으로부터의 탈출을 의미한다. 그는 자기가 걸어온 허탕스러운 삶의 발걸음에 숱한 모멸감과 수치스러움까지 느껴야만 했고, 스스로 타락을 택했던 삶에 대한 환멸을 이제는 떨쳐버리고 싶어 했다. 그러나 자기 예술을 비웃고 자기 문학에 고개를 돌리던 문단에 적응하면서 자기가 서 있어야 할 자리를 찾는다는 것은 쉬운 일이 아니다. 인간의 영혼까지 집어삼킬 듯이 답답하고 허망한 경성에서 얼굴도 없는 검은 천사가 보내오는 죽음의 신호를 그는 더 이상 견딜 수가 없었을 게 분명하다. 그러므로 그가 택한 동경행은 자신이 늘 떠벌려온 새로운 문명을 향한 길은 아닐지도 모른다. 오스카 와일드는 문명에 도달할 수 있는 길이 오직 두 개가 있을 뿐이라고 갈파한 적이 있다. 내가 어디선가 읽었던 대목이다. 하나는 교양을 습득하는 길이요, 다른 하나는 퇴폐로 빠져드는 길이다. 문명의 의미에 이렇게 명징한 토를 달아놓은 것을 나는 달리 본 적이 없다. 그가 동경으로의 탈출을 꿈꾸는 것은 생의 전환을 욕망하고 있었던 데에서 비롯한 것이지만, 이 탈출이 그를 안내한 것은 교양의 길도 퇴폐의 길도 아닐 것이라는 게 내 생각이다. 어쩌면 그가 동경에서 다시 조선으로 돌아올 수 없을지도 모른다는 불길한 생각이 내 머릿속을 떠나지 않았다.

동경 도착 후 그가 창문사로 보내온 것은 짤막한 속달 편지였다. 동경에 무사히 도착했는데 기림의 센다이[仙台] 주소가 필요하다는 거였다. 그리고 동경 간다구[神田區] 진보초[神保町]에 정한 하숙방 주소와 전화번호가 적혀 있었다. 나는 사무실의 장부를 뒤져 주소를 확인한 후 전보로 이를 알렸다. 그런 후로는 신문사와 잡지사에 미리 약속한 원고를 한꺼번에 써서 두어 번 소포로 부쳐왔을 뿐이었다.

나는 동경에 대한 그의 첫인상이 궁금했다. 하지만 그는 내가 궁금해하는 그런 사연을 알려온 적이 한 번도 없었다. 센다이에서 공부하고 있던 기림에게 보낸 편지를 보면 동경에 도착한 그의 심경을 확인할 수 있다. 내 추측대로 그는 동경에 도착하자마자 '치사스러운 동경'에 실망하고 있었다.

기림 형

기어코 동경 왔소. 와보니 실망이오. 실로 동경이라는 데는 치사스러운 데로구려!

동경 오지 않겠소? 다만 이상을 만나겠다는 이유만으로라도….

삼사문학 동인들이 이곳에 여럿이 있소. 그러나 그들은 어디까지든지 학생들이오. 그들과 어우러지지 못하는 것을 보면 우리는 이제 그만하고 늙었나 보이다.

삼사문학에 원고 좀 지어주오. 그리고 씩씩하게 성장하는 새 세기의 영웅들을 위하여 귀하가 귀하의 존중한 명성을 잠깐 낮추어 삼사문학의 동인이 되어줄 의사는 없는지 이곳 청년들의 갈망입니다. 어떻소?

편지 주기 바라오. 이곳에서 나는 빈궁하고 고독하오. 주소를 잊어서 주소를 알아가지고 편지하느라고 이렇게 늦었소. 동경서 만났으면 작히 좋겠소?

형에게는 건강도 부귀도 넘쳐 있으니 편지 끝에 상투로 빌 만한 말을 얼른 생각해내기가 어렵소그려.

이 편지 사연 끝에 '1936년 11월 14일'이라는 날짜가 표시되어 있다. 그리고 '기어코 동경 왔소'라고 밝힌 대로 이미 동경에 도착해 간다구에 자신의 거처를 정했다. 나는 동경에 있었을 때 자주 간다 고서점가에서 인상파 화가들의 화집을 사들고 돌아오곤 했었다. 그의 하숙집이 있는 진보초는 그리 넓은 구역이 아니었지만 전통 있는 고서점가와 이어졌다. 동경의 중심부에 가깝고 전차가 사방으로 연결되어 교통이 편리한데, 근처에 일본에서도 전통이 있는 센슈대학[專修大學] 캠퍼

스가 자리하고 있어서 비교적 조용했다. 그는 창문 밖으로 멀리 후지산[富士山]을 내다볼 수도 있다는 말에 거기에 하숙을 정해버렸다. 그러나 하숙방에서 하룻밤을 지낸 이른 아침에 그는 지진으로 눈을 떴다. 그는 화들짝 놀라 일어나 잠옷 바람으로 들창을 열었다. 흔들리는 동경의 거리 풍경이 내다보였다. 아침 햇살에 노랗게 물든 하늘 저편으로 아련한 후지산이 하얗게 머리를 내어놓고 있었다. 그는 동경에 와 있음을 실감했다.

그런데 제국 일본이 자랑하는 현대 문명의 상징 공간인 동경에 도착하자마자 그는 커다란 실망감에 빠져들었다. 그는 경성에서 친구들과 어울리면서 언제나 기교는 절망의 끝에서 나오는 법이라고 큰소리를 쳤다. 그러나 동경에 도착해서는 기교를 부릴 여유조차 느낄 수 없었다. 기림에게 동경 도착 소식을 전한 첫 편지에는 '와보니 실망이오. 실로 동경이라는 데는 치사스러운 데로구려!'라고 적고 있다. 자신의 실망감이 어디서 비롯된 것이었는지를 밝히지는 않았지만 새로운 예술의 세계를 갈망하던 그가 동경의 첫인상을 '치사스러운 데'라는 한마디 말로 표현하고 있는 것은 뜻밖의 일이었다. 기림에게 보낸 두 번째의 편지에서도 여전히 동경은 '참 치사스러운 도시'라고 적었다.

그러나저러나 동경 오기는 왔는데 나는 지금 누워 있소그려. 매일 오후면 똑 기동 못 할 정도로 열이 나 성가셔서 죽겠소그려. 동경이란 참 치사스러운 도십디다. 예다 대면 경성이란 얼마나 인심 좋고 살기 좋은 한적한 농촌인지 모르겠습디다. 어디를 가도 구미가 당기는 것이 없소그려! 표피적인 서구적 악취의 말하자면 그나마도 그저 분자식이 겨우 여기 수입이 되어서 혼모노(ホンモノ) 행세를 하는 꼴이란 참 구역질이 날 일이오. 나는 참 동경이 이따위 비속 그것과 같은 시나모노(シナモノ)인 줄은 그래도 몰랐소. 그래도 뭐이 있겠거니 했더니 과연 속 빈 강정 그것이오.

나도 보아서 내달 중에 서울로 돌아갈까 하오. 여기 있댓자 몸이나 자꾸 축이 가고 겸하여 머리가 혼란하여 불시에 발광할 것 같소. 첫째 이 개솔린 냄새 미만 셋트 같은 거리가 참 싫소.

이 편지 속에서 그는 동경에 대한 자신의 실망감을 조금도 과장하지 않고 그대로 드러내고 있다. 동경 거리에 가득한 자동차 행렬이 내뿜는 가솔린 냄새와 귀가 아플 정도의 소음에 지쳐버린 그는 자신이 찾고자 했던 문명의 꽃이 어디에서도 피어날 수 없다는 것을 알아챘다. 사람들이 득시글거리는 신주쿠 가부키조의 환락가에는 몸뚱어리를 감추고 머리만 내민 허깨비들이 사내들을 유혹한다. 그는 그런 유혹에 또다시 빠질 수가 없다. 외양만 요란하게 치장한 긴자의 휘황한 거리에서 그는 뉴욕의 맨해튼을 흉내 내고 있는 모조된 도시의 허영에 치를 떤다. 동양 최고의 도시를 자랑하는 제국의 수도 동경을 보면서 식민지 조선의 초라한 시인으로서 그는 '어디를 가도 구미가 당기는 것이 없다'라고 말한다. 그 이유는 동경의 거리에서 느끼는 '표피적인 서구의 악취' 때문이다. 서구 문명의 껍데기를 겨우 흉내 내면서 그것으로 진짜 행세하는 꼴이 구역질이 난다고 꼬집는다. 그는 동경이라는 도시가 이렇게 비속하다는 사실을 알고는 절망한다. 뭔가를 기대했으나 속 빈 강정에 불과하다고 그는 금방 알아챘다. 그는 자신이 느낀 실망감을 기림에게 전하면서 '내달 중에 서울로 돌아갈까' 한다며 조기 귀국의 가능성까지 내비쳤다. 점차 나빠지는 건강 탓도 있었지만 실제로 그는 동경에서 자신이 해야 할 일을 찾지 못하고 있었던 셈이다. 이 편지를 띄운 것이 동경 생활을 시작한 지 두 달 남짓한 기간을 보낸 때임을 생각한다면, 그의 동경 생활은 여기서 이미 끝이 난 것이나 마찬가지였다.

동경은 그가 꿈꾸던 새로운 문명의 도시가 아니다. 그는 동경의 비속성을 알아차리고는 자신이 몸 둘 곳이 아니라는 사실을 깨달았다. 그가 그곳에서 쓴 수필 「동경(東京)」은 완결된 글이 아닐지 모르지만, 식민지 예술가가 쓴 제국의 문명에 대한 가장 신랄한 비판적 에세이라고 할 만하다.

내가 생각하던 마루노우찌 빌딩, 속칭 마루비루는 적어도 이 마루비루의 네 갑절은 되는 굉장한 것이었다. 뉴욕 브로드웨이에 가서도 나는 똑같은 환멸을 당할는지…. 어쨌든 이 도시는 몹시 가솔린 내가 나는구나!가 동경의 첫인상이다.

우리같이 폐가 칠칠치 못한 인간은 우선 이 도시에 살 자격이 없다. 입을 다물어도 벌려도 척 가솔린 내가 삼투되어버렸으니 무슨 음식이고간 얼마간의 가솔린 맛을 면할 수 없다. 그러면 동경 시민의 체취는 자동차와 비슷해가리로다.

이 마루노우찌라는 빌딩 동리에는 빌딩 외에 주민이 없다. 자동차가 구두 노릇을 한다. 도보하는 사람이라고는 세기말과 현대 자본주의를 비예(睥睨)하는 거룩한 철학인… 그 외에는 하다못해 자동차라도 신고 드나든다. 그런데 내가 어림없이 이 동리를 5분 동안이나 걸었다. 그러면 나도 현명하게 택시를 잡아타는 수밖에….

나는 택시 속에서 20세기라는 제목을 연구했다. 창밖은 지금 궁성 호리 곁, 무수한 자동차가 영영히 20세기를 유지하노라고 야단들이다. 19세기 쉬척지근한 내음새가 썩 많이 나는 내 도덕성은 어째서 저렇게 자동차가 많은가를 이해할 수 없으니까 결국은 대단히 점잖은 것이렷다.

신주쿠[新宿]는 신주쿠다운 성격이 있다. 박빙(薄氷)을 밟는 듯한 사치(侈奢). 우리는 '후란스야시끼'에서 미리 우유를 섞어 가져 온 커피를 한 잔 먹고 그리고 10전씩을 치를 때 어쩐지 9전 5리 보다 5리(伍厘)가 더 많은 것 같다는 느낌이었다. '에루테루', 동 경 시민은 불란서를 HURANSU라고 쓴다. ERUTERU는 세계에 서 제일 맛있는 연애를 한 사람의 이름이라고 나는 기억하는데 에루테루는 조곰도 슬프지 않다. 신주쿠—귀화(鬼火) 같은 이 번영 삼정목(三丁目)—저편에는 판장(板墻)과 팔리지 않는 지대 (地垈)와 오줌 누지 말라는 게시가 있고 또 집들도 물론 있겠지요.

C군은 위선 졸려 죽겠는 나를 축지소극장(築地小劇場)으로 안내 한다. 극장은 지금 놀고 있다. 가지가지 포스터를 붙인 이 일본 신극운동의 본거지가 내 눈에는 서투른 설계의 끽다점 같았다. 그러나 서푼짜리 영화는 놓치는 한이 있어도 이 소극장만은 때 때로 참관하였으니 나도 연극 애호가 중으로는 고급이다.
'인생보다는 연극이 재미있다'는 C군과 반대로 H군은 회의파 다. 아파트 H군의 방이 겨울에는 16엔, 여름에는 14엔, 춘추로 15엔, 이렇게 산비둘기처럼 변하는 회계(會計)에 대하여 그는 회 의와 조소가 깊고 크다. 나는 건망증이 좀 심하므로 그렇게 계절 을 따라 재주를 부리지 않는 방을 원하였더니, 시골 사람으로 이 렇게 먼 데를 혼자 찾아온 것을 보니 당신은 역시 재주가 많은 사람이라고 죠쮸 양이 나를 위로한다. 나는 그의 코 왼편 언덕에 달린 사마귀가 역시 당신의 행복을 상징하는 것이라고 위로해 주고 나서 후지산(富士山)을 한번 똑똑히 보았으면 원이 없겠다고 부언해두었다.

이튿날 아침 7시에 지진이 있었다. 나는 들창을 열고 흔들리는 대동경(大東京)을 내어보니까 빛이 노랗다. 그 저편 잘 갠 하늘 소꿉장난 과자같이 가련한 후지산이 반백의 머리를 내어놓은 것을 보라고 죠쮸 양이 나를 격려했다.

긴자[銀座]는 한 개 그냥 허영 독본이다. 여기를 걷지 않으면 투표권을 잃어버리는 것 같다. 여자들이 새 구두를 사면 자동차를 타기 전에 먼저 긴자의 포도를 디디고 와야 한다. 낮의 긴자는 밤의 긴자를 위한 해골이기 때문에 적잖이 추하다. '살롱 하루' 구비치는 네온사인을 구성하는 부지깽이 같은 철골들의 얼크러진 모양은 밤새고 난 여급의 퍼머넌트 웨이브처럼 남루하다. 그러나 경시청에서 '길바닥에 담(痰)을 뱉지 말라'고 광고판을 써 늘어놓았으므로 나는 침을 뱉을 수는 없다. 긴자 8정목이 내 측량에 의하면 두 자 가웃쯤 될는지! 왜? 적염난발(赤染亂髮)의 모던 영양(令孃) 한 분을 30분 동안에 두 번 반이나 만날 수 있었으니 말이다. 영양은 지금 영양 하루 중의 가장 아름다운 시간을

소화하시러 나오신 모양인데 나의 이 건조무미한 프롬나드는
일종 반추에 지나지 않는다.

나는 경교(京橋) 곁 지하 공동변소에서 간단한 배설을 하면서 동
경 갔다 왔다고 그렇게나 자랑들 하던 여러 친구의 이름을 한번
암송해보았다.

시와스[師走]— 섣달 대목이란 뜻이리라. 긴자 거리 모퉁이 모퉁
이의 구세군 사회냄비가 보병총(步兵銃)처럼 걸려 있다. 1전, 1전
만 있으면 와사(瓦斯)로 밥 한 냄비를 끓일 수 있다. 이렇게 귀중
한 1전을 이 사회냄비에 던질 수는 없다. 고맙다는 소리는 1전
어치 와사만큼 우리 인생을 비익(裨益)하지 않을 뿐 아니라 때로
는 신선한 산책을 불쾌하게 하는 수도 있으니 보이와 걸이 자선
쪽박을 백안시하는 것도 또한 무도(無道)가 아니리라. 묘령의 낭
자 구세군— 얼굴에 여드름이 좀 난 것이 흠이지 청춘다운 매력
이 횡일하니 '폐경기(閉經期) 이후에 입영하여서도 그리 늦지는
않을걸요' 하고 간곡히 그의 전향을 권설하고도 싶었다.
미츠코시[三越], 마쓰자카야[松坂屋], 이토야[伊東屋], 시로키야[白
木屋], 마쓰야[松屋]— 이 7층 집들이 요새는 밤에 자지 않는다.
그러나 우리는 그 속에 들어가면 안 된다. 왜? 속은 7층이 아니
요, 한 층씩인 데다가 산적한 상품과 무성한 숍걸 때문에 길을
잃어버리기 쉽다. 특가품, 격안품(格安品), 할인품, 어느 것을 고

를까. 그러나저러나 이 술어들은 자전에도 없다. 그러면 특가, 격안, 할인—품보다도 더 싼 것은 없다. 과연 보석 등속, 모피 등속에는 눅거리가 없으니 눅거리를 업수이 여기는 이 종류 고객의 심리를 잘 이해하옵시는 중형(重形)들의 슬로건 실로 약여하도다.

밤이 왔으니 관사(冠詞) 없는 그냥 긴자가 출현이다. '코롬방'의 차, '기노쿠니야'의 책은 여기 사람들의 교양이다. 그러나 더 점잖게 '브라질'에 들러서 스트레이트를 한 잔 마신다. 차를 나르는 새악씨들이 모두 똑같이 단풍무늬 옷을 입었기 때문에 내 눈에는 좀 성병(性病) 모형 같아서 안 됐다. 브라질에서는 석탄 대신 커피를 연료로 기차를 운전한다는데 나는 이렇게 진한 석탄을 암만 삼켜보아도 정열은 불붙어 오르지 않는다.

애드벌룬이 착륙한 뒤의 긴자 하늘에는 신의 사려에 의하여 별도 반짝이련만 이미 이 카인의 말예들은 별을 잊어버린 지도 오래다. 노아의 홍수보다도 독와사(毒瓦斯)를 더 무서워하라고 교육받은 여기 시민들은 솔직하게도 산보 귀가의 길을 지하철로 하기도 한다. 이태백(李太白)이 노든 달아! 너도 차라리 19세기와 함께 운명하여버렸었던들 작히나 좋았을까.

그는 20세기 동양 최대의 도시 동경의 모습을 추상적으로 구성하거나 해체하려 하지 않고 있다. 이것만으로도 그의 문명적 감식안이 박수 받을 만하다. 그는 스스로 도회의 산책자가 되어 그가 꿈꾸었던 동경을 체험한다. 그는 동경을 보고, 만지고, 냄새 맡고, 발로 밟으면서 입맛을 다신다. 그러므로 그의 동경에 대한 경험과 인식은 감각적일 수밖에 없다. 그가 동경에 관해 쓰고 있는 것은 도회적 감각에 관한 삐딱한 주석 붙이기에 해당하는 셈이다.

그는 현대적 대도시 동경을 상징하는 마루노우치 빌딩을 보고 상상했던 것보다 규모가 작다는 사실에 놀라면서 뉴욕의 브로드웨이에 가서도 그런 느낌을 받게 될까를 스스로 자문하기도 한다. 이 고층 빌딩의 거리에는 사람의 모습을 찾아보기 힘들다. 도회의 거리를 질주하는 것은 숱한 자동차뿐이다. 그 자동차들이 내뿜는 가솔린 냄새가 바로 동경이란 도시의 냄새이다. 자동차의 매연을 호흡하면서 이상은 고층 빌딩과 자동차로 가득한 이 도시가 20세기를 유지하기 위해 야단들이라고 적고 있다.

동경에서 가장 유명한 환락가 신주쿠를 두고 그는 '박빙을 밟는 듯한 사치'라는 한 구절로 주석을 달고 있다. 얇은 얼음은 속이 드러나 보인다. 그러나 그것은 언제나 깨어질 듯 위태롭다. 속이 뻔히 드러나 보이는 이 도회의 사치를 두고 그는 무언가 과장되고 과대 포장된 느낌을 어쩌지 못한다. '프랑스'를 '후란수'라고 말하는 이 특이한 흉내 내기를 놓고 그 '귀화(鬼火) 같은 번영'을 자랑하는 신주쿠 3정목의 뒷골목에서 '오줌 누지 말라'는 경고문을 찾아낸다. 바로 여기에 더 이상 언급하지 않았지만 참으로 절묘한 비아냥이 담긴다. 그리고 휴관 상태인 '축지소극장(築地小劇場)'의 시설을 돌아보면서 일본 신극운동의 본거지인 이곳을 '서툰 설계의 끽다점' 같다고 평가한다.

    긴자 거리의 화려한 백화점 상가들은 소비를 유혹하는 온갖 구호를 내걸고 연말 할인세일에 바쁘다. 그렇지만 고객의 주머니를 놀리는 이 놀라운 상술은 소비의 욕망을 부추길 뿐이다. 밤의 긴자 거리를 거닐면서 그는 다방 브라질에서 진한 커피를 마신다. 그러나 단풍무늬가 있는 옷을 입고 있는 여급들의 모습에 전혀 열정을 느끼지 못한다. '애드벌룬이 착륙한 뒤의 긴자 하늘에는 신의 사려에 의하여 별도 반짝이련만 이미 이 카인의 후예들은 별을 잊어버린 지도 오래다'라는 구절은 그러므로 이 호사스러운 문명의 끝 간 데가 어딘가를 암시하는 것처럼 들리기도 한다. 긴자의 거리를 두고 그는 '한 개의 그냥 허영 독본'이라고 쓰고 있으면서 '낮의 긴자'는 '밤의 긴자의 해골'이라서 추하다고 덧붙인다. 낮에 훤히 드러나 보이는 네온사인의 철골 구조물의 흉물스러운 모습은 밤을 새운 여급의 파마한 머리처럼 남루하다고 설명한다. 긴자의 거리를 하릴없이 떠도는 사람들과 마주치면서 그는 곳곳에 나붙어 있는 '가래침을 뱉지 말라'라는 경시청의 경고문을 찾아낸다. 침을 뱉어주고 싶은 심정을 이런 식으로 표현하고 있나? 현대의 자본주의와 세기말의 허영을 동시에 보여주고 있는 동경이라는 대도시를 훑어보면서 그는 20세기를 유지하기 위해 부산스러운 이 도시의 풍경에 질린다. 그는 자신을 낡은 19세기의 도덕과 윤리에 사로잡혔다고 말하면서도 동경에 대한 환멸을 감추지 못한다.

그에게 사람들로 붐비는 동경은 보들레르가 말했던 산책자가 되어 거닐기에는 버거운 도시다. 예술가로서의 초연함과 식민지 조선의 청년으로서 버리지 못하는 특이한 열등감 사이에서 조바심치는 그의 모습이 이 글에 그대로 드러난다. 대도시의 갑작스러운 움직임이 이 조선에서 온 예술가의 내면세계에 녹아들면서, 자아는 경계를 잃고 감각의 흐름과 모순되는 정신 상태로 변하기 시작한다. 그는 이를 거의 에로틱한 경험으로 묘사한다. 마치 몸을 찾아 헤매는 영혼처럼, 그는 원할 때마다 누구의 인격 속으로든 들어갈 수 있다. 물론 그 독특함은 불안정한 분열에서 비롯된 것이다.

동경의 인상은 한마디로 회색지대라고 할 만하다. 숨을 쉬기도 힘든 지옥 같은 동경의 인상은 그를 극도로 불안하게 만

든다. 그가 마음 써야 했던 것은 긴자의 번화가를 걸어가는 인
파 속에서 사람들이 아무런 관계도 없이 서로 몰려들며, 각자
가 자기편에 머물러 서로의 흐름을 지연시키지 않도록 하는
일이다. 이 특이한 집단적 경험에는 공동체적 관계에 대한 감
각은 전혀 없다. 사람들은 모두 그저 그 흐름에 실려 떠다니고
있다는 느낌이다. 빠르게 변화하는 세상을 보고, 세상의 중심
에 서면서도 세상의 눈에 띄지 않을 수 있다는 사실이 신기하
다. 그가 체험하는 동경과 거기서 비롯된 고통스러운 감성의
분열은 시인으로서 그가 꿈꾸던 이상적 문명과는 거리가 멀
다. 하지만 동시에 기묘한 방식으로 그의 내면에 작용하는 강
점이 되기도 한다. 근대적 대도시 동경이라는 공간의 본질 자
체가 자아의 미묘한 이중성을 자극하고 있다.

　동경에 비하면 시골처럼 한적하게 느껴지는 경성이 오히려
사회 질서의 전형으로 보였던 것은 무엇 때문일까? 새로운 시
대의 급속도로 확장된 대도시 동경이 그에게 점점 더 이해하
기 어렵고 모순적으로 보였던 까닭은 무엇인가? 그는 동경이
라는 거대한 도시를 세기말적인 서구 현대의 모조품처럼 흉물
로 그려놓고 있다. '마루비루'의 높은 빌딩 숲을 거닐면서 그는
미국 뉴욕의 브로드웨이를 떠올리며 환멸에 빠져든다. 그리고
프랑스 파리를 시늉만 하는 신주쿠의 사치스러운 풍경의 가벼
움이 한없이 역겹다. 그는 긴자 거리의 허영에 오줌을 깔겨주

면서 아무래도 흥분하지 않는 자신을 '19세기'라고 치부한다.

수많은 지식인과 예술가가 일본을 드나들고 동경을 오갔지만, 그가 하듯이 동경이라는 도회의 실체를 구석구석 꼼꼼히 뜯어본 사람은 찾아볼 수가 없다. 물론 이 짧은 글에서 그려내고 있는 동경은 대도시 동경 자체의 겉껍데기에 해당한다고 말할 수도 있다. 그러나 이 외관의 감각적 인식은 동경이라는 도회의 내부에 갇혀서 겉으로 드러나지 않는 현대성의 문제를 알레고리처럼 풀어낸다. 신주쿠의 환락을 눈으로 확인하고 긴자의 사치에 몸을 떨고 있는 그의 내면의식이 거기에 담겨 있기 때문이다. 결국 그는 동경이라는 도시에 대해 아무런 매력도 느끼지 못하게 된다.

수필 「동경」은 비슷한 시기에 쓴 것으로 보이는 「권태」와 특이하게도 짝을 이룬다. 그가 동경의 한복판에서 자신의 기억과 인상과 그 생생한 감각을 모두 동원하여 쓴 글이 평안도 성천(成川)을 여행했던 체험을 기록한 「권태」였다는 것은 참으로 의미심장하다.

아무것도 생각할 수 없는 상태 이상으로 괴로운 상태가 또 있을까. 인간은 병석에서도 생각한다. 아니, 병석에서는 더욱 많이 생각하는 법이다. 끝없는 권태가 사람을 엄습하였을 때 그의 동공은 내부를 향하여 열리리라. 그리하여 망쇄할 때보다도 몇 배나 더 자신의 내면을 성찰할 수 있을 것이다.

현대인의 특질이요 질환인 자의식 과잉은 이런 권태치 않을 수 없는 권태, 계급의 철저한 권태로 말미암음이다. 육체적 한산, 정신적 권태, 이것을 면할 수 없는 계급이 자의식 과잉의 절정을 표시한다.

그는 자신의 의식을 짓누르고 있는 특이한 '권태'의 감각을 통해 20세기 동양 문명의 중심지인 동경을 비아냥대며 그 허망함을 날카롭게 비판한다. 일상생활이 억압적으로 느껴진다면, 그 가장 큰 이유는 시간이 끝없는 반복으로 경험되기 때문이다. 이것이 바로 보들레르의 권태 상태에 해당한다. 권태에 빠지면 주관적인 시간이 기계적으로 변하고, 지나가는 순간들이 마치 손으로 만질 수 있는 것처럼 느껴지는 상태로 과민해진다. 주체가 무기력해지고 고통스러운 신경과민에 빠져들면 미묘한 감수성이 더욱 고양되고 무위와 무력의 교착상태 사이에 갇혀버린다. 그는 파리의 우울을 몰고 다녔던 시인 보들레르처럼 긴자의 거리를 돌아보면서 19세기와 함께 운명해 버렸으면 더 좋았을 밤하늘의 달을 쳐다보게 된다. 그가 발견한 이 동경의 이미지는 문명의 화려한 꽃이 아니라 그 어슴푸레한 회색의 그림자일 뿐이다.

그에게 절망의 끝은 어디였을까? 동경에서 느끼는 고독과

우울을 고스란히 담아놓고 있는 것이 그가 기림에게 쓴 마지막 편지다. 음력 섣달그믐이라는 편지 쓴 날짜를 양력으로 바꿔보면 1937년 2월 10일이다. 동경 니시간다 경찰서로 연행되기 직전에 쓴 것으로 보이는 이 편지의 사연 속에는 그가 애써 감추려고 했던 자의식의 내면까지도 그대로 드러나 있다.

'차차 마음이, 즉 생각하는 것이 변해가오. 역시 내가 고집하고 있던 것은 회피였나 보오. 흉리에 거래하는 잡다한 문제 때문에 극도의 불면증으로 고생 중이오. 2, 3일씩 이불을 쓰고 문외 불출하는 수도 있소. 자꾸 자신을 잃으면서도 양심 양심 이렇게 부르짖어도 보오. 비참한 일이오. (중략) 나는 지금 쩔쩔매는 중이오. 생활보다도 대체 어떻게 했으면 좋을지 모르겠소. (중략) 내가 서울을 떠날 때 생각한 것은 참 어림도 없는 도원몽이었소. 이러다가는 정말 자살할 것 같소.' 그가 털어놓고 있는 이러한 심중은 결코 과장된 제스처가 아니다.

그가 스스로 경성을 도망쳐 나왔다고 생각하는 순간 동경 생활은 아무 의미 없이 끝난 것이나 다름없다. 그는 절망의 끝에서 더 이상 기교를 부릴 힘조차 잃고 있었다. 이제 그에게 남아 있는 것은 무엇일까? 그는 동경에서 어떤 날개를 꿈꾸었던 것일까?

11

'잔인한 4월'의 첫 주말이었다.

그의 위독을 알리는 전보가 하루걸러 두 차례 동소문동 동림에게 배달되었다. 동경에서 보내온 것이 분명하지만 발신인 주소도 이름도 없었다. 첫 전문에는 '이상 병환 위중 부인 급래 요망'이라고 했는데 두 번째 것은 그냥 '병환 위중'이라고만 적혔다. 동림은 그 전보를 받고 우리 집으로 달려왔다. 급작스러운 전보 내용에 모두가 놀랐다. 잇달아 두 차례나 보내온 전보는 그의 건강 상태가 아주 나빠졌음을 급하게 전해 주고 있었다.

동림은 의외로 차분하게 동경행을 준비하면서 그의 동경 하숙집 주소를 챙겼다. 4월 초의 동경 날씨가 제법 싸늘하게 느껴졌던 유학 시절이 떠올랐다. 나는 그녀에게 동경의 변덕스러운 봄 날씨에 대비하여 미리 두터운 옷가지도 챙기도록 했고, 무슨 일이 생기면 즉시 경성으로 전보하라고 말했다.

동림이 급한 짐을 꾸려 동경으로 떠난 지 열흘이 지나 내게 보내온 전문이 '이상 사망'이었다. 그리고 이 슬픈 소식은 조선일보에 '작가 이상(李箱) 씨 동경서 서거'라는 아주 짤막한 기사로 세상에 알려졌다. '작가 이상 씨는 문학적 수업을 하기 위해서 동경으로 건너갔던 바 숙아(宿痾)인 폐환이 더쳐서 매우 신음하던 중 지난 17일 오후 본향구 3정목 제대부속병원에서 영면하였다. 유해는 방금 그 부인이 수습 중에 있는데 근일 다비(茶毘)에 부친다고 한다.' 이 짧은 두 개의 문장이 그의 죽음을 알리는 공식적인 기록이다. 이 신문 기사에는 내가 지금도 풀어내지 못한 그의 죽음에 관한 여러 개의 수수께끼가 포함되어 있다. 그의 동경 체류 기간은 반년 정도로 짧았다. 이 기간에 동경 니시간다 경찰서 유치장에 한 달 가까이 구금당했고, 동경제국대학 부속병원에 몇 주간 입원해 있었다는 점을 계산에 넣는다면, 실제로 그가 동경에서 활동했던 기간은 넉 달 정도에 지나지 않는다.

그의 죽음이 알려지자 가장 먼저 창문사로 달려온 것은 구보였다. 구보는 나를 붙잡고 "이십팔 년은 너무 짧다"라고 하면서 흐느꼈다. 지용과 상허도 그의 짧은 삶과 그 돌출한 천재성에 안타까움을 긴 한숨으로 표했고, 인택과 회남은 할 말을 잊은 채 눈물만 흘렸다. 나는 이들이 느끼는 슬픔을 다독이면서 가슴이 터지는 아픔을 속으로 견뎠다.

봄방학을 맞아 잠시 귀국했던 기림은 일본으로 돌아가는 길에 서울에서 며칠 머물던 중에 이 가슴 아픈 소식을 들었다.

그는 동경에 들러 서로 다시 만날 계획을 세우고 있었지만, 상은 더 기다려주지 않았다. 창문사 사무실로 찾아온 기림은 구석의 비어 있는 상의 책상을 망연히 바라보면서 이 불행한 천재 시인의 죽음을 두고 이렇게 말했다.

"참으로 특이한 일이지요. 엊그제 나온 조광의 「종생기」를 읽으면서 그가 죽음을 예고했던 것이 아닌가 하는 생각이 들었어요. 소설 속의 '묘지명'에 주인공이 세상을 떠난 날짜가 1937년 3월 3일 정축(丁丑)이라고 적었는데, 이 날짜를 양력으로 따져보니 4월 13일입니다. 그가 세상을 떠난 날이 4월 17일이라서…."

기림은 소설 속에서 그가 자기 죽음을 이미 예견하고 그것을 암시했던 것 같다고 하면서 혹시 자진(自盡)하려고 했는지 모르겠다고 했다. 나는 그 말에는 아무 대꾸도 하지 못했다. 갑자기 내 머릿속이 하얗게 변해버리는 듯한 느낌이었다. 그가 남긴 작품 속에서 유별나게 '자살'이라는 말을 자주 만나게 되는 것은 사실이다. 하지만 그가 자기 운명을 그렇게 자기 손으로 배반할 거라고는 생각되지 않았다. 자살은 자기 명예를 반드시 지키겠다며 말도 되지 않는 망상에 빠져든 자들이 마지막으로 선택하는 가장 명예롭지 못한 행동이라는 것이 내 판단이다. 나는 삶으로부터 도피하기 위한 것이라면 그가 굳이 그런 식으로 자신을 파괴할 리가 없다고 했다. 기림도

"자진은 상상할 수도 없는 일이지요"라고 혼잣말처럼 중얼거렸다.

기림은 「날개」의 소설적 성격이 아주 중요하지만 「종생기」의 이야기 방식이 더 흥미롭다고 했다. 「종생기」의 이야기 속에는 작가 자신의 이름과 동일한 '이상'이라는 주인공이 등장한다. 그러므로 이야기에 등장하는 '나'는 작가 자신과 혼동될 수밖에 없다. 서사를 주도하고 있는 작중인물인 '나'라는 주인공 이상과 경험적 자아로서의 작가 이상의 목소리가 서로 뒤섞여 나타나고 있기 때문이다. 이와 같은 작가의 개입은 자신의 글쓰기에 독자의 관심을 끌어모으기 위한 하나의 전략이다. 이 소설에서 작가는 독자를 향해 자기 소설의 의도를 밝히면서 이야기를 시작한다. 그리고 독자는 작품을 읽으면서 작가가 자기 의도대로 이야기를 꾸며내는 과정을 그대로 알아차리게 된다. 이 소설이 어떤 방식으로 만들어지고 있는지를 소설 내에서 보여주는 셈이다. 기림은 「종생기」가 '만들어진 이야기'라는 말에 힘을 주었다. 그러곤 아주 진지하게 이에 관한 설명을 이어갔다.

"이 소설에 등장하는 작가인 '나'(이상)는 텍스트 속에 등장하는 순간 그 실재성의 의미를 상실하죠. 달리 말하자면 실재성이 의문시될 수밖에 없어요. 그것은 텍스트의 언어에 의해 만들어지는 것이기 때문이에요."

그는 「종생기」의 텍스트 안에 등장하는 작가 자신을 실재하는 작가 이상과는 구별해 보아야 한다는 점을 몇 번이나 강조했다. 이 소설은 텍스트 내부의 세계를 새롭게 구조화하는 데 주력함으로써 이야기 자체가 텍스트의 창작 과정을 정교하게 반영하도록 유도하고 있다. 이러한 방법을 통해 그는 자신의 소설적 글쓰기가 하나의 기술적 제작에 해당한다는 사실을 의식적·체계적으로 드러낸다. 그리고 스스로 자신의 글쓰기 행위에 대해 비판하고 반성하는 자의식의 내면을 고스란히 보여준다. 과거의 소설이 외부 세계를 비추기 위해 거울을 들고 있는 형국이었다고 한다면, 상이 시도하고 있는 새로운 글쓰기 방법은 외부 세계를 향해 비추고 있는 거울에 또 다른 거울을 대고 들여다보는 특이한 '거울놀이'였다고 할 수 있다. 나는 그의 설명을 들으면서 '제작으로서의 예술'을 강조했던 서구 모더니스트들의 새로운 주장을 떠올렸다. 기림은 「종생기」의 독특한 위장술을 독자들이 혹시 착각할지도 모른다고 걱정하면서도 경험의 현실과 허구의 세계를 넘나드는 상의 소설이 리얼리티의 경계를 허물고 있다는 사실을 놓치지 않고 지적했다.

"나는 이 소설을 읽으면서 '작품'이 작가의 독특한 기법으로 만들어지는 것임을 확인했지요. 그가 제작되는 것으로서의 작품이라는 개념을 철저하게 실천하고 있다는 점에 놀랐어요. 상은 「오감도」로 이미 그 시적 상상력의 탁월함을 자랑하거니와 예사롭게 넘길 수 없는 재능을 지닌 작가이기도 해요."

기림은 벗어들었던 안경을 끼고는 궐련에 다시 불을 붙였다. 그리고 한 모금 연기를 길게 뿜어냈다.

"그가 발표한 글은 잉크로 편하게 쓰인 적이 없어요. 자기 손가락의 피를 뽑아내어 '시대의 혈서'를 쓰는 것처럼 처절한 고통 속에서 작품을 만들었죠. 이제 이 글들을 모아 한 권의 책으로 엮어내는 일이 제게 남겨진 듯합니다."

기림은 앞으로 상이 생각날 때마다 남겨진 작품들을 다시 펼쳐놓고 꼼꼼히 하나씩 읽어야겠다고 했다. 그리고 잡지와 신문에 발표했던 작품들을 찾아내어 자기 손으로 책을 엮어서 먼저 떠난 그를 위로해야 한다고 말했다. 나는 그 말을 듣고 "고마운 일입니다"라고 말하고는 같이 저녁 식사를 하자고 말했다. 이미 창밖으로는 옅은 저녁놀이 밀려오고 있었다.

우리 두 사람은 창문사 사무실을 나와 부청사 옆길을 말없이 걸었다. 장곡천정으로 들어서는 길목까지 대한문의 그림자가 길게 뻗쳤다. 퇴근길이 되니 오가는 사람들도 분주했다. 이 길을 나는 상과 자주 걸었다. 상은 내 짧은 다리까지 생각하여 언제나 보폭을 맞춰주었고 되도록 내 뒤를 바짝 따라붙으려고 했다. 나보다 앞서서 걷는 법이 없었다. 그리고 늘 다정하게 내게 '형, 참…' 하면서 이야깃거리를 전해주었다. 아직 저녁 시간이 이른 편이어서 후루사토는 손님이 그리 많지 않았다. 나는 상과 함께 이곳을 찾았던 기억을 떠올리면서 그가 늘 앉았던 자리에 기림을 앉혔다. 그리고 "이곳의 계란덮밥, 아니 오므라이스를 상이 무척이나 좋아했어요" 하면서 자리를 잡았다. 식사하는 동안 맥주도 한 잔씩 나누면서 다시는 함께 자리를 채워 앉을 수 없게 된 그를 생각했다. 기림도 상의 죽음을 애처로워하고 있었다. 그는 동경 간다의 하숙방에서 상을 마지막으로 만났던 날 이야기를 내게 들려주었다.

"동경에서 그를 만났던 마지막 날이 너무도 생생한데, 이제 다시 볼 수 없는 사람이 된 것이 가슴 아프네요."

기림은 상이 살아온 과정 자체가 현대라고 하는 이 커다란 격랑의 바다 위에 혼자 떠 있는 난파선과도 같은 모습이었다고도 했다. 그는 자기가 상의 삶과 문학을 아끼고 사랑한다고 했지만, 살아서 함께 호흡할 수 있을 때 아무런 도움도 주지 못한 걸 후회했다. 상처 난 날갯죽지를 달고 동경으로 날아든 이 가련한 시인은 매주 한 번씩 기림이 공부하고 있던 센다이로 편지를 보내오곤 했다. 특별히 할 이야기가 있는 것도 아니고 전해야 할 소식이 있는 것도 아니었다. 사연의 끝은 늘 기림이 보고 싶다는 것이었고 제발 동경으로 한번 자기를 만나러 올 수 없느냐는 것이었다. 낯선 동경에서 외로움에 떨고 있는 그가 참으로 딱하기는 했지만, 기림은 제국대학 학기 중에 한가하게 멀리 동경까지 그를 보러 갈 수가 없었다. 상은 동경에서 홀로 두어 달을 보내면서 자기 주변에 응원군을 만들었다. 조선에 있을 때 『삼사문학』을 내던 젊은 패거리들이었다. 이들 동경 유학생 가운데 몇몇이 상의 말벗이 되어 자주 어울렸다. 그는 기림에게 이들을 응원해달라고 조르기도 했고 이들의 무리에 합류하여 『삼사문학』의 동인이 되어줄 너그러움을 보이라고 재촉도 했다. 하지만 기림은 지도교수가 정해주는 과제 더미 속에서 조금도 마음의 여유를 낼 수가 없었다.

"나는 학기말시험에 정신이 없었는데, 상이 동경에서 보내오던 소식이 끊겼어요. 그래서 내가 먼저 이번 봄방학 귀국길에는 동경을 들르겠다는 편지를 적어 보냈더니 곧바로 답이 왔지요. 동경에서 만나 맥주를 같이 마시자면서…."

기림은 상이 동경에 도착한 직후부터 몇 번인가 만나기를 기약했지만 종내 대학을 떠나지 못했다. 『기상도』를 자기 손으로 꾸며 한 권의 시집으로 만들어내고 스스로 만족해 기뻐했던 그는 동경에 도착한 뒤 모든 것을 기림에게 기대고 싶어했다. 기림은 하루하루 날짜를 따지면서 동경에서 그를 만날 날을 기다린 끝에 봄방학 귀국길에 동경 간다구 진보초 그의 하숙방 주소를 무조건 찾았다. 3월 스무날 밤이었다. 동경 거리는 봄비에 젖어 있었다. 그의 숙소는 뒷골목에 늘어선 목조물의 2층 골방이었다. 이 날개 돋친 시인과 더불어 동경 거리를 만보하면서 이야기를 나누면 얼마나 유쾌할까 하고 생각했지만, 기림의 생각과는 딴판으로 그는 날개가 완전히 부러져 일어설 기력도 없이 이불을 둘러쓰고 초라하게 쪼그려 앉아 있었다. 전등불에 가로 비친 그의 얼굴은 상아보다도 더 창백하고 검은 수염이 코 밑과 턱에 참혹할 정도로 무성했다. 그를 바라보는 얼굴의 어두운 표정이 가뜩이나 병들어 약해진 벗의 마음을 상하게 할까 봐 기림은 애써 명랑한 표정을 꾸몄다. "예전보다는 야윈 모습인데? 골고다 언덕에 오르던 크리스트처럼 참혹해도 자네 눈빛은 살아 있어. 드디어 「오감도」의 시인과 동경에서 만나게 되었군." 기림은 그의 차디찬 손을 꼭 잡고 놓지 않았다. "하필이면 이런 때 이런 몰골로 기림을 동경에서 만나다니." 그가 엷은 웃음을 띠면서 말했다. 이불을 끌어 머리에 쓴 그 처참한 행색이 걱정되어 자리에 누워 이야기하라고 했지만, 그는 듣지 않았다. 그리고 장장 두 시간이나 앉은 채 그동안 쌓인 동경 생활 이야기를 풀어놓았다. 그의 말에 따르면 몇몇 유학생들과 다방에 모여 앉아 나눈 대화가 빌미가 되었다. 대륙의 북쪽으로 번지는 전쟁과 파시즘이 기승을 부리는 유럽의 정세를 말하던 중에 누군가 뒤에서 그의 어깨를 억세게 잡아챘다. 거기에 경찰서 사복형사가 와 있는 줄은 꿈에도 몰랐다. 그는 형사의 취체에 걸렸고 하숙방까지 따라온 형사들이 방 안을 샅샅이 뒤져 이것저것 상자에 담왔다. 그러고는 니시간다[西神田] 경찰서로 끌고 갔다. 공교롭게도 하숙방 책상 위에 제목이 예사롭지 않은 책자가 몇 권 있었고 본명 김해경(金海卿) 외에 이상(李箱)이라는 별난 이름을 쓰는 이 조선인의 노트 속에는 몇 줄 온건하지만은 않은 이상한 글귀들이 적혀 있었다. 유치장에 갇혀 한 달 동안이나 그는 날마다 경찰의 심문을 받았다. 건강이 악화해 객혈이 다시 시작되었다. 몸을 제대로 가눌 수 없을 정도가 되자, 그는 유치장에서 풀려나 경찰차에 실려 하루 전에 숙소로 돌아왔다고 했다. 그렇지 않았으면 먼 길을 찾아온 기림을 이렇게 만나지 못했을 거라면서 그는 길게 한숨을 내쉬었다. "내일 병원에 간다고? 그래, 어서 건강을 되찾아야지. 그래야 자네가 늘 자랑하던 쌉쌀한 에비수 맥주를 함께 마시지." 기림은 그의 힘없이 늘어진 하얀 팔목을 쓰다듬고 그의 가느다란 손가락을 모아 손아귀에 꼭 잡았다. 그는 유치장에 있느라 기력이 쇠해졌지만, 병원에 가서 며칠 누워 있으면 다시 회복될 거라고 말하며 자기가 동경에 와서 했던 일들을 자랑처럼 늘어놓았다. 유학생들과 어울려 음악회를 가고 극장에 가보고 영화도 즐겼다고 했다. 조선에서 보내주는 문단 소식을 그는 생각보다 훨씬 더 많이 챙겨 듣고 있었다. 그는 난생처음 구경한 바이올린 연주회에 감격해 있었다. 제금가 엘만을 몇 차례나 찬탄했다. 조선 문단의 소식도 그는 전했다. 경성을 헤매고 있는 유정을 걱정하다가 말이 소설 「날개」에 대한 월평에 미치자, 그는 몹시 흥분했다. 평론가 재서가 지적한 '모더니티'의 문제성에 동의하고 그 소설평의 내용을 대체로 승인한다면서도 주체의 위기와 모더니티에 관한 관점은 작가로서 다소 이의가 있다고 말하기도 했다. 그는 「동해」에 관한 평은 아예 찾아보기도 어려웠다면서 "아무도 제대로 읽지 않은 모양이야. 내가 좀 요설체로 써냈지만 우리 사회의 세태를 직설적으로 그린 건데"라며 불평까지 늘어놓았다. 기림은 이렇게 조바심치는 그를 향해 "몸이 성치 않은데 뭘 거기까지 신경을 쓰는가? 그래도 눈 밝은 독자는 다 읽을 건데" 하면서 왜 글을 쓰면서 남의 눈치를 보느냐, 두려워할 것이 뭔가, 세상이야 어떻게 떠들든 자기 값있는 일만 정성껏 하면 그만 아니냐고 어색하게나마 위로해보았다. 그가 세평에 대해서 너무 신경을 쓰고 있는 게 안타까웠다. 그는 기림을 멀뚱멀뚱 쳐다보다가 외로움이라는 병이 더 무섭다고 혼잣말처럼 뇌까렸다. 이튿날 아침 일찍 기림은 간단히 먹을 수 있는 화과자 몇 개와 우유를 사 들고 다시 그의 하숙을 찾았다. 오후에 그는 병원으로 가게 되어 있었고 기림도 저녁때 동경을 떠나는 하관(下關, 시모노세키)행 기차를 타야 했다. 모처럼 동경서 만나고도 기림과 함께 긴자 거리와 신주쿠 뒷골목을 돌아다니지 못하는 것을 그는 한탄했다. 기림은 귀국했다가 다시 돌아오면서 센다이로 가는 길에 동경에 들를 테니 그때 만나 맥주를 마시자고 약속했다. 그때까지는 건강을 회복하겠노라고 그도 다짐했다. "그럼 다녀와요. 내 그때까지는 죽지 않을 테니" 하는 그의 맥없는 목소리를 어두운 방구석에 남기고 기림은 발걸음을 돌렸다. 그것이 마지막 말이 되었다. 그리고 이 만남이 둘 사이에 영결의 장면으로 이어졌다. 그는 기림을 더 기다려주지 않았다. 기림은 둘이서 다시 만나자는 마지막 약속을 지킬 수 없게 된 게 너무 가슴 아프다면서 한동안 천장을 올려다보았다.

"상은 병으로 세상을 떠난 것이 아니지요. 그는 아무도 도와주는 이가 없는 동경의 차가운 경찰서 유치장에서 혼자 발버둥 치다가 쓰러졌어요. 현대 문명의 참모습을 확인해보겠다고 겨우 날갯죽지 하나를 달고 동경으로 날아든 이 가엾은 시인은 동경에서 더 강고한 시대의 장벽에 부딪혀 무너졌어요. 이 순정한 영혼을 무참히 짓밟은 것은 누굴까요? 그를 죽인 것은 병이 아니라 잘못 태어난 우리 시대죠. 그는 무시무시한 시대의 악형(惡刑)을 혼자서 감당할 아무 힘도 없었어요."

기림은 '시대의 악형'이라는 말을 몇 번이나 되풀이했다. 그리고 상을 잃은 공허를 표현하기에는 슬픔을 그린 사전 속의 형용사가 모두 다 오히려 사치스럽게 느껴진다고 했다. 그리고 그의 문학이 당대의 독자와 조화롭게 만날 수 없었던 점을 안타까워했다.

"서산 형, 상의 시에는 그 아비가 없어요. 상의 소설도 그 특유의 어법은 우리 문단에 그 유례를 찾아볼 수가 없고요. 상의 문학 자체가 '뿌리 없는 문학'이었던 셈이지요. 더구나 그를 이해하고자 하는 독자도 갖지를 못했어요. 하지만 나는 그를 기다리는 새로운 시대의 독자가 뒤에 분명 존재할 것으로 믿어요."

나는 다시 북받치는 설움을 안고 살아생전의 날카로웠던 상의 눈초리를 떠올렸다. 기림도 너무 일찍 떠나간 상에 대한 안타까움에 다시 눈시울을 적셨다.

며칠이 지나 동림이 동경에서 그의 유해를 안은 채 돌아왔다. 그녀는 아무하고도 만나려 들지 않았다. 상의 친가 식구들은 모두 경황이 없었다. 상이 동경에서 눈을 감던 바로 전날 아들에게 평생 아무런 도움을 주지 못했던 그의 아버지가 갑작스럽게 돌아갔고 연로하여 늘 자리에 누워서 지내던 그의 조모도 함께 세상을 떠났다. 겹친 상사에 황망한 장례를 치른 뒤라서 미아리 공동묘지에 상의 유해를 안장할 때는 동림의 곁에 나와 그의 오라비가 지켜 서 있었고 상의 친동생 남매가 오열하면서 흙을 덮었다. 구보와 인택은 멀찍이 서서 멍하니 하늘만 바라보았다. 그것이 상이 이 땅을 떠나는 홀홀한 고별의 순간이었다.

동림은 남편을 떠나보낸 젊은 미망인 노릇을 스스로 택한 채 한동안 바깥출입도 하지 않았다. 우리 집에서는 새어머니가 홀로된 동림을 크게 걱정했다. 아버지는 동림을 혼자 동소문 셋집에 살도록 놔둘 수 없다고 했다. 조모가 세상을 떠나신 후에 내가 친가로 다시 들어와 지내고 있었는데도 큰 집의 안채가 너무 쓸쓸하다면서 아버지는 조모가 사용하던 방을 비워 동림이 들어와 지내도록 했다. 우리 집 아이들 공부도 돌봐주면서 새어머니와 말동무도 하는 것이 좋겠다는 판단이었다. 나는 동림을 찾아가 집안 어른들의 이런 뜻을 전하고 우리애들 학교 공부를 좀 도와주면서 천천히 할 일을 찾는 것이 어떠냐고 물었다. 동림은 잠시 생각에 잠겼다가 그리하겠노라고 대답했다. 나는 동림이 셋방의 살림을 정리하는 일을 거들며 상이 남긴 원고와 노트와 유품들을 챙겼다.

"이 사람은 동경으로 죽으러 갔던 셈이야. 써놓은 원고나 노트를 보면 숱한 죽음이 적혀 있어. 그럴 거면 이곳 경성 내 품에서 조용히 죽어갈 일이지, 이렇게 무겁고 괴로운 짐만 내게 남기다니. 나는 그이를 용서할 수 없을 것 같아."

나는 동림의 입에서 놀라운 소식도 들었다. 부청에 사망신고를 하러 가보니 두 사람의 결혼이 제대로 신고되어 있지 않았다고 했다. 둘이서 같이 혼인신고서를 작성했고 도장도 찍었고 욱이 오빠와 시동생 운경이 보증인이 되기로 했다. 그가 분명 혼인신고서를 들고 부청으로 가는 것을 보았는데 어찌

된 일인지 호적에는 김해경이라는 이름이 여전히 시부모님 아래 결혼도 하지 않은 장자로 기재되어 있었다. 동림은 동거인이라는 어정쩡한 입장이 되어 사망신고서를 제출했다.

"동경에 도착해보니 제국대학 부속병원에 누워 있는 그이는 살아 있는 사람이 아닌 것처럼 미동도 제대로 하지 못했어."

하얀 침상에 그가 정물처럼 누워 있었다. 반쯤 감긴 그의 눈에 아무런 움직임이 없었다. 동림은 그의 손을 잡았다. 동소문동 살림집에서는 툭하면 자기를 그렇게 끌어안고 싶어 했던 팔에 전혀 힘이 느껴지지 않았고, 손은 차가웠다. "나 좀 한번 안아봐요"라고 했는데도 그는 몸을 제대로 굴신도 하지 못했다. 동림은 그의 핏기 없는 얼굴에 뺨을 비볐다. 가느다란 숨소리가 그의 생존을 말해줄 뿐이었다. "여보, 무슨 말 좀 해요. 나야, 나 임이가 경성에서 이렇게 왔어요" 하면서 그를 흔들었다. 바싹 마른 그의 입술이 조금 움직였다. "센비키야, 센비키야의 멜론이…." 그가 멜론이 먹고 싶다고 하는 말을 겨우 알아듣고서 동림은 고개를 들고 그의 눈을 내려다보았다. 그는 두어 번 동림을 향해 눈을 껌벅거렸다. 굵은 눈물이 주르륵 눈가에서 흘러내렸다. 동림은 병실을 나와 병원 앞 가게에서 멜론 두 개를 사 들고 돌아왔다. 병상에 누운 채 그는 다시 눈을 뜨지 못하고 가쁜 숨만 내쉬고 있었다. 젊은 의사와 간호부가 달려왔는데 청진기를 대고 체온을 재보고는 그녀에게 준비하라고 말하면서 그대로 나가버렸다. 그것이 마지막이라고 생각하니 눈물도 나오지 않았다.

그의 유해는 유학생 영섭, 태천과 동경에서 일하고 있던 소운의 도움을 받아 일본식으로 화장했다. 그가 남긴 유품이랄 것도 없었다. 일본 경찰이 하숙집을 모두 뒤져 압수해간 것들은 다시 돌려받을 수가 없었다. 책상 위에 흩어져 있던 책 몇 권과 공책과 원고지가 전부였다. 그의 옷가지는 그대로 버려졌다. 나는 동림의 말을 들으면서 생의 마지막 순간이라는 것이 그렇게 허망하다는 것에 가슴이 아팠다. 동경으로 떠나기 전에 그렇게 의연하게 창문사 책상을 정리하던 그의 모습이 떠올랐다.

동림은 그가 남겨둔 감정의 찌꺼기를 버리고 싶어 했다. 하지만 그와 연결된 심정의 끈 같은 것을 그리 쉽게 끊어버릴 수가 없었다. 동림은 그가 서서히 다가오는 죽음의 고통을 견디며 원고지를 메꿨던 사실을 안타깝게 돌아보면서 신문과 잡지에 흩어져 있는 작품들을 정리해두는 것으로 일과를 삼았다. 그리고 유품이라고 할 수 있는 원고들과 노트 몇 권과 그가 즐겨 보던 책들을 내게 모두 가져가라고 했다. 이제는 그의 작품을 대부분 수습했고 그것들을 읽으면서 그에 관한 생각들을 정리한 것으로 자기가 할 일은 끝난 것 같다고 말했다. 동림은 그와 혼례를 올리고 짧게 함께 살았고 그가 죽은 후 미망인이 되었지만, 법적으로는 그의 죽음을 공식적으로 증언한 동거인일 뿐이었다. 나는 불쑥 이렇게 물었다.

"둘 사이에 무슨 비밀이라도 있었던 거예요? 나는 상이 갓 결혼한 자기 색시를 두고 왜 혼자 동경으로 그렇게 급히 도망치듯 떠나갔는지 지금도 이해가 안 되는데."

"나도 마찬가지야. 아무리 생각해도 그이를 이해할 수가 없어. 그이는 나로부터 떠날 궁리만 했던 것 같거든."

"상이 도망해야 할 무슨 이유가 있었나요?"

"그이는 도무지 자기 속내를 제대로 드러내지를 않았어. 동경에서 쓴 걸로 보이는 「실화」를 보면 그 속에 자기 내면을 많이 숨겨놓았던 것 같아. 전체 이야기 내용을 잘 이해하기 어려워서 원고를 두어 번 읽었는데 아직 완성된 것으로 보이지는 않아. 연이라는 여주인공이 현실 속의 나와 연결되는 것이 걱정되긴 하지만 나는 그이의 엄살이 소설이라는 허구의 가면을 쓰고 있다는 것을 잘 알고 있지. 결혼식을 올리고 채 백 일도 같이 살지 못한 부부였는데 우리 사이에 무슨 비밀이 있겠어?"

동림은 내게 「실화」의 원고를 건네주면서 한번 읽어보라고 했다. 그의 유품 가운데 비교적 깨끗하게 정서한 원고는 첫 장에 '꽃을 잃다'라고 풀이되는 소설 제목 '실화(失花)'가 적혀 있었다. 나는 원고를 넘겨보면서 그가 동경에서 쓴 이 소설 속에 동경행의 의미가 숨겨져 있을 거라고 짐작했다. 이 원고는 그가 동경의 환멸을 견디지 못하고 스스로 절망감에 빠져 '권태' 속에서 써내려간 것이 틀림없었다. 나는 꼼꼼히 작품을 읽어나갔다.

「실화」는 그 이야기 시간이 주인공인 '나'(작품 속에서는 작가 자신의 이름인 '이상'이라고 호칭됨)를 중심으로 이루어지는 동경의 하루 동안의 일과로 국한되어 있어서 표면적으로는 단조로운 형식을 보여준다. 그러나 여기서 주목되는 게 이 소설의 내적 공간을 확대하는 글쓰기의 특징이다. 특히 영화적 몽타주와 쇼트컷의 방식으로 각각의 단락을 서로 결합함으로써 겉보기에 단순해 보이는 이 소설의 텍스트를 중층 구조의 서사로 발전시키고 있다. 「실화」는 이미 존재해온 다른 텍스트들을 의도적으로 패러디하고 다시 쓰거나 새롭게 재결합하여 새로운 텍스트 공간을 구축한다. 이 소설에서 드러나고 있는 특이한 방법은 그가 기존의 여러 텍스트에 의존하여 자유자재로 그것들을 해체하고 새롭게 구성하는 가운데에서 그 특징이 잘 드러난다.

소설의 이야기에서 전반부는 동경 유학생 C의 집에 들렀던 '나'의 모습이 중심을 이룬다. '나'는 두 달 전에 서울에서 있었던 '연(妍)'이라는 여인과의 갈등과 그 헤어짐의 과정을 떠올린다. '나'의 의식 속에서는 과거(서울)와 현재(동경)의 대조적인 두 개의 공간이 서로 교차하면서 대비된다. 이 두 개의 공간을 오가는 주인공의 내면의식 속에는 남녀의 애정 관계에서 정조와 간음의 문제로부터 야기된 갈등이 사랑의 ‘비밀’이라는 교묘한 명제와 부딪힌다. 소설의 후반부는 동경의 밤 풍경이 배경을 이룬다. ‘나’는 하숙집으로 돌아오는 길에서 법정대학 유학생을 만나 함께 신주쿠의 ‘노바’라는 카페로 자리를 옮긴다. 거기서도 ‘나’는 갑작스럽게 결행했던 자신의 동경행을 다시 떠올리면서 환멸에 빠져든다. 그리고 소설의 이야기는 개인사적 동기에서 비롯된 주인공 자신의 동경행에 대한 반성과 후회로 끝이 난다.

주인공의 동경행은 그 내적 동기가 한 여인과의 애정 갈등에서 비롯된 것으로 소설 속에서 암시되어 있다. 전체 아홉 개의 단락으로 구분된 이 작품에서 첫째 단락은 ‘사람이/ 비밀(秘密)이 없다는 것은 재산(財産) 없는 것처럼 가난하고 허전한 일이다’라고 하는 하나의 문장을 에피그램처럼 내세워놓고 있다. 이 문장에서 ‘비밀’이라는 말이 지니는 의미가 유별나다. 그가 어린 시절부터 자주 쓰던 말이 비밀이다. 이 문장은 무려 네 차례나 소설의 텍스트에 반복적으로 등장하는데, 이 문장이 지시하고자 하는 내용 자체가 바로 소설의 주인공인 ‘나’의 아내에 대한 불신과 갈등의 핵심을 이루고 있다. ‘나’의 동경행은 한 여인과의 애정 갈등에서 비롯된 것이며, 그것은 실패한 도피 행각임이 드러난다. 주인공은 결혼 전에 있었던 아내의 부정한 행실을 알아차리고는 이를 스스로 견디지 못한다. 그러나 이러한 서사의 표층구조만으로 이 소설의 이야기를 모두 설명할 수는 없다. 왜냐하면 이 소설의 이야기에서 서사화되고 있는 것은 주인공인 '나'의 동경행 그 자체만이 아니라, '나'의 의식 속에서 재구성되는 과거와 현재라는 시간을 통해 경성과 동경이라는 두 개의 공간을 병치해놓으면서 몇 개의 장면들이 암시하는 상징적 의미를 교묘하게 감춰놓고 있기 때문이다.

「실화」의 이야기는 '나'의 동경행이 이미 아무런 의미도 없이 끝날 수 있음을 암시하는 것으로 그 결말에 이른다. 소설의 주인공은 사랑하던 여인과의 갈등이라는 사적인 이유를 들어 경성으로부터 탈출하지만 그것은 소설적 장치일 뿐이다. 그는 더 큰 탈출을 꿈꾸었을지도 모른다. 그가 동림과의 결혼 전부터 동경행을 갈망했던 것은 사실이다. 동림과의 사이에서 생겨난 갈등 때문이라면 그것은 사실 우리가 따져야 할 일도, 덤벼들어야 할 일도 아니다. 아무런 의미도 없는 한낱 개인사에 불과하기 때문이다. 그는 동림으로부터 도망친 것이 아니라 그를 묶어두려는 조선의 현실로부터 탈출한 것이다. 그의 짧은 생을 안타까워하는 독자라면 비극적인 천재 시인이 사랑의 결핍을 병처럼 아파하며 자신을 얽어놓은 조선으로부터 도피한 것으로 생각할 수도 있겠지만.

나는「실화」의 제목이 암시하는 잃어버린 꽃이라는 의미를 사랑이라든지 연애라든지 하는 사적 공간의 것으로만 국한해 두고 싶지 않다. 그것은 현대 문명의 세계를 새롭게 꿈꾸던 작가로서의 신념과 열정의 상실을 의미하기도 한다. 자기 내면 의식을 객관화하기 위해 타자의 텍스트를 수없이 끌어들이고 있는 이 작품은 하나의 커다란 패러디를 구축한 채 끝난다. 그가 꿈꾸었던 새로운 예술에 대한 갈망은 누군가의 발길에 짓밟힌 한 송이 국화꽃처럼 참담하게 이지러진 채 흩어진다. 낡은 19세기로부터 벗어나기 위한 욕망을 개인사적 동기처럼 위장한 그 자신의 동경행도 결국 실패한다. 문명의 빛나는 공간과는 거리가 먼 모조의 도시 동경. 그 허망한 땅 위에서 그는 자기 생의 종말을 맞는다.

나는「실화」를 읽은 후부터 동림에게 아깝게 일찍 떠난 그의 생각을 더 이상 강요하지 않기로 했다. 그녀가 그에 대한 사랑, 미움 같은 것을 모두 덮어버리기를 바랐다. 그리고 상을 만나기 전까지 그녀가 살아온 방식대로 다시 쾌활하고 가볍게 자기 생을 즐길 수 있기를 마음속으로 빌었다.

12

암흑의 세상이 지나갔다. 그리고 새날이 밝아왔다.

모두가 광복을 외치면서 조국의 품 안에서 독립을 노래했다.

그런데 나는 입을 닫고 살 수밖에 없는 신세가 되었다. 부암동 산골에 작은 움막을 꾸미고 나는 그곳에 칩거하기로 했다. 그리고 마음의 빈자리를 채우기 위해 상의 얼굴을 그린 내 그림을 허름한 움막의 한쪽 벽에 걸었다. 나는 이 그림을 우고당 2층에서 거의 한 달 동안 혼신을 다해 그렸다. 「오감도」의 시인을 앉혀놓고 그 얼굴에 담긴 음울을 그대로 담아보고자 했지만, 서늘한 무표정과 거기에 서린 숱한 언어의 질곡을 잘 설명하기가 너무 힘들었다. 지금도 그가 불쑥 '형, 왔어?' 하고 의자를 밀치면서 일어서는 듯한 환각으로 머리가 어지럽다. 시인의 얼굴이되 그만의 것이 아닌 고통. 빛나는 시인의 눈동자이지만 그 속에 묻힌 숱한 결핍의 고통스러운 음영들. 불행한 시대를 살았던 예술가의 혼까지도 오롯이 이 한 폭의 그림 속에 담아낼 수 있을 거라는 생각은 나 자신의 욕심이기도 했다. 이 그림을 그린 뒤로 그렇게 화폭을 가득 채워 그려낸 작품을 나는 제대로 만들지 못했다. 평단이 허약한 미술계를 위해 이런저런 미술 이야기를 단평 형식으로 신문에 발표하면서 화가라는 체면을 간신히 유지하고 있었을 뿐이었다. 그런데 그것이 탈이 되었다. 내가 생각 없이 쓴 글들이 '친일 화가'라는 올가미가 되어 내 목을 조였다.

'친구의 초상'.

나는 이 그림에 이렇게 이름을 붙였다. 그를 앞에 앉히고 이 그림을 그린 것이 엊그제 같은데 어느덧 그가 우리 곁을 떠난 지 십 년이 되었다. 그림 앞으로 내가 다가서면, 그는 그림 속에서 아무런 미동도 없이 나를 노려보고 있다. 그를 처음 만난 건 신명학교 3학년 때의 일이다. 그는 또래의 조무래기들과는 달리 언제나 고개를 숙인 채 땅바닥만 내려다보고 있었다. 그러나 꼽추인 나의 육체적 불구를 속으로 아파하면서 나를 '형아'라고 부르며 따랐고 함께 그림 동무가 되었다. 본명은 김해경(金海卿), 본관은 강릉이다. 1910년 서울에서 태어나 1937년 동경에서 죽었다. 이 짧은 그의 생애는 스물일곱 해 속에 다 적어 넣기가 벅찬 사연들로 가득 차 있다. 그는 김영창의 장남으로 태어났지만, 가문의 적통을 이어야 한다는 백부 김연필의 고집으로 큰집에서 양자처럼 자랐다. 동광학교에 입학했으나 이 학교가 해체되면서 보성고보에 편입했다. 유섭, 헌구, 임화 등과 동기였으며, 기림, 환태 등은 일 년 후배였다. 교내 미술전람회에서 1등상을 받기도 했지만 완고한 큰아버지의 요구로 화가가 되겠다는 꿈을 꺾고 기술자가 되기 위해 경성고등공업학교 건축과에 입학했다. 고공 입학 선물로 내가 건네준 화구상자에 기인하여 '이상'이라는 이름을 짓고 그 새로운 이름으로 살아갈 것을 결심하기도 했다. 경성고공 건축과를 수석으로 졸업한 후, 조선총독부 내무국 건축과 기수로 특채되었으며 조선건축회지 『조선과 건축』 표지 도안 현상 모집에 1등으로 당선되었다. 총독부 기관지 『조선』에 장편소설 『12월 12일』을 '이상'이라는 이름으로 연재하였으며, 단편소설 「지도의 암실」을 발표했다. 『조선과 건축』에 일본어 시 「이상한 가역반응」, 「조감도」, 「3차각설계도」, 「건축무한육면체」 등을 '김해경'이라는 이름으로 발표했다. 제10회 조선미술전람회에 유화 〈자상〉을 '이상'이라는 이름으로 출품하여 입선했다. 총독부 공사장에서 감독으로 일을 하다가 쓰러져 폐결핵이 중증이라는 진단을 받은 후 총독부를 사직했다. 그의 백부가 뇌일혈로 사망했다. 황해도 배천온천에서 요양하면서 기생 금홍을 알게 되었고 경성으로 돌아온 후 종로에 다방 제비를 개업하고 금홍을 불러올려 동거생활을 시작했다. 구보, 지용, 기림, 상허 등의 도움으로 조선중앙일보에 연작시 「오감도」를 연재하다가 독자들의 비난으로 중단했으며 구보의 소설 「소설가 구보씨의 일일」에 '하융'이라는 이름으로 삽화를 그렸다. 이해 구인회에 가입했다. 금홍과 결별한 후 다방 제비를 폐업하고 창문사에 취직했다. 창문사에서 구인회 동인지 『시와 소설』을 편집하였고, 시 「지비」, 「가외가전」, 「위독」, 소설 「지주회시」, 「날개」, 「봉별기」, 「동해」 등을 발표했다. 변동림과 결혼했으며, 일본으로 건너가 동경에서 소설 「종생기」, 수필 「권태」 등을 썼다. 1937년 2월 12일부터 3월 16일까지 일경에 의해 불령선인(不逞鮮人)으로 검거 구금되었다가 병세 악화로 풀려나 동경대학 부속병원에 입원했지만 4월 17일 사망했다.

그는 사물에 대한 감각적 인식을 둘러싼 문화적 조건의 변화에 일찍 눈을 뜬 화가였다. 폐결핵을 앓으면서 생에 대한 환멸에서 벗어나지 못한 시인이었고 삶의 뿌리가 뽑힌 채 사회현실로부터 소외된 소설가였다. 나와 같은 비문학인의 눈으로 볼 때 그의 문학에는 특이하리만치 몇몇 수필적 산문을 제외하고 자연에 관한 관심이나 묘사가 전혀 드러나 있지 않다. 그의 시와 소설에는 산과 들, 하늘과 강, 나무와 꽃과 같이 인간의 삶을 둘러싸고 있던 자연이 배제되어 있다. 풍경으로서의 자연이 그려져 있지 않다는 말이다. 외적 현실로서의 자연이 더 이상 실재로서의 경험으로 인정받지 못하고 있다는 뜻일까? 대신에 그는 경성이라는 도시 공간 안에서 자기 삶과 예술을 정초시키기 위해 자기 언어에 매달려 자기가 만들어낸 텍스트를 새롭게 조합하고 구성하고 거기에 미학적인 옷을 입힌다. 그가 보여주고 있는 상상력의 감각적 여행은 결국 도시 공간에서 이루어지는 것이다. 경성이라는 도시 공간을 오가는 사람들의 모습에서 그가 발견한 건 그게 긍정적이든 부정적이든 근대화되고 있는 도시로서의 경성과 거기에 살고 있는 사람들의 삶에 대한 어떤 전망을 내포한다. 그는 경성이라는 도시 자체가 인간의 힘으로 새롭게 조성되고 확대되고 조직화된 하나의 구성물이라는 사실을 발견했던 것이 아닌가 생각된다. 이러한 경향은 그가 모사적인 자연과 현실의 실제적 반영을 최고로 내세웠던 사실주의적 전통과 그 문학적 관습에서 벗어나 있음을 말해준다. 그는 자연을 기초로 삼지 않는 대신에 자의식의 세계 또는 자아의 위상을 자신의 문학을 통해 강조하고자 한다. 그는 철저하게 자기 정신, 자기의식의 내면과 같은 주체의 의식 구성에 따라 만들어지는 예술로서의 문학을 추구한 셈이다.

나는 그의 문학에서 가장 빛나는 부분이 사물에 대한 새로운 시각의 발견이라고 생각한다. 그는 본다는 걸 단순히 눈앞에 존재하는 사물의 외적 형상을 인지하는 것으로만 여기지 않는다. 그건 사물을 관찰하는 과정과 함께 주체를 둘러싸고 있는 환경 속에서 관찰자로서의 주체까지도 포함하는 여러 개의 장(場)을 같이 파악하는 일이다. 그는 사물에 대한 물질적 감각을 정확하게 파악하기 위해 사물의 전체적인 형태나 중량감, 윤곽, 색채와 그 속성까지도 설명할 수 있는 특이한 시선과 각도를 찾아낸다. 이것은 그의 미술에 대한 개인적 관심이나 건축학 전공자로서의 학업 과정 자체와 연관되는 것이라고 할 수 있다. 그는 20세기 초반까지의 기계문명 시대를 결정한 여러 가지 기초적인 이론에 대한 이해를 통해 광선, 사물의 역동성, 구조역학, 기하학 등의 원리를 자신의 시적 텍스트의 구성에 동원했고, 서구 모더니즘 예술에서 특징적으로 드러났던 초현실주의적 기법, 다다 운동과 입체파의 기법 등을 활용한 새로운 이미지들을 자신의 시를 통해 새롭게 형상화하고자 했다. 그가 전대의 문학적 관습과 감성에 반기를 들면서 추구했던 언어와 기법의 실험, 주관적 정서의 절제와 지적인 태도, 도시적 감각과 주체의 내면에 대한 탐구 등은 그대로 기림이 주장하듯이 모더니즘 문학의 새로운 탄생을 말해주고 있다.

그는 「오감도」의 연재가 강제로 중단되었을 때 속수무책으로 무너졌고 걷잡을 수 없는 깊은 좌절감에 빠져들었다. 낡아빠진 문단에 새바람을 불어넣겠다며 의기양양했던 연작시 「오감도」가 독자들에게 철저히 외면당하자 그는 절망할 수밖에 없었다. 그는 두문불출했다. 낮도깨비가 아니고서야 얼굴을 들고 거리로 나서는 게 겁이 났다. '이상'이라는 이름으로 살아야 하는 문학의 길이 미친놈 소리를 들으면서까지 혼자서 가야 하는 고된 길이라는 것을 뒤늦게 깨달았다. 물론 현실에서 이를 감당하기란 쉬운 일이 아니었다. 그에게는 다방 제비의 운영도 관심사가 되지 못했다. 까닭을 몰라 답답해하는 금홍의 투정도 점차 귀찮게만 느껴졌다. 그런 속에서 그를 숨겨주었던 제비 다방이라는 최저 낙원 그 어둠의 거처도 점차 허물어지기 시작했다. 주인이 나서지 않는 다방의 물장사가 제대로 될 리 없었다. 제비 다방의 운영을 도맡았던 금홍은 이미 읽어버린 낡은 소설책의 앞장을 다시 펼치듯이 스스로 청산했다고 말한 배천온천의 술집으로 그렇게 돌아가버렸다.

지금 돌이켜보면 그의 삶은 그 자체가 비극이지만 운명적이라고 말할 수밖에 없는 사건들로 채워져 있다. 그의 개인적인 행적과 문단 활동은 객관적으로 서술되기보다는 오히려 과장되거나 신비화되기도 한다. 특히 그의 문단 진출 과정, 특이한 결혼 생활, 결핵과 동경에서의 죽음 등은 모두 일종의 가십거리가 되고 일화처럼 이야기될 뿐이다. 그의 문학 텍스트 자체도 깊이 있는 독해 작업 없이 연구자나 평자의 자의적 해석에 이끌려 엉뚱한 의미로 과장되고 왜곡된 경우도 생겨나고 있다. 그가 만들어낸 시와 소설을 보고 당대의 지식층 독자들이 보여주었던 경악의 표정과 거기서 비롯된 파문은 여전히 진행형이지만 기실 당대 현실의 변화에 직접적인 반향을 불러일으키지는 못했다. 단지 문단 일각의 기행(奇行)이나 해프닝 정도로 이야기되고 있을 뿐이다.

경성이라는 도시 공간에 등장한 최초의 모더니스트. 나는 가만히 손을 들어 그림 속 그의 얼굴을 쓰다듬는다. 이 초상화에서 내가 특히 강조했던 부분은 캔버스 가득 담긴 어둠이다. 20호 정도의 화폭을 세로로 삼등분하고 그 한가운데 배치한 얼굴이 길어서 모딜리아니처럼 처창하다고 누군가 내가 말했지만, 나는 브라크나 뭉크와 같은 어둠을 상상했던 것 같다. 이 배경의 어둠에 비하면 날카로운 콧등이 환하고 밝은데 위쪽으로 치켜올라간 검은 눈썹이 확연해 전체적 인상을 지배한다. 그러나 깊은 눈동자에는 까닭 모를 우수가 깃들어 있다. 이 그림을 그리기 위해 캔버스 위에 처음 구도를 잡았을 때는 모자도 없었고 그의 입에 물린 파이프도 없었다. 그런데 아무래도 머리가 허전하여 양피 모자를 그려놓고 보니 이번에는 다물고 있는 입이 너무 두드러져 보였다. 초상화의 윤곽이 모두 드러나게 된 날 그는 그림을 들여다보고는 왜 자기 입술을 연지 바른 연심이 입술처럼 붉게 칠했느냐고 웃기까지 했다. 나는 그의 밝은 표정에 장난기가 생겨서 기다란 파이프를 그 입에 물렸고, 그러자 머리 위의 모자와 입에 물린 파이프가 그런대로 균형을 이루는 것처럼 느껴졌다. 나는 그가 모자를 쓰고 다니던 모습을 학창 시절을 빼고는 기억할 수 없다. 머리에 쓴 모자만은 희극적으로 그려냈는데 언제라도 벗어던질 수 있다는 듯 삐뚤하다. 그 검정의 실루엣에 캔버스가 더욱 무겁다.

갸름한 얼굴의 윤곽이 콧날의 밝은 색조 때문에 더욱 초라하다면서 그가 불만을 표시하기도 했지만, 나는 그 의견을 그냥 무시했다. 모든 빛을 콧등에 던져두고 망연한 눈빛이 내면의 흔들림을 강하게 드러낼 수 있을까만 걱정했다. 지극히 정돈된 것처럼 보이는 것을 피하려면 캔버스의 암청색 배경이 움직이는 느낌을 살려야 한다. 어둠의 공간을 파고드는 담배 연기를 흐릿하게 그린 이유가 거기 있다. 입에 물고 있는 상아 파이프. 일부러 꽂아놓은 듯 눈사람의 입에 물린 솔방울 곰방대처럼 유난스럽게 길어 보인다. 그런데 이 파이프가 없다면 화폭의 하단이 허전하다. 하얗게 그리고 길게 드러나 보이는 상아 파이프는 치켜올라간 눈썹과 균형을 이루는 구도라서 어둠과 빛의 대립과 긴장을 함께 보여준다. 파이프에서 피어오르는 담배 연기가 캔버스를 가득 채울 듯하게 느껴져야만 나의 의도를 살릴 수가 있다. 그는 자기 면영을 앞에 두고 "배고픈 얼굴을 본다. 반드르한 머리카락 밑에 어째서 배고픈 얼굴이 있느냐. 저 사내는 어디서 왔느냐. 저 사내는 어디서 왔느냐"라고 스스로 물었던 적이 있다. 빈상(貧相)의 표정을 거부하는 이 나르시시즘의 충동을 이해하기 위해 프로이트를 들먹일 필요는 없다. 그럴 때마다 그는 거울의 단계에 독자들

308

〈친구의 초상〉

을 내버려두고는 언어와 문자의 세계로 넘어와버리니까. 턱수염이 더부룩한 무표정한 입. 거기에 물린 하얀 상아 파이프. 이 불완전한 구도에 숨겨진 이야기 속에 시와 그림을 함께 꿈꿨던 그의 고뇌까지 담긴다면 그만이다.

사실 내가 이 그림을 그리는 데 정성을 쏟은 건 그가 내게 준 시 「且8씨의 출발」 때문이다. 이제는 그걸 밝혀도 될 듯하다. 내 첫 개인전을 보고 그가 메모지에 낙서처럼 일본어로 써내려간 시가 바로 「且8씨의 출발」이다. 나는 이 시를 지금도 그대로 외우고 있다. 이 시를 내게 전하면서 버리지 말고 꼭 읽어보라고 말하던 그의 모습도 지금 눈에 선하다. 나는 그가 건네주는 메모지를 펼쳐보면서 "차팔씨의 출발? 이게 무슨 뜻이지?" 하고 물었다. 그는 전시장의 관람객 틈에 서서 사람들이 주고받는 말을 엿들었다고 했다. 모두가 그림을 보면서 자기들 나름대로 지껄이고 있었단다. "화가가 병신이래. 꼽추라잖아? 그러니까 조선의 로트레크라고 내지인들이 이름 붙였겠지. 로트레크라는 화가도 꼽추였나? 병신 육갑 떤다는 말이 있잖아? 그런 말이 그냥 생긴 게 아니지. 저기 봐, 저 양복쟁이들 틈에 서 있는 키 작은 한복 두루마기 입은 사람. 저 사람이 화가인가 봐. 안팎 꼽추가 맞네. 저런 몸뚱이에서 어떻게 저런 필치가 나왔을까?" 그는 혼잣말처럼 사람들의 목소리를 내게 그대로 옮긴다. 하지만 나는 그런 말에 별로 신경 쓰지 않는다. 남의 말을 알아들을 수 있게 되었을 때부터 스무 해가 넘도록 나는 늘 사람들의 손가락질 끝에 딸려오는 '병신 꼽추'라는 말을 들어야 했다. 예전엔 그 말에 치가 떨렸지만 지금은 아무렇지도 않다. 나는 그가 들려준 말을 곱씹는다. "그래, 나는 꼽추다. 병신 꼽추. 이렇게 안팎으로 곱사등이다. 어떤가? 여기는 광화문. 노트르담의 꼽추처럼 인정각에 올라 종을 칠까?" 내 말소리가 커지자, 그는 놀란 듯이 내 손을 잡아 흔든다. "그 사람들 때문에 너무 화가 났어. 그들의 틈에서 빠져 밖으로 나와서는 신문사 입구의 돌계단에 앉아 혼자 형에게 쓴 것이 그 메모지의 글이야. 형을 위해서, 위대한 화가가 되어 돌아온 형에게 내가 줄 수 있는 게 고작 이것뿐이라서 미안하지만. 이건 가난한 내가 형을 위해 쓴 찬가야." "그래? 이 메모지에 쓴 차팔씨가 나란 말이야?" "음, 형에 관한 얘기야. 그냥 조금 우습게, 조금 슬프게, 조금 화나게, 하지만 마음껏 즐겁고 기쁘게… 그런 모든 내 복잡한 감정이 얽힌 것이지." 나는 손바닥에 '且8'이라는 글자를 써보면서 말한다. "且8이라고 내 그림마다 사인하면 좋겠는데." "아니, 그건 절대 안 돼. 且8이 누구인지 다른 사람이 알면 안 돼. 꼭 비밀을 지켜야 해." 그는 이렇게 말하면서 나를 쳐다본다. 그는 내 그림을 보면서 가슴이 뛰었단다. 여성의 육체를 굵은 붓으로 터치하면서 그 아름다움을 일부러 추하게 그려낸 화가로서의 특이한 접근법이 충격적이라고. 더구나 미적 감각을 의도적으로 왜곡하는 그 솜씨를 누구도 따를 수 없을 것 같다고 평하기도 한다. 그러고는 여체의 아름다움에 대한 의도적인 모독이라는 토까지 달아놓고 있다. "나는 제대로 미술을 못 배웠지만 형의 마음속을 꿰뚫어 볼 수 있거든." 그의 나지막한 목소리에 나는 아무 대꾸도 하지 않고 고개를 돌린다. 광화문을 헐어낸 빈터 뒤로 철책이 둘러쳐진 총독부의 무지막지한 시멘트 건물이 어둡게 북악산을 가리고 있었다.

그는 「且8씨의 출발」을 『조선과 건축』에 싣기도 했다. 이 시는 그 제목의 기호적 형상이 드러내는 성애적 표상만을 주목하게 만든다. 그러나 '且8씨'라는 말은 구(具)라는 글자를 차(且)와 팔(八) 자로 파자한 것이다. 나는 '且8씨'를 그가 즐겨 사용했던 '글자놀이'의 방식으로 풀이해보면서 혼자 무릎을 쳤다. 아라비아 숫자로 표시된 '8'을 한자로 고치면 '팔(八)' 자가 된다. 그리고 '차(且)' 자의 아래에 '팔(八)'을 붙여 쓰면 그것이 바로 '具(구)' 자로 바뀐다. '且8씨의 출발'은 '구씨(具氏)의 출발'이라고 읽게 된다. 그가 이 작품 속의 '且8씨'가 나라고 귀띔했던 사실을 생각하면서 나는 그저 기분이 좋다. 이 시에서 우리 둘만이 알고 있는 또 하나의 시어가 '곤봉'이다. 시의 첫 문장을 풀이하면 '갈라지고 거친 진창에 곤봉을 하나 꽂음'이 된다. 여기에 등장하는 '곤봉'은 내 이름 '구본웅'을 두 음절로 줄여놓은 것이다. 소학교 시절에 그가 만든 내 별명이다. 가슴과 등이 함께 불룩 나온 꼽추의 형상을 그대로 시각화한 것이다. 말장난의 귀재였던 그의 언어적 유희가 연상(聯想) 기법의 묘미를 그대로 보여준다. 그런데 그의 말장난은 여기서 그치는 것이 아니다. 그의 기발한 시적 상상력에 따르면 기형적 형상의 몽둥이를 갖고 있던 '곤봉(구본웅)'이 자라나 아름다운 '산호나무'로 변한다. '곤봉'에서 '산호나무'가 되기— 이것이 바로「且8씨의 출발」이라는 시의 참주제라고 나는 생각한다. 이 작품 속에 등장하는 산호나무는 한 사람의 화가로 성장한 나를 두고 예술가로 추켜세우기 위해 그가 고안한 상징이다. 그 예술의 정신까지도 산호나무처럼 고귀하다는 의미를 드러내고자 함이 아닌가? 그런데 이 산호나무라는 말도 역시 내 기형적인 육체의 시각적 형상을 말하고 있는 것이라면 어떤가? 마른 체구와 기형적인 곱사등이의 형상을 산호나무의 모양에 빗대어 지칭한 것이라고 할 수 있지 않은가?

'且8씨의 출발'이라는 시의 제목을 '구씨의 출발'이라고 바꾸어놓고 보면, 시의 전반부에서는 내가 미술 공부에 뜻을 두고 일본 유학을 결행하는 과정을 압축적으로 제시한다. 당시 서양 미술은 누구도 사회적으로 인정받기 어려운 영역이었지만, 시 속의 주인공인 차팔씨는 자신이 택한 미술 영역에서 재능을 발휘하게 된다. 이 작품의 첫 문장은 서양화를 그리는 유화 물감에 그림 붓을 찍는 행위로 읽어야 한다. 그림물감은 말라버리면 쩍쩍 갈라지지만 묽게 만들어 붓으로 찍어 그림을 그린다. 물감을 찍는 그림 붓의 모양이 마치 곤봉처럼 손잡이 부분이 둥근 것도 주목해야 한다. 물론 여기서 사용한 '곤봉'이라는 말은 '구본웅'이라는 이름자를 2음절로 줄여 쓴 것이지만, 곤봉이라는 도구의 형상 자체도 꼽추의 기형적 몸통을 연상하게 만든다. 서양 미술에 겨우 눈을 뜨기 시작한 당시의 상황으로 보아 육체적 불구를 지닌 차팔씨의 도전은 무모해 보일 뿐만 아니라 참으로 험난한 앞날을 예고한다. 특히 육체적 불구를 어떻게 극복할 것인가? 하지만 차팔씨는 자신의 재능을 능가하는 끈질긴 노력으로 그 무딘 곤봉에 싹을 틔우고 새로이 잎을 피우고 줄기가 자라게 한다. 그리고 그 줄기가 자라나 이제 하나의 산호나무가 된다. 그는 스스로 강해져서 꼽추라는 세간의 멸시를 견뎌낸다. 자신의 육체적 불구를 두고 누구를 원망하거나 스스로 좌절하지 않는다. 이처럼 이 시는 기지와 위트로 친구인 나에 대한 끝없는 사랑과 신뢰를 깊이 있게 표현한다.

나는 나를 비웃고 병신이라고 손가락질하던 사람들에 대한 내 감정이 이미 굳어버린 상태라는 것을 잘 알고 있다. 나는 자신을 원망하지는 않는다. 그냥 생긴 대로 지내면 그만이니까. 그런데 내가 제일고보에 낙방했을 때 그것이 내 육신의 불구와 관련 있다는 것을 아버지의 말씀을 듣고 어렴풋이 짐작하면서 내가 일반 사람들과 다른 존재일 수밖에 없다는 것을 알았다. 사람들은 길에서 나와 마주치면 다시 두 번 세 번 돌아보면서 내가 알아듣지 못하도록 자기네들끼리 수군거렸다. 내가 일본 유학을 결심했을 때도 마찬가지였다. 나는 정규 대학은 처음부터 욕심을 내지 않았다. 그래서 가와바타 미술학교를 택했고 니혼대학에 다니다가도 다시 태평양미술연구소로 옮겼다. 그곳에서는 돈만 낸다면 누구나 자유롭게 등록하고 미술을 공부할 수 있었다. 나는 거기서 그림 그리기에만 집중했다. 경성의 정관 선생 작업실에서 조각에 심취했던 적도 있지만 나는 내 육신의 한계를 깨달았다. 키도 작은 데다 돌을 쪼아내고 나무를 깎는 일이 힘에 부쳤다. 나는 내 육신의 크기에 알맞은 정도의 소품에만 손을 댈 수밖에 없었다. 내가 이과회 작품전에 입선했을 때도 사람들은 내 그림보다 나의 일그러진 육신의 불구에 먼저 관심을 표했다.

"상, 너는 내 첫 전시회를 보고는 그 자리에서 '且8씨의 출발'이라고 썼었지. 구본웅이라는 내 이름을 두 글자로 줄여 곤봉이라고 불러준 것도 너였는데⋯. 그걸 다시 산호나무라고 고쳐 부른 것은 내 뒤틀린 몸통, 불구의 형상을 두고 한 말이라는 것도 나는 알아차렸네. 그리고 너의 깊은 사랑과 응원에 큰 힘을 얻었지. 너는 세인의 질시 속에서 그림을 그리기 시작한 나의 끈질긴 사투를 두고 '지구 굴착'이라는 거대한 프로

젝트로 위장했지만, 나는 그것이 어디도 둘러보지 않고 그림 그리기에만 열중했던 나의 '한 우물 파기'를 말하는 것임을 눈치챘지. 그리고 모든 사람이 손가락질하면서 수군대던 그대로 '병신도 육갑한다'는 말을 받아 '지구를 떠나는 아크로바티'라고 내 그림 솜씨를 미화하기도 했잖아?"

나는 혼자서 그림 속의 그에게 이야기를 건넨다. 그는 내 말에 긍정도 부정도 표하지 않는다. 내가 동경에서 처음부터 정규 미술대학 입학을 포기한 것도 사실 내 불구의 육신에 대한 사람들의 차별을 피하기 위한 선택이었는지도 모른다. 그러나 어디서든 그저 나는 그림에만 매달렸다. 이과회전에 작품을 낸 것도 제도적 봉건성에 갇혀 있던 제전(帝展)의 융통성 없음에 대한 반발이었지만 내 그림은 사람의 육체를 왜곡된 형상으로 그리는 쪽으로 굳어졌다. 여인의 모습을 되도록 추하게 그렸고 사물을 흉측하게 만들었다.

"사람들은 나를 두고 야수파라는 이름도 달아주었지만, 그들의 놀림과 눈총으로 내 음울은 이미 체질화되어 있었어. 그런데 그런 나를 넌 믿어주고 응원해주었지."

그제야 그가 입에서 파이프를 빼내 손에 들고는 내게 넌지시 말한다. 솔바람 소리에 섞여서 그의 목소리가 허공에 맴돈다.

"형, 그 시를 아직도 잊지 않고 있었네. 그 내용을 형이 그렇게 읽고 이해해주니 나는 그저 고마울 뿐이야."

나는 고개를 들고 사방을 둘러본다. 어둠이 내리기 시작하는 부암동 산자락은 적막하다. 나는 그림 속 그의 얼굴에 내 손을 얹어두고는 더 이상 아무 말도 하지 않는다. 우리가 나누어 갖고 있었던 우정과 신의를 두고 볼 때 거기에 이런저런 말을 덧붙일 필요가 없다.

내가 초상화의 완성을 그에게 알렸을 때 그는 화폭에 펼쳐진 자기 모습을 확인하고는 마치 어린애처럼 울먹였다. 나는 그의 등을 다독였다. 시인의 풍모를 실제의 얼굴보다 더욱 날카롭고 어둡게, 그러나 한편으로는 머리 위에 양피 해트를 얹고 상아 파이프를 입에 문 로맨틱한 모습으로 그려낸 이 그림을 그는 만족해했다. 나는 이 그림이 그의 시에 대한 화답이라고 분명히 다시 말해두었다. 내 첫 개인전을 보고 축하의 뜻으로 써준 그의 「且8씨의 출발」에 대한 답을 나는 좀 늦었지만 아름답게 마무리했다.

"이 그림이 조선의 시인 이상의 초상화라는 사실을 이제는 모두가 알아볼 거야. 아무도 알아챌 수 없는 우리 둘 사이의 비밀이 되었지만, 네가 내게 써준 「且8씨의 출발」에 대한 화답이기도 하지. 네가 비밀이라면서 지어준 '且8'이라는 멋진 이름, 아방가르드 같은 이 이름을 내 그림에 적어놓을 수 없게 된 것은 유감이지만…. 「오감도」의 시인 이상이 내 친구라는 사실이 너무나 자랑스럽네."

그가 써준 「且8씨의 출발」은 내 첫 개인전을 보고 화가로서의 출발을 축하하는 의미를 담고 있다. 그는 내 그림을 집념의 인간 승리라고 찬탄하면서 불굴의 의지를 보여준 빛나는 성과임을 시적 언어로 적어놓았다. 아마도 꼽추라는 세인의 멸시, 자기 스스로 느껴야 하는 육체의 곤고함을 그가 나보다 더 아프게 느꼈는지도 모르겠다.

사실 차8씨는 자발적으로 발광하였다. 그리하여 어느덧 차8씨의 온실에는 은화식물이 꽃을 피워 가지고 있었다. 눈물에 젖은 감광지가 태양에 마주쳐서는 히스므레하게 광을 내었다.

지금도 나는 '곤봉의 변신, 그리고 하나의 산호나무로 자라나기'를 노래한 이 시의 마지막 구절을 사랑한다. 이제 내게는 페인트가 마르기를 기다리면서 커다란 캔버스를 색칠로 메꾸는 그림 작업이 힘에 부친다. 그러므로 〈친구의 초상〉이 내 미술 활동에서 하나의 정점에 해당한다고 말할 수밖에 없다. 나는 그를 사랑하듯이 이 그림을 아끼고 좋아한다. 이것이야말로 우리 사이의 비밀이다.

13

북악산 골짜기로 불어오는 매서운 겨울바람이 눈발까지 날렸다.

기림이 자기 이름으로 엮은『이상선집』을 들고 부암동 움막을 찾아왔다. 그리고 책 자랑보다는 사나워지는 날씨를 탓하면서 내 건강을 걱정해주었다. 기림은 해방공간의 문단에 자기 시론을 가지고 나선 단 한 사람의 비평가였다. 그는 해방과 함께 열린 새로운 민족 문단에 시가 모범을 보여야 한다면서 이념의 갈등과 대립에 빠져든 문학을 위해 '새 노래'를 부르며 정치의 깃발을 추켜들었다. 아카데미즘과 저널리즘의 중간에 서서 현실 정치의 유혹과 억압을 용케도 피해나가던 그는『바다와 나비』를 내고『새노래』를 만들고『시론』과『문장론』까지 펴냈다. 나는 이 책들이 새로운 국가 건설과 함께 만들어지는 대학이라는 제도 안에서 신세대에게 문학을 교육하기 위한 소중한 기초 자료가 될 것이라고 믿었다.

기림은 새 시대의 독자를 위해『이상선집』을 엮어내는 일을 더 미루지 않았다. 조국을 다시 찾았는데 이런저런 구설수로 꼼짝도 할 수 없게 되어 움막에 은거하던 나의 처지를 보고 그는 그저 몇 차례 고개만 끄덕였다. 그리고 나와 함께 하려고 했던 상을 위한 우리의 숙제를 혼자서 감당했다. 그는 내가 보관하고 있던 상의 작품과 유고를 거두고 다듬어 작품집 출간을 서두르면서 시대가 어지럽지만 『이상선집』에 짧게라도 내 발문을 붙였으면 좋겠다고 했다. 하지만 나는 끝까지 입을 다물어야 하는 게 천상의 상에게 약속한 일임을 잘 알고 있었다.

　다옥정 집 바깥채에 '청색지사(靑色紙社)'라는 간판을 내걸었던 때였다. 벌써 십 년이 지난 일이다. 나는 성업 중이던 아버지의 인쇄소를 활용하여 고급한 문화 예술을 다루는 종합잡지 하나를 펴낼 계획을 세웠다. 그가 동경으로 탈출하기 직전까지 정성을 다해 만들었던 잡지 『시와 소설』이 생각나기도 했거니와 문화 예술의 여러 방면을 아우르는 잡지가 하나쯤 있어도 좋겠다고 마음먹었다. 『청색지』라는 잡지의 제호를 정하면서 먼저 떠올린 것이 칸딘스키의 '청기사파'였지만, 사실 나는 '청색'이라는 말이 문학을 통해 그가 지향하고자 했던 자유로움과 새로움의 정신에 어울릴 수 있다고 생각했다. 표지는 내 그림으로 채웠고 일본에서 상의 유해를 품에 안고 돌아온 동림이 내게 넘긴 유고 가운데 「환시기(幻視記)」를 '고(故) 이상'이라는 이름으로 먼저 창간호에 소개했다. 잡지에 수록할 원고는 우선 구인회와 그 주변의 문인들에게 청탁해 모았다. 무영과 인택과 회남과 남천이 먼저 소설을 보내왔고 임화가 평문을 썼고 백철도 글을 약속했다. 청마와 장환이 시를 보내왔다. 지용과 석정도 시를 약속했고, 상허도 글이 되는 대로 보내겠다고 했다. 동경에서 그가 친했던 영섭도 글을 쓰겠다고 했다. 이렇게 창간호에 뒤이어 중견 문인들의 글을 싣는 잡지가 나올 수 있게 되면서 문단 안팎으로 호응도 크게 생겨났다. 동림은 내가 만드는 잡지 『청색지』 창간호부터 그의 유작을 잇달아 싣는 것을 보고 그가 떠난 자리를 이렇게라도 채우니 참으로 뜻있는 일이라면서 좋아했다. 나는 잡지가 나올 때마다 우리 곁으로 다시 돌아올 수 없게 된 그를 생각했다. 금방이라도 잡지사 출입문을 열고 '형'이라고 부르면서 그가 들어설 것만 같았다.

늦은 봄날이었다. 청색지사 사무실로 기림이 찾아왔다. 「김유정」이라는 글을 유작으로 공개한 직후였다. 기림은 조선일보 기자로 글쓰기를 시작했던 젊은 시인 대신에 안경까지 낀 중후한 느낌의 제국대학 출신 학자풍으로 변해 있었다. 유학을 마치고 한 달 전에 귀국한 후 다시 조선일보에서 근무할 수 있게 되었다는 소식을 알렸다. 그는 암울한 시대에 문예지 운영이 쉽지 않을 거라면서도 『청색지』에 몇 차례 나누어 실린 상의 유고에 대해서 궁금해했다. 동경에서 수습해온 유품 가운데 원고가 몇 꼭지 들어 있었다고 말해주었다. 기림은 듣고

온 가방 속의 원고 뭉치를 꺼내어 내 책상 위에 펼쳐놓았다. 상이 잡지와 신문에 발표했던 작품들을 조사해 스크랩했다는 것이다. 기림은 생전에 작품집 하나도 가지지 못한 그를 위해 그의 글들을 모두 모아 한 권의 책으로 만들겠다는 심산이었다.

"상은 조선의 현실과 환경, 조선인의 무지 속에 묻어두기에는 너무나 아까운 천재였어요. 그 친구를 그렇게 허망 속에 잃어버린 후 우리 문단이 갑자기 반세기 뒤로 물러서버린 것처럼 적막해졌습니다. 그는 우리네와는 다른 족속이었으니까요."

이렇게 말하면서 기림은 작품 스크랩을 펼쳐 보였다. 이상이라는 이름을 달고 글쓰기에 달려들면서 남긴 오 년 동안의 자취가 그렇게 책상 위에 오롯이 쌓였다. 창문사 시절 『시와 소설』의 편집에 매달렸던 상의 모습을 떠올리면서, 나는 "이 정도면 그가 발표한 작품과 남겨놓은 유고가 모두 한자리에 모인 셈이네요"라고 했다. 청색지사의 첫 작품집으로 상의 작품 선집을 꾸밀 수도 있겠다는 내 생각에 기림은 "서산 형도 내 생각과 같다면, 상의 작품집은 걱정할 필요가 없어졌어요"라고 말하면서 기뻐했다. 기림은 일본 센다이에서 보낸 사 년간에 걸친 제국대학 시절을 돌이켜보려고 하지는 않았다. 식민지 조선의 낙후된 근대성에 반발했던 그에게는 새로운 예술의 흐름이 보여주는 종잡을 수 없는 빠른 변화를 감지할 수 있는 열린 시각이 필요했다. 센다이는 동경과는 달리 차분하게 자기 공부에 몰두할 수 있는 조용한 지방 도시였다. 다행히도 진지하게 학문하는 자세를 늘 강조하는 학식 높은 교수가 있었고, 학교의 분위기가 학구적이면서도 자유로웠다. 기림은 서구 현대 문명의 본질을 규정하는 모더니티의 문제성을 겨우 알아차리는 정도로 유학을 마쳤다고 얼버무렸다. 그리고 먼저 떠난 그를 위해 뒤에 남은 자들이 바쳐야 할 의무가 있다고 힘주어 말했다.

"피로 얼룩진 상의 유고를 모아서 상이 그처럼 애써 친하려고 했던 새 시대의 독자에게 선물하는 일이지요."

기림은 눈물 글썽인 눈으로 나를 건너다보았다.

"그 일이라면 걱정 말아요. 우리가 함께 하면 되니까요."

나는 기림의 손을 꼭 잡으며 말했다.

나는 기림이 혼자서 힘들여 만든 『이상선집』을 받아 들자마자, 상이 바로 눈앞으로 다가서는 듯한 환각에 가슴이 벅차올랐다. 암흑기를 헤치고 해방을 맞아 겨우 책이 나올 수 있었지만, 한 권으로 오롯이 담긴 상의 문학이 제대로 새 시대의 독자와 만날 수 있게 된 것이 너무도 기뻤다. 이것은 마땅히 우리 문단이 모두 박수해야 할 일이었다. 그러나 정치의 시대가 불러일으킨 사회적 혼란 속에서 별다른 뉴스거리가 되지는 못했다.

나는 기림에게 몇 번이나 고맙다고 말했다.

"고맙소. 그 친구가 여기 있었다면 한바탕 이 책 이야기에 열을 올렸을 텐데…."

"서산 형과 이 책을 꼭 엮겠다고 전부터 약속했던 일이지요. 늦었지만 이렇게 책을 묶고 보니 너무 홀홀한 느낌이 들기도 하네요."

나는 무쇠 난로에 장작개비를 집어넣고는 결명자 한 줌을 털어 넣은 커다란 주전자를 난로 위에 얹어놓았다. 창문사 시절의 상이 떠올랐다. 상은 기림의 시집 『기상도』를 작은 책으로 만들면서 대단히 들떠 있었다. "그때 창문사에서 상은 조선문학이라는 척박한 땅에 두 개의 표지가 생겼다고 떠들어 댔어요. 하나는 물론 자기 작품 「오감도」였죠. 조선의 「악의 꽃」이라면서 보들레르를 들먹였으니. 그리고 기림 형의 장시 「기상도」는 엘리엇의 「황무지」에 비견되는 걸작이라고." 내가 창문사 시절의 상을 이야기하자 기림도 그의 이야기를 받았다. "「기상도」를 쓴 저보다도 그 작품을 더 많이 읽었을 거라고 편지에 자랑을 많이 했어요. 「황무지」 이야기야 당치 않은 그의 과장법이지요. 제가 쓴 「기상도」에는 동양의 신화가 결여되어 있으니까요." 기림은 상이 자기네들과는 달리 20세기가 낳은 악마의 종족을 자처하면서, 번영이라는 이름으로 내달음 치던 문명의 불안과 그 위선에 냉소를 던져놓았다고 했다. 「오감도」는 흐리고 어지럽고 게으른 시단의 낡은 풍조에 반기를 들고 파괴와 부정으로 시작했지만, 시대의 높은 파도와 부딪치면서 그것을 넘어서지는 못했다. 하지만 그는 세기의 암야 속에서 한줄기 첨예한 양심이었기에 자기 자리에 안주하지 못했다. 시대적 불안과 동요 속에서 '동(動)하는 정신'을 재건하려고 새출발을 계획한 그 방대한 설계의 어구에서 그만 불행하게도 쓰러진 것이 아닌가. 결국 상의 죽음은 시대의 비극이라고 하는 것이 맞다. 「오감도」는 후진적인 조선 시단에 너무 일찍 등장했고 안타깝게도 상은 너무 일찍 이 땅을 떠났다.

"「오감도」는 누구보다도 구보 덕분에 신문 연재가 가능했지요. 구보는 인간적으로 워낙 상을 좋아했고 그 특유의 기지와 역설을 사랑했어요. 구보가 지용한테 매달려 당시 신문사의 학예부장으로 일하던 상허를 설득한 거예요. 나는 일이 다 성사가 된 뒤 지용을 만났을 때 그 선택이 정말 잘된 일이라고 거들었을 뿐이죠. 나는 「오감도」에서 까마귀가 되어 공중에 떠서 인간의 세계를 내려다보는 특이한 관점을 주목했어요. 물론 이러한 새로운 시도는 「시 제1호」에서부터 「시 제3호」까지로 마감되고 있죠. 연작으로 이어진 「시 제4호」부터는 시적 주체인 '나'를 대상화하여 자아의 내면을 추적하는 데 주력한 것처럼 보이거든요."

기림이 「오감도」에 대하여 내게 말해준 것은 새로운 시학

강의였다. 그는 조선의 시가 너무 오랫동안 어둡고 축축하고 음울한 감상에 젖어 있었다는 말부터 꺼냈다. 그 병폐가 시를 어두운 동굴 속에 가두고 불필요한 영탄만 늘어놓고 시인이 자기감정에만 매달려 시적 대상을 제대로 인식하지 못하게 되었다고 했다. 그는 시가 동굴에서 나와 빛나는 태양과 마주해야 한다고 그 유명한 '명랑성'의 시학을 내게도 다시 설명해주었다. 그리고 궐련에 불을 붙이면서 이렇게 말했다.

"상은 분명 보기 드문 천재였어요. 그는 제대로 문학을 배운 적이 없는 건축공학도였으니 우리 시의 낡은 전통을 고려할 필요가 없었어요. 말하자면 그의 문학에는 아비가 없었던 셈이죠. 그는 건축을 배우면서 사물의 공간적 형태를 치밀하게 분석적으로 관찰할 수 있었는데,「오감도」는 그렇게 새로운 감각과 인식을 바탕으로 만들어낸 작품이에요. 언어를 질료로 제작한 시대의 걸작이죠."

기림은 이 말을 두세 번 반복했다. 우리 시대를 조롱하는 신랄한 풍속도, 언어로 제작한 시대의 걸작…. 그리고 아주 차분하게 이야기를 이어갔다.「오감도」는 우리 시의 흐름을 전체적으로 변화시킨 세 가지의 특징을 보여준다. 하나는 주관적 감상의 거부. 우리 시인들은 그동안 자기감정의 충일 상태에 빠져 있었다. 자신이 노래하고자 하는 대상을 제대로 관찰하지 않은 채 슬픔을 과장하고 억지로 눈물을 지어 보이고, 한숨도 시인의 포즈처럼 생각하며 내쉬었다. 영탄을 늘어놓으면 시가 된다는 잘못된 신화에 빠져 있었다. 또 하나는 대상을 보는 시각의 전환. 도대체 시인은 자기가 앉은 자리에서 일어설 줄을 모른다. 정시(正視)의 눈으로 보는 것만 자기가 본 거라고 믿는다. 올려다보고, 내려다보고, 꿰뚫어 보고, 뒤집어 볼 줄을 생각하지 못했다. 그러니 눈앞의 대상을 평면적으로만 이해하게 된다. 각도를 달리하면 사물은 다르게 보인다는 이 평범한 진리를 너무 오랫동안 깨닫지 못했다. 또 하나 더 말할 건 시적 진술의 단순성. 시가 언어의 압축에서 그 긴장의 미를 구한다는 사실을 이해하지 못한다면 시인의 자격이 없다. 우리 시는 너무 요설적으로 길어졌다. 길게 늘어 쓰려면 산문을 쓸 일이다. 시는 언어의 절제를 숙명으로 여긴다. 「오감도」는 상의 작품이지만 우리 시대를 향한 짧게 요약된 비판적 각서다.

기림은 「오감도」와 같은 유형의 시는 조선에서 유행해 내려온 서정시의 시적 정서나 시적 진술 방식으로는 이해되지 않는다고 했다. 「오감도」는 시에 있어서 낭만적 열정이나 정서적 표현과 그 공감을 통해 이해하기에는 너무나 모호하고 그의미가 애매하다. 사물에 대해 보다 직접적이고 감각적인 접근법을 채택하고 있는 이 작품들의 실험은 세계에 대한 인식뿐만 아니라 사물을 대하는 주체의 시각을 새롭게 변형시키기 위한 획기적인 방안이다. 하지만 「오감도」는 독자를 혼란에 빠뜨리고 비평적 대화까지 단절당한 채 감내하기 어려운 독자의 비난을 받았고 문단에서는 난해 시라는 낙인까지 찍어놓았다. 이 특이한 시 형식을 반(反)예술적 충동으로 규정한 경우가 없진 않았지만, 이것이 기성 예술에 저항하는 무기였다는 사실을 제대로 알아차린 사람은 별로 없었다. 그는 차분하게 자기 설명을 마무리했다.

"「오감도」는 시적 정서를 희생시킨 대신 관념의 문제를 새롭게 제안하고 있어요. 조선의 근대 시가 빠져들었던 감상성을 전면적으로 전복시킨 이 작품이야말로 그의 문학적 출발이자 그 궁극적 성취에 해당한다고 할 수 있죠. 물론 저는 「오감도」가 그의 손에 의해 이루어진 것임에도 결국은 끝이 난 게 아니라고 생각해요. 사실 「오감도」의 완결은 그의 몫이 아닐지도 모릅니다. 그것은 「오감도」 이후의 조선 문학이 감당해야 할 새로운 세대의 과제라고 할 수 있어요. 「오감도」를 안고 그는 뮤즈의 나라에서 잠시 이 땅으로 내려왔던 셈이지요. 약간의 해학과 야유와 독설이 섞여서 더듬더듬 떨어져 나오는 그의 말에는 현대 문명의 깨어진 메커니즘이 엉클어져 있어요. 그는 때로는 우리를 즐겁게 웃겼고, 때로는 불안에 떨게도 했어요. 그리고 이렇게 끝없는 슬픔을 만들어놓고는 그대로 우리 곁을 떠났지요. 벌써 십 년이 훌쩍 넘었네요."

기림은 몇 차례나 고개를 돌려 벽에 걸린 〈친구의 초상〉을 올려다보면서 말을 이어갔다. 조선의 「악의 꽃」을 만들겠다는 그의 야심 찬 기획이 완결에 이르지는 못했지만, 「오감도」는 조선 문학이 시신(詩神)의 제단에 올릴 수 있는 단 하나의 주문이 될 수 있다고도 했다. 미래의 이름으로 19세기를 파괴하고자 했던 이 유별난 글쓰기가 개인적 내면의 욕망과 함께 새로운 시대의 정신을 한꺼번에 분출시킬 수 있었음을 주목해야 한다는 기림의 말투가 울먹이는 듯했다. 기림은 진정으로 상의 문학을 아끼고 상을 사랑하고 있었다. 나는 살아생전부터 세상을 떠난 후에도 상은 참으로 행운아임을 알았다. 자기 예술을 이토록 깊이 있게 이해하고 상찬하는 지지자를 바로 곁에 벗으로 거느리고 있었기 때문이다.

나는 기림의 손을 잡았다. 기림은 길게 담배 연기를 내뿜고는 다시 이렇게 말해주었다.

"상은 무참하게 죽었지만 그대로 죽은 게 아니에요. 「오감도」를 내놓고 「종생기」를 쓰고 승천했으니까."

내가 무거운 분위기를 깨기 위해 화제를 돌렸다.

"기림이 상과 보성고보 동기라고 했던 것 같은데…."

그는 내 말에 놀라듯이 고개를 내게로 돌렸다.

"맞아요. 보성 동기이긴 하지요. 그런데 학교 다니는 동안은 서로 몰랐어요. 내가 건강이 좋지 않아서 휴학했는데, 그사이에 상이 동광학교에서 편입해 왔고 나보다 일 년 앞서 졸업했어요. 그래서 보성 재학 중에는 서로 학년이 어긋났지요. 그가 경성고공에 합격한 것도, 고공을 수석 졸업했다는 소식도 모두 문단의 소문으로 들어서 알게 됐어요."

기림은 가방에서 낡은 신문 기사 스크랩을 꺼내 내게 넘겨주었다. 그것은 기림이 신문에 발표한 현대 시에 대한 짤막한 논평이었다. 기림은 조선일보 학예부 기자였고 서구의 새로운 문학적 경향에 관심이 컸다. 물론 니혼대학 시절부터 그는 상징주의 이후의 서구 시의 변화를 지켜보고 있었다. 보들레르의 상징파 운동 이후 서구문학은 초현실주의로 기울어졌다는 점을 주목하면서 우리 문단의 새로운 경향을 하나의 사례로 찾아보다가 상의 시 「운동」을 우연히 접했다. 그는 이 낯선 이름의 시적 발상법에 깜짝 놀랐다. 그가 조선 문학의 초현실주의를 말하면서 그 시를 언급했는데 상이 그 기사를 읽고 바로 그에게 전화를 걸어왔다. 서로 만나 이야기하면서 보성고보 인연도 알게 되었다. 기림은 이 젊은 시인의 생각이 조선문학의 현장을 거부하면서 시대를 훨씬 앞서가고 있음을 단박에 알아차렸다.

"제 주변의 구인회 친구들이 모두 그의 재주를 사랑하고 아꼈어요. 그의 곁에 가장 가까이 붙어 있던 구보는 「오감도」 발표를 전후하여 둘이서 같이 돌아다니며 숱한 이야깃거리를 만들었지요. 구인회도 구보의 천거였고….."

기림은 탁자 위의 『이상선집』을 가리키며 이것이 그가 우리 문학에 남겨준 귀중한 재산이라고 말했다. 그는 이 책을 상이 그토록 친하고자 했던 새 시대의 독자에게 선물할 수 있어서 다행이라고 했다. 나는 그 책을 다시 집어 들었다. 이 한 권의 책 속에 문학과 예술이라는 이름으로 격렬했고 아름다웠던 그의 짧은 생이 오롯이 담겨 있었다. 내 머릿속으로 상과 함께했던 날들이 영화의 장면처럼 스쳤다. 나는 그의 문학이 결핍에서 출발하고 있음을 잘 알고 있다. 그에게는 마땅히 있어야 할 것들이 없거나 늘 부족했다. 그가 보여주는 특이한 행동이나 비합리적인 것처럼 느껴지는 말은 그가 겪어온 결핍에서 비롯된 것이다. 하지만 그는 스스로 그 결핍을 이겨내고 독특한 사고와 관점으로 사물을 보는 새로운 시각을 찾아냈다. 나는 그의 문학이 보여주는 치열한 탐구와 빛나는 성취를 제대로 이해해줄 독자가 많아졌으면 좋겠다는 희망을 기림에게 솔직히 말했다. 기림은 내 말에 전적으로 동의하면서도 상의 문학이 조선적 모더니즘의 정신을 대변한다는 사실을 강조하고 싶어 했다. 그리고 아주 조심스럽게 이렇게 말했다.

　"제가 센다이에서 돌아오면서 문단에 내세운 모더니즘은 서구의 경우와 마찬가지로 어떤 일관된 미학적 요건이나 통일된 관점을 드러내는 것은 아니에요. 이것은 모더니즘이라는 말이 지닌 그 의미의 영역이 아주 넓다는 사실과 관련되는 것이지만 조선 사회가 안고 있던 식민지 근대의 모순과 그 시대적 한계라는 특수한 사회문화적 조건과도 직결되거든요. 모더니즘 운동은 계급의식의 퇴조에 뒤이어 등장했으며 소규모 동인 활동을 통해 구체화되기 시작했어요. 이 새로운 문학운동은 정치적 이념성을 거부하고 있었다는 점에서 문학적 순수주의 또는 순수문학의 경향으로 평가된 적도 있지요. 이 문학적 경향을 주도했던 제 주변의 문인들은 문학적 기법과 정신과 관점에 대해 어떤 일치된 견해를 보여준 적이 없어요."

기림은 안경을 벗어 탁자 위에 올려놓고는 이야기를 이어갔다. 그는 지용이 지니고 있었던 시적 언어와 기법에 관한 관심은 자신이 지향하고자 했던 문명 비판의식과 일치하지 않는다는 점을 먼저 지적했다. 그리고 상허가 지니고 있던 산문 문체의 미학이라는 것도 묘사의 치밀성에 관심을 기울였던 구보의 경우와 같은 차원에서 논의하기 어렵다고 했다. 이것은 상이 추구했던 시와 소설에서 자의식의 반영이라든지 하는 문제와도 서로 다르다는 것이 그의 생각이었다. 결국 이들은 모더니즘이라는 큰 틀 속에서 각자 자신들이 추구하고자 하는 문학의 정신과 기법을 자기 나름대로 보여주었고 각자의 길에서 서로 영향을 주고받았다. 하지만 이들은 문학이 외적 조건이나 이념적 요구로부터 자유로워야 한다는 데 대개가 동의했는데, 이것은 모더니즘 문학이 추구했던 예술의 미적 자율성에 대한 신념을 말해주는 것이라고 말을 맺었다. 그는 넋을 놓고 자기 이야기를 듣고 있는 나를 보고 다시 말했다.

"서산 형도 아시다시피 내가 참가했던 구인회를 놓고 보더라도 우리는 집단주의적 논리와 역사에 대한 과도한 전망 자체를 부인하고자 했지요. 나는 이 시기에 본격적으로 문학의 매체로서의 언어에 대한 새로운 인식이 확립되었으며, 문학적 기법과 문체 자체가 객관적 산물로서의 문학작품의 성격을 좌우할 정도로 강조되었다는 점을 주목하고 싶어요."

나는 그의 말을 듣고 상의 문학적 상상력의 근저에 그가 아파했던 사랑의 결핍이 작용했던 것은 아닐까 하는 내 생각을 말했다. 기림은 상의 소설이 객관적 현실에 대한 리얼리티를 제거한 대신에 주관성과 내면의식이라는 새로운 지표를 핵심으로 내세웠음을 강조하면서도 그와 같은 특징의 심리적 동인을 언급하려 하지 않았다. 기림의 설명에 따르면 상의 문학에 드러나 있는 자의식의 세계는 자기 모습을 거울에 비춰보고 거기 등장하는 자신의 이미지를 통해 스스로 그 존재 의미를 확인하고자 하는 데에서 비롯되었다. 그리고 이야기의 서술에서 의식의 흐름이라든지 내적 독백과 같은 새로운 방법을 정착시켰다. 이러한 방식은 이전의 소설에서는 찾아보기 어렵다고 기림은 말했다. 인간의 삶의 내면을 구체화하는 이러한 방식은 서사 공간 속에서 현재에 대한 환상을 지속 가능하게 하고, 몽상과 기억을 통해 과거를 탐구하면서 과거와 현재를 서로 혼합시켜놓는다. 결국 사실주의에서 신봉해온 모사론을 거부하고 있는 그의 소설에 이르러 문학의 목표가 구체적인 외적 현실과 경험으로부터 내적인 정신적 세계로 전환하고 있다고 기림은 설명했다.

"기림이 혼자서 이렇게 한 권의 책을 엮었으니 나는 그저 고마울 뿐이오. 이 책 자체가 우리 모더니즘 문학의 중요한 성과물로 오래 남을 테니. 하늘의 상도 아마 기뻐할 겁니다."

"당연히 내가 해야 할 일이었지요. 더구나 서산 형이 많이 도와주었으니…."

나는 그의 작품을 모아 책을 펴내는 일에 내가 앞장서지 못했음을 속으로 자책했다. 기림은 부암동 움막을 떠나면서 내 건강을 다시 걱정했다. 나는 그를 배웅하며 눈발 속으로 사라지는 그의 모습을 한동안 지켜보았다.

참혹한 전쟁이 일어났다.

내 주변의 모든 것이 포화 속에서 함께 사라졌다.

나는 기림이 새로운 조국에서 대학에 터를 잡고 새 문학의 정신을 키워줄 것으로 믿었다. 하지만 그는 전란의 소용돌이에 휩쓸려버렸고, 나는 다시 기림의 얼굴을 보지 못하게 되었다. 나의 그림 공부를 오랫동안 곁에서 지켜본 용준과 현웅도 없어졌다. 문단의 기림만이 아니라 상허, 지용, 구보, 인택, 회남 등도 다시 만날 수 없게 되었다. 모두가 북녘땅으로 끌려갔다. 이 땅에 진정으로 상의 문학과 삶을 사랑해줄 사람이 모두 사라졌으니 새로운 세대의 독자만이 숱한 질문을 안고서 그를 기다리고 있을 터였다.

나는 지금 멀리 울리는 포성 소리를 움막 속에서 혼자 듣고 있다. 낡아진 벽에 삐뚤게 걸려 있는 그림 〈친구의 초상〉에서 그가 뛰쳐나와 '형'을 부르는 소리가 포성 속에 섞여 환청처럼 들려온다. 그럴 때마다 나는 기림이 정성으로 엮은 『이상 선집』을 펼쳐놓고 상을 생각하고 기림을 떠올린다. 내가 이런 부질없는 글을 쓰게 된 것은, 저 그림을 버리지 못하고 이 책을 덮어놓지 못하기 때문이다. 기림이 부탁했던 발문을 쓰지 못한 대신에 아무도 볼 수 없지만 이런 글이라도 적어두는 것이 떠나간 두 사람의 깊은 우정에 늦게나마 답하는 길임을 알고 있기에.

기림은 희망과 기대 위에 부정의 낙인을 사정없이 찍어놓고 떠나버린 이 불행한 천재를 '주피터'라고 불렀다. 태양계의 모든 행성은 희랍신화에 등장하는 신들의 이름으로 불린다. 목성은 올림포스산 최고의 신 주피터라고 한다. 기림은 이 빛나는 이름을 그에게 붙여주었다. 신화 속의 주피터는 아버지를 이긴 제우스다. 크로노스는 '너는 너의 아들에 의해 망할 것이다'라는 예언을 듣고는 아내 레이아와의 사이에서 태어난 다섯 아이를 모두 삼켜버린다. 그리고 여섯째인 제우스 마저 해치려 하자 레이아는 꾀를 낸다. 크로노스는 제우스 대신에 돌덩이를 삼킨다. 제우스는 어머니의 도움으로 다른 곳에 숨겨져 자라난다. 그리고 그가 성장하여 아버지 크로노스를 능가할 수 있을 정도로 힘이 강해져 집으로 돌아온다. 그는 아버지 크로노스의 배를 걸어찬다. 그 뱃속에서 아버지가 삼켰던 그의 형과 누이들이 모두 튀어나온다. 결국 크로노스는 예언대로 아들인 제우스의 힘 앞에 무릎을 꿇게 된다. 제우스는 신들의 제왕으로 구름 속의 산 정상에 그의 왕국을 건설한다. 그리고 세상의 모든 것들을 주관하게 된다. 주피터는 신들의 신이 된다.

나는 기림이 상의 죽음을 슬퍼하면서 그 영전에 올렸던 「주피터 추방」을 지금도 가끔 혼자서 읊조린다.

파초 이파리처럼 축 늘어진 중절모 아래서
빼어 문 파이프가 자주 거룩지 못한 원광을 그려 올린다.
거리를 달려가는 밤의 폭행을 엿듣는
치켜올린 어깨가 이 걸상 저 걸상에서 으쓱거린다.
주민들은 벌써 바다의 유혹도 말 다툴 흥미도 잃어버렸다.

간다라 벽화를 흉내 낸 아롱진 잔에서
주피터는 중화민국의 여린 피를 들이켜고 꿀을 찡그린다.
"주피터, 술은 무엇을 드릴까요?"
"응 그 다락에 얹어둔 등록한 사상일랑 그만둬.
빚은 지 하도 오래서 김이 다 빠졌을걸.
오늘 밤 신선한 내 식탁에는 제발
구린 냄새는 피지 마라."

주피터의 얼굴에 절망한 웃음이 장미처럼 희다
주피터는 지금 실크해트를 쓴 영란은행(英蘭銀行) 노만 씨가
글쎄 대영제국 아침거리가 없어서
장에 계란을 팔러 나온 것을 만났다나.
그래도 계란 속에서는
빅토리아 여왕 직속의 악대가 군악만 치드라나.

주피터는 록펠러 씨의 정원에 만발한
곰팡이 낀 절조(節操)들을 도무지 칭찬하지 않는다.
별처럼 무성한 온갖 사상의 화초들.
기름진 장미를 빨아 먹고 오만하게 머리 추어든 치욕들.

주피터는 구름을 믿지 않는다. 장미도 별도…

주피터의 품 안에 자빠진 비둘기 같은 천사들의 시체.

검은 피 엉클린 날개가 경기구(輕氣球)처럼 쓰러졌다.

딱한 애인은 오늘도 주피터더러 정열을 말하라고 조르나

주피터의 얼굴에 장미 같은 웃음이 눈보다 차다.

땅을 밟고 하는 사랑은 언제고 흙이 묻었다.

아무리 때려보아야 스트라빈스키의 어느 졸작보다도

이쁘지 못한 도, 레, 미, 파…인생의 일주일.

은단과 조개껍질과 금화(金貨)와 아가씨와

불란서 인형과 몇 개 부스러진 꿈 조각과…

주피터의 놀음감은 하나도 재미가 없다.

몰려오는 안개가 겹겹이 둘러싼 네거리에서는

교통순사 롤랑 씨 루즈벨트 씨 기타 제씨가

저마다 그리스도 몸짓을 흉내 내나

함부로 돌아가는 붉은 불 푸른 불이 곳곳에서 사고만 일으킨다.

그중에서도 프랑코 씨의 직립 부동의 자세에 더군다나 현기증
이 났다.

주피터 너는 세기의 아픈 상처였다.

악한 기류가 스칠 적마다 오슬거렸다.

주피터는 병상을 차면서 소리쳤다.
"누더기이불로라도 신문지로라도 좋으니
저 태양을 가려다고.
눈먼 팔레스타인의 살육을 키질하는 이 건장한
대영제국의 태양을 보지 말게 해다고"

주피터는 어느 날 아침 초라한 걸레 조각처럼 때묻고 해어진
수놓은 비단 형이상학과 체면과 거짓을 쓰레기통에 벗어 팽개
쳤다.
실수 많은 인생을 탐내는 썩은 체중을 풀어 버리고
파르테논으로 파르테논으로 날아갔다.

그러나 주피터는 아마도 오늘 세라시에 폐하처럼
해어진 망또를 두르고
무너진 신화가 파묻힌 폼페이 해안을
바람을 데불고 혼자서 소요하리라.

주피터 승천하는 날 예의 없는 사막에는
마리아의 찬양대도 분향도 없었다.
길 잃은 별들이 유목민처럼
허망한 바람을 숨 쉬며 떠 댕겼다.

허나 노아의 홍수보다 더 진한 밤도

어둠을 뚫고 타는 두 눈동자를 끝내 감기지 못했다.

　기림은 상의 죽음을 애도하며 그가 살았던 고통스러운 삶의 과정을 현대 문명의 모순이라는 시대 상황 속에서 펼쳐놓는다. 중절모에 파이프를 물고 어깨를 들썩거렸던 모습은 상의 특이한 개성과 사고방식, 그리고 행동을 너무도 생생하게 보여준다. 기존의 제도와 가치를 일절 거부했던 상의 태도는 김빠진 술을 거부하는 모습으로 바꾸어놓고 있다. 이 장면에서 낡은 기성적인 것을 표상하는 대상으로 '중국'을 거명한다. 시대적 상황에 절망하던 그의 모습은 세계 경제의 대혼란과 대영제국 시장의 불안 상태, 그리고 자본주의 체제의 모순에 대한 불만을 미국의 부익부 빈익빈의 현실에 빗대어 설명한다. 유럽의 정치적 불안과 스페인 혁명 이후의 혼란 등에 대한 사회적 무관심에 반발하던 그는 삶에 대한 애착도 열정도 모두 잃어버린 채 현대 예술이 빠져들고 있는 타성에서 벗어나고자 한다. 이 시에서 그려내고 있는 시대에 대한 절망, 삶에 대한 회의, 기성적인 것에 대한 거부 등은 결국 그의 개인적 삶에서 '세기의 아픈 상처'에 비유된다. 그는 죽어서 신들이 모여 산다는 '파르테논' 신전으로 날아간다. 그리고 가끔 폐허의 도시 폼페이의 해변을 거닐게 된다. 이 시의 마지막 연은 아무도 지켜주지 못한 그의 죽음을 놓고 '주피터 승천하는 날 예의 없는 사막에는/ 마리아의 찬양대도 분향도 없었다'라고 진술하고 있지만 그는 '주피터'가 되어 신들의 제국을 주재한다.

이상.
자신이 남긴 문학과 예술만으로 그 짧은 생애를 스스로 초월하고 있는 예술가. 우리 시대의 가장 불행한 천재. 진정한 자기 언어를 추구한 아방가르드 시인. 내면의 세계에서 리얼리티의 참주제를 찾아낸 실험적 소설가. 하융이라는 가면을 쓰고 구보와 경성 거리를 활보하던 고독한 모더니스트. 아비를 배반하고 불의한 시대의 악형을 무릅쓰다가 천상으로 추방당한 제우스….

나는 이런저런 이름을 붙여 다시 마음속으로 상을 그려본다. 그가 떠났음에도 슬픔의 긴 끈을 놓지 못한 채 기림이 그에게 붙여준 '주피터'라는 또 다른 이름으로 그를 불러본다. 이 빛나는 이름이야말로 그의 기구한 삶과 그 예술적 재능에 값한다. 모든 기성적 권위를 거부하고 현실의 제도와 이념과 가치를 넘어서고자 했던 그를 달리 어떻게 호명할 수 있겠는가?

주피터!

너의 이름 뒤로 시와 소설을 사랑하는 미래의 독자가 줄을 서 있는 게 보이는가? 너는 언제나 맨 앞에서 낯선 새 시대에 맞서 새로운 독자와 만나고 그들과 함께 다시 앞으로 나가겠지. 그리고 '주피터'라는 또 하나의 이름 그대로 우리 문학사의 가장 크고 빛나는 별이 되리니, 어둠 속 서러움을 묻고 명목(瞑目)하라.

에필로그

나는 이 글을 끝으로 붓을 놓는다.

상에 대해서는 어떤 이야기도 다시 입에 올리고 싶지 않다. 그의 입에 하얀 상아 파이프를 물렸듯이 스스로 입을 다물고 싶다. 그의 일이라면 가장 가까이에서 모두를 소상하게 보고 들어 알고 있지만, 문단의 가십거리로 오르내리게 된 그의 불행한 삶과 죽음과 사랑과 빛나는 문학에 관해 나는 한마디도 더 말하고 싶지 않다.

나는 그를 누구보다 좋아하고 그의 재능을 사랑한다. 그는 내 가슴속에서 떠난 적이 없으므로 그의 새로운 이름이 된 '이상'을 지켜주고 싶고, 내게 붙여준 '丑8'이라는 멋진 이름도 영원히 비밀로 덮어두고 싶다. 금홍과의 사랑 이야기도 그가 그렇게 했듯이 아름답게 내 기억 속에 담아두고 싶다. 가슴이 터지는 슬픔을 견디면서 이제는 그의 모든 것들을 그대로 묻어두고 싶다.

비밀은 지켜야 할 사람이 지켜야만 완성되니까.

임진(壬辰) 조춘(早春) 서산(西山)

- **구본웅**(具本雄, 1906~1952)

  호는 서산(西山). 화가. 이상과 소학교 시절부터 친구였으며 일본 도쿄에서 유학하며 근대적인 새로운 화풍을 배웠고, 1930년대 화단에서 야수파, 표현주의, 큐비즘을 절충한 화법으로 전위적인 모더니즘 미술을 시도했다. 일제 말기에 문예지 『청색지』를 창간 운영했고 일제의 군국주의를 지지하는 논설을 발표하기도 했다. 주요 작품으로는 〈친구의 초상〉, 〈여인〉, 〈비파와 포도〉 등이 있다.

- **금홍**(생몰연대 미상)

  이상이 황해도 배천온천에서 요양 중에 만난 기생으로 본명은 '연심'이다. 1933년 6월부터 이상과 동거하면서 제비 다방에서 마담으로 일했고 1935년 초에 결별한 것으로 알려져 있다. 금홍과의 만남과 이별의 과정은 이상의 소설 「봉별기」에 비교적 소상하게 그려져 있다.

- **박태원**(朴泰遠, 1910~1986)

  호는 구보(丘甫). 소설가. 경성제일고보를 졸업하고 일본 호세이대학에 입학했으나 중퇴한 뒤 귀국하여 문단 활동을 시작했다. 1933년 '구인회'에 가입해 이태준, 정지용, 김기림, 이상 등과 함께 활동했다. 1950년 한국전쟁 당시 납북되어 북한에서 활동했다. 주요 작품으로 「소설가 구보 씨의 일일」, 『천변풍경』, 『계명산천은 밝아 오느냐』 등이 있다.

• **정지용**(鄭芝溶, 1902~1950)
시인. 휘문고보를 졸업한 후 일본 교토 도시샤대학에서 영문학을
전공했다. 대학 시절부터 시를 창작하였고 졸업 후 김영랑, 박용철,
이하윤 등과 시동인지 『시문학』을 발간했다. 1933년 이태준, 김유
영, 이효석, 김기림 등과 '구인회'를 창립했으며 이상의 시를 천거
하여 그 문학 활동을 도왔다. 섬세한 언어 감각과 시적 조형성을
살려낸 근대 시의 대표 시인으로 시집 『정지용시집』, 『백록담』이
있다. 1950년 한국전쟁 당시 납북되어 사망했다.

• **김기림**(金起林, 1908~?)
호는 편석촌(片石村). 시인, 비평가. 보성고보에서 수학했고 일본
니혼대학 전문부 문학예술과를 수료한 후 《조선일보》 기자로 근무
하면서 시와 비평을 발표했다. 1933년 이태준, 이효석, 정지용, 박
태원 등과 '구인회'를 결성하여 모더니즘 문학 운동에 앞장섰다.
대표작인 장시 「기상도」를 비롯해, 시집 『태양의 풍속』, 『바다와 나
비』, 『새노래』와 시론집 『시론』, 『시의 이해』 등이 있다. 해방 직후
이상의 문학 작품을 수집 정리하여 『이상선집』을 펴냈으며, 한국
전쟁 당시 납북되었으나 그 행적은 알려진 바 없다.

• **이태준**(李泰俊, 1904~1978)
호는 상허(尙虛). 소설가. 휘문고보를 졸업한 후 일본에 유학하여
조오치대학 문과에서 수학했다. 1933년 이효석, 정지용, 김기림,
박태원 등과 '구인회'를 창립했고 《조선중앙일보》 학예부장으로
일하면서 이상의 연작시 「오감도」의 연재를 도왔다. 순수문예지
『문장』을 주재하며 역량 있는 신인들을 발굴해 문단에 크게 기여

했다. 주요 작품으로는 「아무일도 없소」, 「불우선생」, 「꽃나무는 심어놓고」, 「달밤」, 「까마귀」 등이 있다. 해방 직후 월북했다.

• **이순석**(李順石, 1905~1986)
호는 하선(荷仙), 하라(賀羅). 공예가. 일본 유학으로 공예를 공부했으며 일제강점기에 카페 낙랑파라를 개업 운영했다. 석공예의 독보적인 존재로 알려져 있으며 작품으로 〈대(台)를 겸한 수반(水盤)〉 등이 있다. 해방 직후 서울대학교 미술대학 교수로 활동했다.

• **김용준**(金瑢俊, 1904~1967)
호는 근원(近園). 화가, 미술평론가, 수필가. 중앙고등보통학교 시절 고려미술회에서 이마동, 구본웅, 길진섭 등과 함께 미술 학습을 시작했으며 일본 도쿄미술학교에서 수학했다. 제3회 조선미술전람회에서 〈동십자각(東十字閣)〉이 입선되어 화제가 되었다. 1949년 『조선미술대요』를 저술하였으며 수필집 『근원수필』이 있다. 한국전쟁 당시 납북되었고 북한 평양미술대학에서 미술을 가르쳤다.

• **김유정**(金裕貞, 1908~1937)
소설가. 휘문고등보통학교를 졸업하고 연희전문학교 문과에 입학한 후 학업을 중단했고 1935년 소설 「소낙비」로 《조선일보》 신춘문예에 당선했다. 이상과 함께 구인회에 가입하여 활동하다가 폐결핵으로 세상을 떠났다. 주요 작품으로 「봄봄」, 「동백꽃」, 「금 따는 콩밭」, 「만무방」 등이 있다.

• **김환태**(金煥泰, 1909~1944)
호는 눌인(訥人). 비평가. 1927년 보성고등보통학교를 졸업한 뒤 일본으로 유학하여 교토 도시샤대학를 거쳐 규슈제국대학 영문과를 졸업했다. 귀국 후 비평 활동을 하면서 문학의 예술적 순수성을 옹호했다. 사후에 『김환태전집』이 나왔다.

• **변동림**(卞東琳, 1916~2004)
수필가. 화가. 화가 구본웅의 이모(서모의 친정 동생)로서 이화여전에서 영문학을 공부했고 1936년 이상과 결혼했다. 이상이 도쿄에서 세상을 떠나자 1944년 화가 김환기(金煥基)와 재혼하면서 이름을 김향안(金鄕岸)으로 개명하고 김환기와 함께 프랑스 파리와 미국 뉴욕 등지에서 활동하면서 수필을 발표했다. 수필집 『월하의 마음』 등을 펴냈고, 김환기의 사후 서울 부암동에 '환기미술관'을 개관했다.

• **구자혁**(具滋爀, 1885~1959)
구본웅의 친부. 경기도 광주에서 태어나 경성 필운동에서 살았다. 상산 김씨(1884~1907)와 혼인했으나 첫아들 구본웅을 낳은 직후 산후통으로 고생하다가 세상을 떠나자 변동숙(卞東淑, 1890~1974) 과 재혼했다. 일제강점기 경성에서 인쇄소 겸 출판사인 '창문사' 를 운영했던 재력가로, 아들인 구본웅의 천거로 1935년 말부터 이 상이 창문사에서 일하도록 도왔다. 구인회의 기관지 『시와 소설』 을 출간했고 이상의 능력을 높이 평가하여 처제인 변동림과 결혼 하도록 했다.

미지의 독자에게

내가 이상을 처음 제대로 접하게 된 것은 대학에 입학한 1967년이었습니다. 소설가를 꿈꾸었던 나는 대학 초년생이 되면서부터 어이없게도 한국문학 최대의 스캔들이었던 이상에 빠져들었습니다. 우연히 대학천변 서점에서 펼쳐 들었던 임종국(林鍾國) 편『이상전집(李箱全集)』(1966)을 왜 사게 되었는지 제대로 기억할 수 없지만, 나는 한동안 이상 문학이 보여주는 언어와 기법의 신기성(新奇性)과 그 특이한 매력에서 벗어나지 못했습니다. 그러면서 식민지 시대 지식인 청년으로서 이상이 고심했던 문제의식의 폭과 깊이에 그만 주눅이 들고 말았습니다. 동숭동 문리대 교정을 싸돌며 학림다방에 처박혀 되지도 않은 인생을 고심하는 척했던 그 철없던 시절에 이상은 늘 내 곁에 있었습니다. 종로 피맛골 초입에 남아 있던 붉은 벽돌집, 이상의 다방 제비가 들어섰던 그 자리를 수도 없이 서성대면서 나는 이상이라는 이름을 속으로 불러보곤 했습니다. 이상이 그려냈던 'MJB의 향기'라는 것도 나는 대학에 들어와서야 비로소 '커피'를 마셔본 후에 알았고, 이상이 꿈꾸었던 '건축무한육면각체'의 공간을 나는 이상이 죽은 후 삼십년이 지난 뒤 '화신백화점'을 둘러보면서 어렴풋하게 짐작할 수 있었습니다.

내 머릿속에는 이상의 삶과 문학을 어떻게 이해할 것인가라는 터무니없는 질문이 참으로 오랜 숙제로 남아 있었습니다. 특히 결핍과 억압과 금제(禁制)라는 고통스러운 삶의 과정에서도 문학의 끈을 놓지 않았던 일제강점기의 한 지식인 청년의 고뇌와 그 내면 풍경이 늘 내 가슴을 시리게 했습니다. 이상은 친부모의 자애로운 보살핌을 받아보지 못한 채 성장했으며 엄격한 백부의 훈도에 억눌려 학창 시절을 보냈습니다. 그는 양반 가문의 법통을 강조하는 백부의 요구에 따라 화가가 되겠다는 꿈을 끝내 버려야 했고, 폐결핵 환자가 되어 조선총독부 기사직에서 물러난 후 죽음에 대한 공포와 함께 생에 대한 환멸에서 벗어나지 못했습니다. 그리고 자기 문학의 존재 의미를 객관적으로 검증하겠다는 꿈을 안고 일본으로 건너갔다가 식민 제국의 수도인 동경에서 경찰에 의해 구금당한 후 비극적 생을 마감했습니다. 그는 식민지 현실 속에서 삶의 뿌리가 뽑힌 채 사회로부터 소외된 지식인이었지만, 문학이라는 이름으로 모더니티의 한계를 극복하기 위해 몸부림

쳤습니다.

『주피터 초상』은 지난 삼 년 동안 이루어진 내 글쓰기의 전부입니다. 내가 추구했던 학문적 관심과는 결이 다르게 만들어진 이 글은 이상 문학의 새로운 독자들과 대화하는 가운데 착안했습니다. 나는 중국 산동대학 외국인 석좌교수로 일하면서 한국문학을 공부하고 있는 세계 각국의 젊은 학자 가운데 이상 문학에 관심을 가진 사람이 의외로 많다는 사실을 깨닫게 되었습니다. 중국의 대학에서 이상 작품의 중국어 번역을 계획하고 있는 젊은 교수와 여러 차례 서로 이야기를 나눴고 이탈리아에서 박사학위 논문 주제로 이상과 씨름하며 이상의 「오감도」를 이탈리아어로 번역하는 젊은 학자와는 가끔 메일을 주고받았습니다. 미국에서 한국문학을 가르치는 젊은 학자는 식민지 시대의 모더니즘 운동을 연구하면서 이상의 문학사적 위치에 대해 고심하고 있다고 내게 몇 차례 연락을 해왔습니다. 한국의 대학생은 이상 문학의 이해를 위해 어디서부터 공부를 시작할 것인가를 고민 중이라면서 내게 조언을 구했고 아주 꼼꼼히 내가 엮은 『이상전집』을 읽던 고등학생은 친절하게도 책의 내용 가운데 명백한 사실적 오류를 직접 지적하여 이를 바로잡을 수 있게 하기도 했습니다. 나는 이들과 소통하면서 이상 문학에 대한 논의가 여전히 현재진행

형이며 새로운 독자와 만나면서 계속 확대되고 있음을 알았습니다.

『주피터 초상』은 소설체라는 새로운 글쓰기를 활용한 이상의 삶과 문학에 관한 이야기입니다. 이 책은 이상의 연보에 기록되지 않은 삶의 빈칸을 메우고 의문투성이로 남아 있는 그의 삶에 경험적 구체성을 부여하기 위해 그의 삶을 곁에서 지켜본 사람들의 말을 들어보는 방식으로 서사를 구상한 허구입니다. 전기적 사실로 고정된 내용들을 제외하고 보면 모두가 가구(假構)의 현실로 채워져 있습니다. 이상 문학이 당대의 사회 현실과 어떻게 연결되고 있는가를 고심하고 있는 새로운 독자들이 이상을 다시 생각하면서 이 책을 읽을 수 있기를 희망합니다. 그리고 이들이 이상이라는 한 인간의 삶과 문학을 진정으로 이해하고 식민지 근대의 후진성에 매몰되어 있던 한국문학이 어떻게 서구문학과 동시대적 감각을 회복하게 되었는지 폭넓게 질문할 수 있게 되기를 바랍니다.

이 글의 초고 단계에서부터 소설체라는 허구의 틀에 기초한 내 낡은 글솜씨를 탓하지 않고 함께 읽어준 서여진, 안서현, 류한형, 임지혜 선생께 고마움을 표합니다. 추천의 말까지 작성해준 소설가 김연수 선생과 비평가 안지영 선생께 감사

의 마음을 전하면서 이 책이 세상에 나올 수 있게 해준 폭스코
너 윤혜준 대표께도 감사드립니다.

이상을 사랑하는 미지의 독자들께 이 책을 바칩니다.

2026년 1월

권영민

이상의 삶과 예술

- 1910년 9월 23일(음 8월 20일)

  이상(李箱)은 경성부 북부 순화방 반정동 4통 6호에서 부 김영
  창(金永昌)과 모 박세창(朴世昌)의 2남 1녀 중 장남으로 태어났
  다. 본명은 김해경(金海卿)이며 본관은 강릉(江陵)이다. 본적은
  경성부 통동(뒤에 통인동으로 개칭) 154번지이다. 부친 김영창은
  구한말 궁내부(宮內府) 활판소(活版所)에서 일하다가 사고로 손
  가락이 절단된 뒤 일을 중단하고 집 근처에 이발관을 개업하여
  가계를 꾸려갔다. 이상의 형제는 누이동생 김옥희(金玉姬)와 남
  동생 김운경(金雲卿)이 있는데, 운경은 한국전쟁 당시 월북한
  것으로 알려져 있다.

- 1914년

  백부 김연필(金演弼)의 집으로 옮겨 그곳에서 성장했다. 동생
  운경이 태어난 후 백부 김연필은 본처와의 사이에 소생이 없다
  는 이유로 장조카 이상을 양자 삼아 데려다가 키우고 그 학업을
  도왔다. 그런데 1926년 본처를 버리고 소실 김영숙(金英淑)과
  그녀가 데리고 들어온 사내아이 김문경(金汶卿)을 호적에 입적
  시켰다. 김연필은 구한말 융희(隆熙) 3년(1909년 5월)에 관립 공
  업전습소(工業專習所) 금공과(金工科)의 제1회 졸업생으로 조선
  총독부 상공과 하급직 관리로 일했다. 1932년 5월 7일 경성부

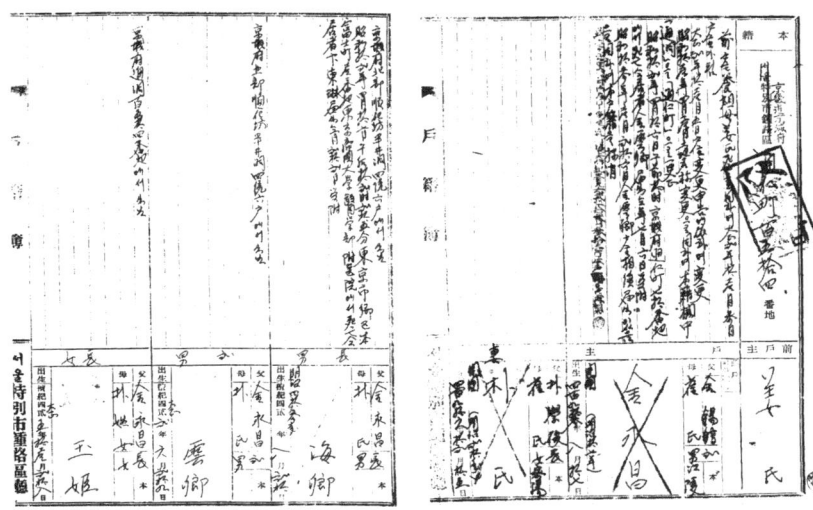

통동 154에서 사망하였으며, 이해 8월 4일 김문경이 호주를 상속했다.

- 1917년
  누상동(樓上洞)에 있던 신명학교(新明學校)에 입학했다. 신명학교 재학 시절 구본웅(具本雄, 1906~1952)과 동기생이 되어 오랜 친구로 지냈다.

- 1921년
  신명학교를 졸업한 후 조선불교중앙교무원(朝鮮佛教中央教務院)에서 운영하던 동광학교(東光學校)에 입학했다.

- 1922년
  동광학교가 보성고등보통학교(普成高等普通學校)에 합병되자

보성고보에 편입했다. 보성고보 재학 중 학업 성적은 상급 수준
에 올랐다. 고유섭(미술사학자), 이헌구(불문학자, 비평가), 임화(시
인, 비평가) 등과 동기였으며, 김기림(시인, 비평가), 김환태(비평가)
등은 일 년 후배였다.

• 1926년
3월 보성고보 제4회 졸업생이 되었으며, 경성 동숭동(東崇洞)
에 소재한 경성고등공업학교(京城高等工業學校) 건축과(建築科)
에 입학했다.

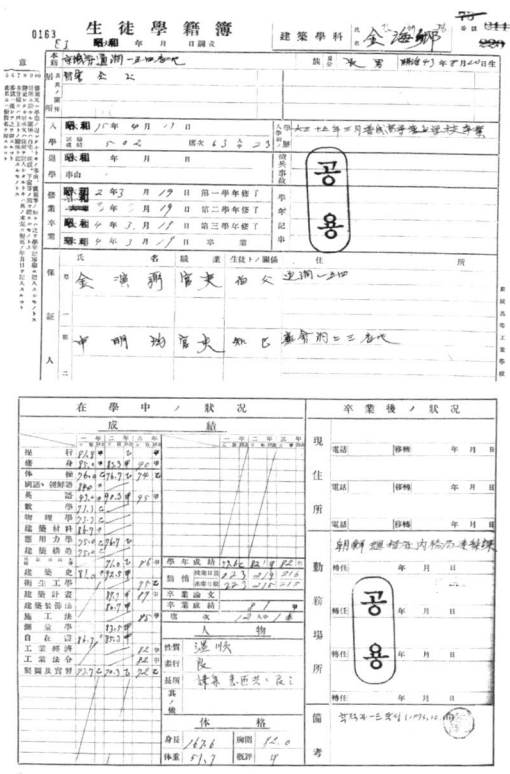

• 1928년

　　1929년 3월 경성고등공업학교를 졸업하면서 조선인 동기생
열여섯 명과 뜻을 모아 졸업 기념 사진첩 『추억의 가지가지』의
제작을 주도했다. 이 사진첩의 자필 사인란에 본명인 김해경 대
신 이상(李箱)이란 별명을 썼다.

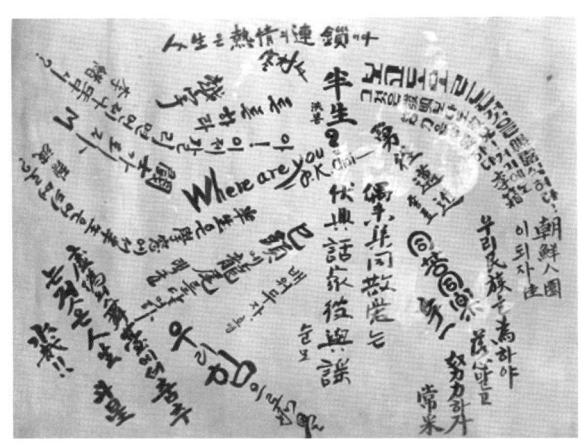

• 1929년

　경성고등공업학교 건축과를 수석으로 졸업하자 학교의 추천으로 조선총독부 내무국(內務局) 건축과(建築課) 기수(技手)로 발령을 받았다. 이해 11월에는 조선총독부 관방회계과(官房會計課) 영선계(營繕係)로 자리를 옮겼다. 조선에 진출해 있던 일본인 건축기술자 중심으로 결성한 조선건축회(朝鮮建築會, 1922년 3월 결성)에 정회원으로 가입했고, 이 학회의 일본어 학회지『조선과 건축(朝鮮と建築)』의 표지 도안 현상모집에 1등과 3등으로 당선되었다.

• 1930년

　조선총독부에서 일본의 식민지 정책을 홍보하기 위해 발간하던 잡지『조선(朝鮮)』 국문판에 1930년 2월호부터 12월호까지

9회에 걸쳐 처녀작이며 유일한 장편소설인 『12월 12일(十二月 十二日)』을 '이상(李箱)'이란 필명으로 연재했다.

• 1931년

이해 6월 제10회 조선미술전람회에 서양화 〈자상(自像)〉이 입선했고, 『조선과 건축』에 일본어 시 『이상한 가역반응(可逆反應)』 등 20여 편을 세 차례에 걸쳐 발표하였다. 가을 폐결핵을 진단받았다.

시

「이상한 가역반응(異常ナ可逆反應)」(『朝鮮と建築』, 1931. 7)

「파편의 경치(破片ノ景色)」(『朝鮮と建築』, 1931. 7)

「▽의 유희(▽ノ遊戲)」(『朝鮮と建築』, 1931. 7)

「수염(ひげ)」(『朝鮮と建築』, 1931. 7)

「BOITEUX·BOITEUSE」(『朝鮮と建築』, 1931. 7)

「공복(空腹)」(『朝鮮と建築』, 1931. 7)

연작시

「조감도(鳥瞰圖)」(『朝鮮と建築』, 1931. 8)

2인…1…(二人…1…) / 2인…2…(二人…2…) / 신경질적으로 비만한 삼각형(神經質に肥滿した三角形) / LE URINE (LE URINE) / 얼굴(顔) / 운동(運動) / 광녀의 고백(狂女の告白) / 흥행물천사(興行物天使)

「삼차각설계도(三次角設計圖)」(『朝鮮と建築』, 1931. 10)

선에 관한 각서 1(線に關する覺書 1) / 선에 관한 각서 2(線に關する覺書 2) / 선에 관한 각서 3(線に關する覺書 3) / 선에 관한 각서 4(線に關する覺書 4) / 선에 관한 각서 5(線に關する覺書 5) / 선에 관한 각서 6(線に關する覺書 6) / 선에 관한 각서 7(線に關する覺書 7)

• 1932년

백부 김연필이 1932년 5월 7일 뇌일혈로 사망했다. 『조선과 건축』에 '건축무한육면각체'라는 제목으로 일본어 시「AU MAGASIN DE NOUVEAUTES」, 「출판법」 등을 발표했으며, 『조선(朝鮮)』에는 단편소설 「지도의 암실」을 '비구(比久)'라는 필명으로 발표하고, 단편소설 「휴업과 사정」을 '보산(甫山)'이라는 필명으로 잇달아 실었다. 『조선과 건축』의 표지 도안 현상공모에서 가작 4석(席)으로 입상했다.

연작시

「건축무한육면각체(建築無限六面角體)」(『朝鮮と建築』, 1932. 7)

　　AU MAGASIN DE NOUVEAUTES / 열하약도 No.2(熱河略圖 No.2 未定稿) / 진단 0:1(診斷 0:1) / 22년(二十二年) / 출판법(出版法) / 차8씨의 출발(且8氏の出發) / 대낮(眞晝-或る ESQUISSE-)

소설

단편소설 「지도의 암실」(『朝鮮』, 1932. 3)

단편소설 「휴업과 사정」(『朝鮮』, 1932. 4)

• 1933년

폐결핵으로 직무를 수행하기 어렵게 되자 조선총독부를 사직하고 봄에 황해도 배천(白川)온천에서 요양했다. 6월 배천온천에서 알게 된 기생 금홍을 서울로 불러올려 종로 1가에 다방 '제비'를 개업하면서 동거하기 시작했다. 1933년 8월에 결성된 문학단체 '구인회(九人會)'의 핵심 동인인 이태준(李泰俊), 정지용(鄭芝溶), 김기림(金起林), 박태원(朴泰遠) 등과 교유가 시작되었고 정지용의 주선으로 잡지 『가톨닉청년(靑年)』에 「꽃나무」, 「이런 시」 등을 국문으로 발표했다.

시

「꽃나무」(『가톨닉靑年』, 1933. 7)

「이런 시(詩)」(『가톨닉靑年』, 1933. 7)

「1933. 6. 1」(『가톨닉靑年』, 1933. 7)

「거울」(『가톨닉靑年』, 1933. 10)

- **1934년**

연작시 「오감도(烏瞰圖)」를 《조선중앙일보(朝鮮中央日報)》에 연재하다가 15편을 발표한 후 독자들의 항의와 비난으로 연재가 중단되었다. 박태원이 소설 「소설가 구보씨의 일일」을 《조선중앙일보》에 연재(1934. 8. 1~9. 19)하는 동안 '하융(河戎)'이라는 필명으로 작품 속의 삽화를 그렸다. 이해 구인회 동인으로 김유정(金裕貞), 김환태(金煥泰) 등과 함께 가담했다.

연작시

「오감도(烏瞰圖)」(朝鮮中央日報, 1934. 7. 24~8. 8 연재)

시제1호(詩第一號)(7. 24) / 시제2호(詩第二號)(7. 25) / 시제3호(詩第三號)(7. 25) / 시제4호(詩第四號)(7. 28) / 시제5호(詩第伍號)(7. 28) / 시제6호(詩第六號)(7. 31) / 시제7호(詩第七號)(8. 1) / 시제8호(詩第八號)(8. 2) / 시제9호(詩第九號)(8. 3) / 시제10호(詩第十號)(8. 3) / 시제11호(詩第十一號)(8. 4) / 시제12호(詩第十二號)(8. 4) / 시제13호(詩第十三號)(8. 7) / 시제14호(詩第十四號)(8. 7) / 시제15호(詩第十伍號)(8. 8)

시

「보통기념(普通記念)」(月刊『每申』, 1934. 6)

「소영위제(素榮爲題)」(『中央』, 1934. 9)

단편소설

「지팽이 역사(轢死)」(月刊『每申』, 1934. 8)

수필

「혈서삼태(血書三態)」(『新女性』, 1934. 6)

「산책(散策)의 가을」(『新東亞』, 1934. 10)

• 1935년

　다방 '제비'를 경영난으로 폐업하고 금홍과 결별한 후 성천, 인
　천 등지를 유랑했다. 친구 구본웅이 이상을 모델로 한 초상화〈친
　구의 초상(肖像)〉을 그렸다. 구본웅의 부친이 운영하던 인쇄소
　창문사(彰文社)에 취직했다.

시

「정식(正式)」(『가톨닉靑年』, 1935. 9)

「지비(紙碑)」(《朝鮮中央日報》, 1935. 9. 15)

수필

「문학(文學)을 버리고 문화(文化)를 상상(想像)할 수 없다」(《朝鮮
中央日報》, 1935. 1. 6)

「산촌여정(山村餘情)」(《每日申報》, 1935. 9. 27~10. 11)

• 1936년

　창문사에 근무하면서 구인회 동인지 『시(詩)와 소설(小說)』의
　창간호를 편집했고, 단편소설 「지주회시」, 「날개」 등을 발표하
　면서 평단의 관심을 받자 자기 문학에 새로운 자신감을 얻었다.
　이해에 연작시 「역단(易斷)」과 「위독(危篤)」을 발표하여 연재
　중단으로 미완 상태였던 「오감도」를 완성했다. 잡지 『가톨릭소
　년』(1936. 5) 표지와 김기림 시집 『기상도』 표지 장정을 맡아 했
　다. 6월 변동림(卞東琳)과 결혼했고, 10월 하순 새로운 문학 세
　계를 향하여 일본 동경으로 떠났다.

시

「지비(紙碑)–어디로갔는지모르는안해」(『中央』, 1936. 1)

「가외가전(街外街傳)」(『詩와小說』, 1936. 3)

「명경(明鏡)」(『女性』, 1936. 5)

「목장」(동시)(『가톨릭소년』, 1936. 5)

「I WED A TOY BRIDE」(『三四文學』, 1936. 10)

연작시

「역단(易斷)」(『가톨닉靑年』, 1936. 2)

　　화로(火爐) / 아침 / 가정(家庭) / 역단(易斷) / 행로(行路)

「위독(危篤)」(《朝鮮日報》, 1936. 10. 4~10. 9 연재)

　　금제(禁制)(10. 4) / 추구(追求)(10. 4) / 침몰(沈歿)(10. 4) / 절
　　벽(絶壁)(10. 6) / 백화(白晝)(10. 6) / 문벌(門閥)(10. 6) / 위치
　　(位置)(10. 8) / 매춘(買春)(10. 8) / 생애(生涯)(10. 8) / 내부(內
　　部)(10. 9) / 육친(肉親)(10. 9) / 자상(自像)(10. 9)

단편소설

「지주회시」(『中央』, 1936. 6)

「날개」(『朝光』, 1936. 9)

「봉별기(逢別記)」(『女性』, 1936. 12)

수필

「조춘점묘(早春點描)」(《每日申報》, 1936. 3. 3~3. 26 연재)

　　보험(保險) 없는 화재(火災) / 단지(斷指)한 처녀(處女) / 차생
　　윤회(此生輪廻) / 공지(空地)에서 / 도회(都會)의 인심(人心) /
　　골동벽(骨董癖) / 동심행렬(童心行列)

「서망율도(西望栗島)」(『朝光』, 1936. 3)

「여상(女像)」(『女性』, 1936. 4)

「약수(藥水)」(『中央』, 1936. 7)

「EPIGRAM」(『女性』, 1936. 8)

「동생 옥희(玉姬) 보아라」(『中央』, 1936. 9)

「추등잡필(秋燈雜筆)」(《每日申報》, 1936. 10. 14~10. 28 연재)

　　추석(秋夕) 삽화(揷話)(10. 14~15) / 구경(求景)(10. 16) / 예의 (禮儀)(10. 21) / 기여(寄與)(10. 22) / 실수(失手)(10. 27~28)

「행복(幸福)」(『女性』, 1936. 10)

「가을의 탐승처(探勝處)」(『朝光』, 1936. 10)

• 1937년

　　2월 사상 혐의로 동경 니시간다(西神田) 경찰서에 피검되었고 한 달 정도 조사를 받다가 폐결핵이 악화하여 동경제국대학 부속병원에 입원했다. 4월 16일 서울에서 부친 김영창과 조모가 함께 세상을 떠났다. 4월 17일 동경제대 부속병원에서 27세의 일기로 생을 마감했으며 일본으로 건너온 부인 변동림이 유해를 화장한 후 미아리 공동묘지에 안장했다. 5월 15일 경성 부민 관에서 이상과 김유정(3월 29일 작고)을 위한 합동 추도식이 열렸다.

시

「파첩(破帖)」(『子吾線』, 1937. 11. 유고)

소설

「동해(童骸)」(『朝光』, 1937. 2)

「종생기(終生記)」(『朝光』, 1937. 5)

수필

「19세기식(十九世紀式)」(『三四文學』, 1937. 4)

「공포(恐怖)의 기록(記錄)」(《每日申報》, 1937. 4. 25~5. 15. 연재)

「권태(倦怠)」(《朝鮮日報》, 1937. 5. 4~5. 11. 연재)

「슬픈 이야기」(『朝光』, 1937. 6. 유고)

- 1938년
  시
  「무제(無題)」(『貘』, 1938. 10. 유고)
  소설
  「환시기(幻視記)」(『青色紙』, 1938. 6. 유고)
  수필
  「문학(文學)과 정치(政治)」(『四海公論』, 1938. 7. 유고)

- 1939년
  시
  「무제(無題)」(『貘』, 1939. 2. 유고)
  소설
  「실화(失花)」(『文章』, 1939. 3. 유고)
  「단발(斷髮)」(『朝鮮文學』, 1939. 4. 유고)
  「김유정(金裕貞)」(『青色紙』, 1939. 5. 유고)
  수필
  「실낙원(失樂園)」(『朝光』, 1939. 2. 유고)
      소녀(少女) / 육친(肉親)의 장(章) / 실낙원(失樂園) / 면경(面
      鏡) / 자화상(自畵像) / 월상(月傷)
  「병상 이후(病床 以後)」(『青色紙』, 1939. 5. 유고)
  「최저낙원(最低樂園)」(『朝鮮文學』, 1939. 5. 유고)
  「동경(東京)」(『文章』, 1939. 5. 유고)

- 1940년
  김소운(金素雲)의 『젖빛 구름』에 이상의 시 「청령(蜻蛉)」, 「한 개
  의 밤」이 일본어로 소개되었다.

- 1949년

  김기림 편, 『이상선집(李箱選集)』(백양당) 발간.

- 1956년

  고대문학회(高大文學會) 편, 『이상전집(李箱全集)』(전 3권) 발간.
  이 전집에 이상의 유고 시 9편(일본어 원문)이 발굴돼 번역 수록
  되었다.

  일본어 유고 시 9편

  「척각(隻脚)」

  「거리(距離)」

  「수인이 만든 소정원(囚人の作つた箱庭)」

  「육친의 장(肉親の章)」

  「내과(內科)」

  「골편에 관한 무제(骨片ニ關スル無題)」

  「가구의 추위(街衢ノ寒サ)」

  「아침(朝)」

  「최후(最後)」

- 1960년

  조연현(趙演鉉)이 이상의 일본어 습작 노트를 발굴하여 거기 수
  록된 자료들을 『현대문학(現代文學)』에 번역 소개.

  발굴 소개 자료

  「무제」(『현대문학』, 1960. 11)

  「1931년」(『현대문학』, 1960. 11)

  「얼마 안 되는 변해(辨解)」(『현대문학』, 1960. 11)

  「무제」(『현대문학』, 1960. 11)

  「무제」(『현대문학』, 1960. 11)

「이 아해(兒孩)들에게 장난감을 주라」(『현대문학』, 1960. 12)

「모색(暮色)」(『현대문학』, 1960. 12)

「무제」(『현대문학』, 1960. 12)

「구두」(『현대문학』, 1961. 1)

「어리석은 석반(夕飯)」(『현대문학』, 1961. 1)

「습작(習作) 쇼오 윈도우 수점(數點)」(『현대문학』, 1961. 2)

「무제」(『현대문학』, 1966. 7)

「애야(哀夜)」(『현대문학』, 1966. 7)

「회한(悔恨)의 장(章)」(『현대문학』, 1966. 7)

• 1966년

임종국(林鍾國) 편, 『이상전집(李箱全集)』이 태성사(泰成社)에서 발간.

• 1976년

『문학사상(文學思想)』에서 조연현이 발굴한 이상의 일본어 습작 노트에 남아 있던 자료들을 추가해 번역 소개되었다.

발굴 소개 자료

「단장(斷章)」(『문학사상』, 1976. 6)

「첫번째 방랑(放浪)」(『문학사상』, 1976. 7)

「불행(不幸)한 계승(繼承)」(『문학사상』, 1976. 7)

「객혈(喀血)의 아침」(『문학사상』, 1976. 7)

「황(獚)의 기(記)-작품 제1번」(『문학사상』, 1976. 7)

「작품(作品) 제3번」(『문학사상』, 1976. 7)

「여전준일(與田準一)」(『문학사상』, 1976. 7)

「월원등일랑(月原橙一郞)」(『문학사상』, 1976. 7)

「공포(恐怖)의 기록(記錄) 서장(序章)」(『문학사상』, 1986. 10)

「공포(恐怖)의 성채(城砦)」(『문학사상』, 1986. 10)
「야색(夜色)」(『문학사상』, 1986. 10)
「단상(斷想)」(『문학사상』, 1986. 10)

• 1977년

이어령(李御寧) 편, 『이상소설전작집 1, 2』(1977), 『이상수필전
작집』(1977), 『이상시전잡집』(1978) 갑인출판사 발간.

• 1997년

이상 문학 60년을 기념하기 위한 학술 세미나가 월간 문학사상
사 주관으로 세종문화회관에서 개최되었고 그 발표 논문을 모
아 『이상문학연구 60년』(권영민 편, 문학사상사, 1998)이 발간되
었다.

• 2009년

권영민 편, 『이상전집』(전 4권), 도서출판 뿔 발간.

• 2010년

대산문화재단 주관 '이상 탄생 100년 기념 심포지엄' 개최.
한국문화예술위원회 후원으로 아르코미술관에서 '이상 100년
기념 전시회' 개최.

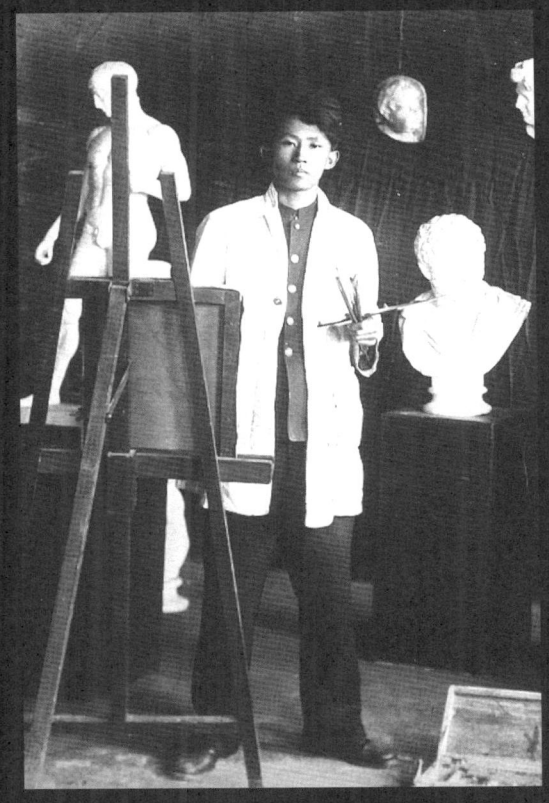

경성고공 시절의 이상.

창문사 재직 시절.(왼쪽부터 이상, 박태원, 김소운)

주피터 초상

1판 1쇄 발행 2026년 2월 27일

지은이 권영민 | 펴낸이 윤혜준 | 편집장 구본근 | 디자인 오필민디자인

펴낸곳 도서출판 폭스코너 | 출판등록 제2025-000042호(2015년 3월 11일)

주소 서울시 서대문구 서소문로 27 충정리시온 426호(우 03741)

전화 02-3291-3397 | 팩스 02-3291-3338

이메일 foxcorner15@naver.com | 페이스북 /foxcorner15 | 인스타그램 /foxcorner15

종이 일문지업(주) | 인쇄·제본 수이북스

ⓒ 권영민, 2026   ISBN 979-11-93034-39-2   03810